Z.

Triage officielle
Edition officielle C. B. N.
negié

MÉMOIRES
SECRETS
POUR SERVIR A L'HISTOIRE
DE LA
RÉPUBLIQUE DES LETTRES
EN FRANCE,

DEPUIS MDCCLXII JUSQU'A NOS JOURS;

OU

JOURNAL
D'UN OBSERVATEUR,

CONTENANT les Analyses des Pieces de Théatre qui ont paru durant cet intervalle ; les Relations des Assemblées Littéraires ; les notices des Livres nouveaux, clandestins, prohibés ; les Pieces fugitives, rares ou manuscrites, en prose ou en vers ; les Vaudevilles sur la Cour ; les Anecdotes & Bons Mots ; les Eloges des Savants, des Artistes, des Hommes de Lettres morts, &c. &c. &c.

TOME VINGT-DEUXIEME.

. . huc propius me,
. vos ordine adite ,
Hor. L. II. Sat. 3. ỳ. 81 & 82.

A LONDRES,
CHEZ JOHN ADAMSON.

M. DCC. LXXXIV.

MÉMOIRES

SECRETS

POUR SERVIR A L'HISTOIRE DE LA
RÉPUBLIQUE DES LETTRES EN
FRANCE , DEPUIS MDCCLXII
JUSQU'A NOS JOURS.

ANNÉE M. DCC. LXXXIII.

1 *Janvier* 1783. LE premier chapitre de *l'Espion dévalisé* renferme un conte assez plaisant, d'un homme qui avoit acheté une charge dans la maison du roi, dont la fonction devoit être de crier *à boire au roi.*

Dans le second , on trouve plusieurs anecdotes du feu roi, relatives à l'élévation de *Silhouette* au contrôle général.

Dans le troisieme , autres anecdotes sur le chevalier *Turgot*, nommé gouverneur de Cayenne.

A 2

On lit dans le quatrieme des anecdotes sur la maniere dont *Louis XIV* disgracioit ses ministres, sur la méthode de *Louis XV* à cet égard, & sur le renvoi du chancelier, de l'abbé *Terrai*, de M. *de Boynes* sous *Louis XVI*.

Le cinquieme chapitre contient un dialogue entre le comte de *Maurepas* & M. *le Fevre d'Amecouri*, conseiller de grand'chambre, sur la rentrée du premier dans le ministere.

Au sixieme, on raconte quelques anecdotes relatives à l'intérieur de *Louis XVI*, qu'on met dans la bouche d'un nommé *Duret*, espece de garçon de la chambre.

Le septieme roule sur les émeutes de 1775.

Dans le huitieme, digression sur l'abbé *Gagliani*.

Petite historiette dans le chapitre neuf, narrée d'une maniere assez piquante sur une mistification de *Poincinet*, à qui l'on avoit fait accroire que S. M. l'avoit nommé son *Ecran*, & qu'ici l'on transporte à un seigneur navarrois.

Le chapitre dix roule sur les fêtes des taureaux en Espagne. Le onzieme traite de l'administration de M. *de Laverdy* : anecdote singuliere d'un serrurier mis à Vincennes, & dont M. *Baudouin*, emprisonné, a reconnu le sort funeste & ignoré.

Au douzieme, mistification du bal de l'opéra, anecdote du banquier *Reixotto* avec Mad. *d'Ervieux*.

Le treizieme est sérieux & traite d'économie politique.

Le quatorzieme est un recueil de petites pieces de vers, les unes connues, les autres assez plates, & en général peu intéressantes.

Le quinzieme contient quelques anecdotes & traits détachés, entr'autres le fragment d'une lettre finguliere de *Diderot*, à l'impératrice des Ruffies, & un petit éloge de M. Turgot, miniftre d'état, prononcé dans la fociété royale d'agriculture d'Orléans, le vingt-deux mars 1781.

Au feizieme chapitre, on a inféré *avis aux Heffois* & autres peuples d'Allemagne, vendus par leurs princes à l'Angleterre. Il parut à Amfterdam lorfque le prince de Heffe amena fes fujets dans les vaiffeaux anglois. On l'a traduit en cinq langues, mais il n'eft point connu en France.

Au dix-feptieme, facétie fur le même fujet, diftribuée dans le même temps.

Le dernier chapitre eft une notice des maîtres des requêtes & intendants, affez vraie en général, où ces meffieurs font apréciés à leur valeur, très-petite communément, & par un confrere connoiffeur.

Le ftyle de ce pamphlet eft négligé, vicieux; mais cependant on y trouve quelquefois une tournure originale & piquante, fentant l'homme de bonne compagnie & le perfifleur de cour.

L'Efpion dévalifé, dont on prétend qu'il y a eu quelques exemplaires achetés un prix fou, commence à fe répandre beaucoup, & beaucoup plus que ne le defireroit le gouvernement; mais le moyen de mettre un frein à la cupidité des colporteurs!

1 *Janvier*. On compte aujourd'hui jufqu'à foixante-cinq ex-jéfuites compris dans la banqueroute du prince de Guimené. Il vient d'en mourir trois: on ignore s'ils en groffiffoient la lifte.

Le premier eft le pere *Berthier*. En 1762 lors de l'expulfion des jéfuites, il avoit été nommé garde de la bibliotheque royale & adjoint à l'éducation de S. M. , & de *Monfieur* , frere du roi. La vie de la cour ne lui convenant point, & incapable de renier une fociété dont il étoit toujours membre dans le cœur, pour fe fouftraire aux perfécutions en 1764 , il s'étoit retiré à Bourges, où il a expiré le 15 décembre dans fa foixante - dix - neuviéme année. Occupé d'abord à *l'Hiftoire de l'Eglife Gallicane* , où il a éclairci en même temps par des recherches favantes plufieurs points de notre hiftoire politique , il paffa enfuite au *Journal de Trevoux* , qu'il dirigea pendant dix-fept ans , avec un ton de critique toujours fage , impartiale & ferme. C'étoit un homme fimple & de mœurs fort douces. Le chapitre de la métropole a rendu un hommage public à fes vertus & à fes talents , en lui donnant une fépulture diftinguée dans fon églife. La derniere affemblée du clergé venoit de le gratifier à fon infu d'une penfion.

Le fecond eft le pere *Corfet* , connu par fon talent rare pour la chaire , ainfi que par fes travaux apoftoliques. Il étoit mort avant le pere Berthier , le 17 octobre , à la maifon royale de l'Enfant - Jefus, dans la quatre - vingt - unieme année de fon âge. Il avoit été défigné pour remplacer au college de Louis le Grand , le célebre pere Porée ; mais il préféra de fe vouer aux miffions de la Baffe-Bretagne , & fes talents lui ont mérité depuis , les chaires les plus diftinguées du royaume.

Enfin , le troifieme eft le pere *Geoffroy* , profeffeur de rhétorique au college de Louis le Grand, lors de la diffolution de l'ordre ; c'étoit un homme de beaucoup d'efprit , mais qui en ufoit trop, ou plutôt en abufoit quelquefois , & fouvent, ainsi qu'il est aisé d'en juger par ses ouvrages imprimés.

1 *Janvier*. M. le nonce ayant reçu de Rome les langes bénits que le souverain pontife est dans l'usage d'envoyer au roi à la naissance d'un dauphin, doit en faire la présentation mardi prochain à Versailles. La cérémonie se remplira *in fiocchi*. Le prélat à préparé à cet effet une livrée très-brillante, & l'on assure que le baudrier seul de son suisse coûte 3,000 livres de broderie. Quoique les entrées d'ambassadeurs soient supprimées, il y en aura une pour cette occasion extraordinaire, & les badauds auront de quoi se repaître les yeux d'un spectacle qu'ils n'avoient pas vu depuis long-temps.

Il paroît assez bizarre que ces langes arrivent lorsque le prince, prêt à sortir des mains de la nourrice, semble n'en avoir plus de besoin ; mais tout cela est étiquette pure. Du reste, M. le nonce montre aux curieux cette parure de la plus grande magnificence.

2 *Janvier*. Extrait d'une lettre de Besançon, du 27 décembre 1782.....: Notre premier président, après avoir passé quelques jours ici à tâter le terrein, à chercher à intimider ou séduire les membres que redoute la cour, est parti sans avoir réussi : comme on n'a pas voulu communiquer avec lui hors du palais, il n'a pu intriguer beaucoup.

La cour a pris enfin le parti de mander une députation, qui doit être composée de deux présidents, non compris le premier, de quatre conseillers des plus anciens de la grand'chambre, & de deux de chacune des autres chambres, du greffier en chef, chargé d'apporter les registres contenant tout ce qui s'est passé depuis le mois de septembre, & des gens du roi. Il s'agit sans doute d'y annuller nos arrêtés. Mais qu'y gagnera-t-on? Nous avons établi nos principes, qui sont tous ceux de la saine magistrature, & dont nous ne pouvons nous départir.

Ce qui a sur-tout irrité la cour, c'est de voir que nous avons les premiers déclaré que les parlements ne reconnoissoient pas cet édit de 1774, dont on voudroit ériger en loi pour nous les dispositions tyranniques & subversives de la liberté des suffrages, parce qu'elle craint que les autres ne profitent de la circonstance pour élever aussi leur voix, & faire rentrer dans le néant ce monument de leur honte.

Le garde-des-sceaux & le ministre des finances s'étoient flattés que la désunion pourroit se mettre parmi nous: en effet, il y avoit encore dans notre sein des *Micholistes* & des *Chiflistes*, c'est-à-dire, des membres de la faction du président *Micholet* en 1759, & de celle de M. *Chiflet*, le premier président du tribunal irrégulier de 1771; mais le péril imminent de la compagnie a réuni tout le monde, & nous espérons que cela durera.

C'est le 8 janvier prochain, que la députation doit être rendue à Versailles sans s'arrêter à Paris, où même sans y passer.

3 *Janvier.* On annonce avec beaucoup d'affectation une *lettre à M. l'abbé Raynal, sur son histoire de la révolution de l'Amérique,* où l'on en relève les erreurs les plus importantes. On prétend que cette brochure très-curieuse sur l'état actuel des choses, a fait la plus grande sensation à Londres, & même sur le cabinet britannique.

On dit qu'elle foit originairement de la plume de M. Paine, le célebre auteur *du fens commun*, qui occupe actuellement un des principaux emplois dans l'adminiftration *des Etats-Unis*.

3 Janvier. On apprend que les états d'Utrecht, fiege du délit, dociles à la réquifition du roi de Pruffe, ont promis, par un placard en date du 23 décembre, une récompenfe de quatorze cents florins à quiconque dénoncera l'auteur, imprimeur, diftributeur du libelle intitulé : *Lettre trouvée, &c.* dont on a parlé précédemment.

4 Janvier. Le fieur de *la Variniere* eft un artificier célebre : on fe rappelle les *Bouquets à Apollon*, *le temple de Mars*, *le Fort*, *le temple mouvant*, *le palais de Diane* & autres feux qu'il a tirés tant à Saint-Cloud, qu'au Colifée, pendant neuf ans : il a même été employé pour la cour : en 1780, il donna à Trianon des feux & des illuminations de fon invention, fur lefquels leurs majeftés le féliciterent. Il a de plus foumis au jugement de l'académie des fciences fon procédé pour illuminer un parc, une façade, un pavillon, une perfpective, un bois, en un quart de minute, & il a reçu l'approbation de cette compagnie favante.

D'après la réputation de cet artifte, la ville en fit choix en 1781, pour compofer & exécuter la fête pyrrhique qu'elle fe propofoit de donner en l'honneur de la naiffance du dauphin; mais defirant y mettre de l'économie, elle n'y voulut confacrer que 17,113 livres, prix du marché conclu le 14 décembre 1781, ce qui eft bien modique, relativement aux fêtes de pareille efpece, telles que le feu tiré en réjouiffance de la prife de Mahon, pour 32,000 livres; celui de la

A 5

placé *de Louis XV*, pour 50,000 ; celui du mariage du roi, pour 80,000.

Quoi qu'il en foit, il eſt certain que ce feu
n'étoit pas en proportion de la charpente énorme qui le décoroit, & a coûté 130,000 livres.
Pour furcroît de malheur, il n'a pas même produit l'effet foible qu'on en attendoit, & en général
a manqué abſolument.

La ville, courroucée, & s'en prenant aux mau-
vaiſes diſpoſitions ou à l'exécution mal-adroite du
ſieur de *la Variniere*, ne lui a pas même voulu
donner le prix convenu. De là un procès qui,
retardé par des incidents de forme, par la prétention inouie du bureau, d'être juge & partie
dans ſa propre cauſe, dure encore & eſt au
parlement.

Il circule un *mémoire à conſulter*, ſuivi d'une
conſultation de M. Prévôt de Saint-Lucien, avocat,
en date du 5 décembre dernier, qui jette un
grand jour ſur l'affaire, & paroît mettre la ville
abſolument dans ſon tort, non ſeulement pour
la meſquinerie qu'elle a apporté à la fête, mais
pour le défaut de ſecours promis à l'artificier,
& pour l'inſuffiſance de ceux qui lui ont été
accordés.

Dans ce mémoire inſtructif ſur l'art pyrrhique,
le défenſeur du ſieur de *la Variniere* s'eſt exalté
l'imagination. On y trouve des digreſſions brillantes, très - analogues au genre de la cauſe,
qui s'en reſſentent peut-être un peu trop, mais
qui annoncent du moins beaucoup d'eſprit dans
l'orateur.

4 *Janvier.* On avoit prévu avec raiſon, que
M. *d'Epremeſnil*, en mettant en cauſe le marquis
de *Montmorenci* & le chevalier de *Crillon*, ſe

préparoit de nouveaux adversaires à combattre.
Une lettre de celui-ci, au comte de *Tollendal*,
rapportée en entier, prouve qu'il est totalement
dans les intérêts du dernier. C'est ce dont il
s'est prévalu dans des *observations sur la corres-*
pondance de M. d'Epremesnil avec le chevalier de
Crillon. De-là, *supplément au troisieme mémoire*
de M. d'Epremesnil à Dijon; car il n'est jamais
en reste. L'écrit est tout frais; n'étant imprimé
qu'au mois de décembre 1782.

A travers ce fatras de dits, de contredits, de
répliques, tout ce qu'on démêle, c'est que M. de
Tollendal reproche à M. *d'Epremesnil*, si chaud
à défendre son oncle, d'avoir été si froid, si taciturne, si impassible sur les insultes faites à son
pere dans les mémoires de la *Bourdonnais*, & de
n'avoir cherché en rien à le vanger. De-là, une
réponse, une grande digression sur ce pere qu'il
nous apprend avoir été auteur, avoir composé
un ouvrage sur la mythologie des gentils, &
leurs cérémonies religieuses : de-là, un détail des
alliances contractées entre sa famille & celle de
la Bourdonnais, qui ont dû éteindre toute haine
& toute réclamation.

Le reste du *factum* est un long commentaire
d'une lettre du chevalier de Crillon au comte
de Tollendal. Tout cela est assez ennuyeux &
peu intéressant pour le lecteur. Le seul endroit
qui puisse se lire avec plaisir, & où l'on retrouve
l'éloquence de l'orateur, c'est la péroraison, où,
partant d'une assertion de son rival, qui se glorifie d'avoir des appuis *au pied du trône; sur le*
trône même, il s'éleve avec beaucoup de noblesse,
il invoque, il apostrophe le roi; & récapitule
la longue énumération des crimes du comte de

A 6

Lally, & fait voir que c'est blasphémer la majesté, que d'oser l'associer à la défense d'une pareille cause.

5 *Janvier*, Extrait d'une lettre de Rennes, du 31 décembre 1782.... Bien loin que la crise des états, comme on vous le dit à Paris, soit passée ou s'adoucisse, elle devient plus grave que jamais. Vous savez que le concours des trois ordres est nécessaire pour l'accord des impositions ; & la résistance de la noblesse en conséquence arrêtoit tout. M. d'Aubeterre avoit pris le parti de donner aux états un ordre de délibérer dans quarante-huit heures sur les vingtiemes, ce qui étoit inoui. Au lieu de s'occuper des vingtiemes, l'assemblée délibéra sur le secours extraordinaire, & la noblesse s'excusa de consentir cet impôt jusqu'à ce qu'il eût plu à S. M. de rétablir les états dans leurs droits, franchises & libertés, &c. Quatre jours après l'ordre de délibérer dans quarante-huit heures, autre ordre du commandant, au nom du roi, qui défend de s'occuper des demandes de S. M.

Les états ont d'abord demandé le retrait de tous ces ordres contradictoires, & ont passé à d'autres affaires.

Le mardi 24 décembre, à dix heures du matin, M. *d'Aubeterre* reçut un courier extraordinaire : il manda les deux procureurs syndics des états, & leur dit d'annoncer à l'assemblée qu'il alloit s'y rendre pour lui faire part des ordres du roi : il s'y rendit à midi & fit lire & enregistrer en sa présence l'ordre qui suit.

DE PAR LE ROI. —— Très-chers & bien-amés, convoqués pour délibérer sur les secours que nos sujets de notre province de Bretagne doivent à l'état, ainsi que nos autres sujets, vous n'auriez pas dû perdre de vue que c'étoit pour vous un devoir dont rien ne pouvoit vous dispenser : cependant, bien loin de remplir cette obligation essentielle, non-seulement vous vous êtes refusés de consentir à la demande de la capitation, mais vous vous êtes permis de ne pas délibérer sur celle des vingtiemes, malgré la déclaration de nos commissaires : vous ne vous êtes ensuite occupés du secours extraordinaire, que pour vous excuser pareillement d'y consentir. Des délibérations aussi contraires à nos volontés & à vos obligations, nous auroient déterminés dès aujourd'hui à suspendre l'exercice des privileges & franchises dont vous jouissez sous notre protection, si notre bonté n'avoit arrêté l'effet de notre juste mécontentement ; mais notre affection pour notre province de Bretagne nous ayant engagés à vous donner un dernier délai, nous vous ordonnons très-expressément & vous enjoignons de délibérer de nouveau & définitivement sur les demandes de la capitation, des vingtiemes, du secours extraordinaire, & toutes autres, sans exception, qui vous ont été faites de notre part le 16 du mois de novembre dernier, & sur chacune d'icelles successivement, le tout avant le douze janvier prochain.

Donné à Versailles, le vingt-deux décembre 1782. Signé *Louis*, & plus bas *Amelot*.

Après cette lecture, & la transcription, monsieur d'Aubeterre, au nom du roi, ordonna aux trois présidents des ordres de signer les registres, ce qu'ils firent.

L'assemblée ne se sépara qu'à quatre heures du soir, & la séance fut renvoyée, malgré la solemnité de la fête de noël, à ce jour vingt-cinq, à six heures du soir.

Il a été depuis écrit une lettre au roi, très-vigoureuse & bien propre à frapper S. M., si elle la lit ; sur les surprises faites à sa religion. Elle n'est malheusement souscrite que de la noblesse.

Voilà M. d'Aubeterre dans un cruel embarras ; on voit qu'il n'a plus de tête ; il est fâcheux pour lui que M. *Melon*, son conseil & son bras droit, ne se soit pas trouvé au commencement des séances, & ne soit arrivé que lorsque ce commandant a eu mal enfourné.

5 Janvier. Malgré son évasion, on continue à s'intéresser ici à M. *Linguet* & à s'en occuper. On a appris de nouvelles particularités à son sujet. Avant de se séparer de madame la comtesse de Béthune, qui étoit avec lui à sa terre près de *Rhétel*, elle lui demanda de s'expliquer sans détour sur une pension de deux mille livres de rente viagere qu'elle lui faisoit, & lui en proposa le remboursement, s'il le souhaitoit. Il lui répondit avec la franchise qu'elle desiroit, qu'il préféroit en effet d'avoir le capital. Sur quoi elle lui compta 20,000 livres. Il se rendit ensuite à Bruxelles pour y terminer ses affaires : on fit l'impossible pour l'y retenir : il répondit qu'il ne seroit tranquille qu'après avoir mis la mer entre la France & lui. Enfin, il est allé en Angleterre, comme on a su. On assure qu'avec ce qu'il a rassemblé à Bruxelles, il a environ 80,000 liv. d'argent comptant.

On prétend qu'il s'est rendu aux desirs de M. *Radix de Sainte-Foix*, & qu'il est occupé à composer un mémoire pour ce décrété.

Son frere , interrogé ici fur fon compte, ne difconvient pas de ces différents faits. Il déclare que les huit premiers jours après fa fortie de la Baftille , M. Linguet étoit comme abafourdi du coup ; mais qu'enfuite il a repris tout fon caractere de fougue & d'audace, toutefois mêlé de crainte que fes ennemis ne lui jouaffent de nouveau quelque mauvais tour. Au furplus , il n'a pas voulu fuivre les confeils de ce frere, & par fon évafion il s'eft mis dans le cas du refus du gouvernement, qui ne veut pas confentir à l'introduction de fes feuilles en France : ce qui l'empêchera de s'acquitter envers fes foufcripteurs.

M. Linguet écrit d'Angleterre qu'on a voulu y faire une foufcription en fa faveur , à laquelle il s'eft refufé, n'en ayant pas befoin.

5 *Janvier.* On rapporte une lettre de madame la vicomteffe de *Laval* au marquis de *Ségur*, à caufe d'un régiment refufé par ce miniftre de la guerre dans le mouvement qui vient de fe faire en cette partie : elle étoit conçue ainfi :

« Si vous avez lu l'hiftoire , M. le Marquis, » vous avez dû voir qu'il étoit plus aifé autrefois » aux Montmorenci d'obtenir la charge de conné- » table, qu'aujourd'hui un chétif régiment. »

On cite auffi la réponfe du marquis de Ségur, non moins fiere & d'une méchanceté plus fine dans fon laconifme.

« J'ai lu l'hiftoire , Madame la Vicomteffe, » & j'ai vu que les Montmorenci ont autrefois » comme aujourd'hui été mis à leur place. »

6 *Janvier.* Extrait d'une lettre d'Arras, du 8 janvier 1783... Les états d'Artois, qui fe font tenus dans cette ville au mois de novembre der- nier, très-fatisfaits du favoir & de la diction

l'*Histoire de Bordeaux* par dom de Vienne, bénédictin célebre dans ce genre d'ouvrage, l'ont invité par une délibération spéciale, à s'occuper de l'histoire de notre province. Il a accepté, & en conséquence s'est établi à Aire, où il recueille toutes les pieces & mémoires relatifs à son entreprise.

6 Janvier. Les comédiens italiens ne tardent pas à ouvrir l'année par quelque nouveauté. Ils annoncent pour jeudi neuf la premiere représentation d'*Isabelle & Fernand, ou l'Alcade de Zalamet*, comédie en trois actes, mêlée d'ariettes, imitée de l'Espagnol.

6. Janvier. Extrait d'une lettre de Troyes, du 31 décembre 1783..... On a mis à Scellieres, abbaye en Champagne où est enterré Voltaire, l'épitaphe latine suivante :

Terra tenet cineres : mens altas pervolat auras ;
Voltarius vivet, scriptaque vivificant.

Le terme *vivificant*, si prosaïque, si peu harmonieux, donne à cette inscription funéraire un air de ressemblance avec celles du douzieme ou treizieme siecle, qu'on lit dans les églises en caractéres gothiques. Un voyageur, indigné d'une telle platitude, & sur-tout qu'on eût célébré dans une langue morte un des plus grands poëtes de la nation, a gravé sur sa tombe en françois le distique suivant, aussi simple, mais moins barbare que l'autre, dont il est en quelque sorte la traduction.

Son corps n'est plus que cendre, & son esprit a fui.
Sans ses écrits divins rien n'eût resté de lui.

6 *Janvier*. Extrait d'une lettre d'Orléans, du
1 janvier.... Nous avons perdu ici le 21 décembre dernier M. l'abbé de *Reyrac*, homme de lettres, connu sur-tout par un *hymne au soleil*,
poëme charmant, écrit en profe poétique, avec
une harmonie & une élégance qui approchent de
celles de *Fénelon*.

7 *Janvier*. M. le baron de *Marivetz* eft un
homme de beaucoup d'efprit & de mérite, qui
joint à toute l'érudition d'un favant l'aménité
d'un courtifan aimable & d'un littérateur poli.
Conjointement avec M. *Gouffier*, il a commencé
un grand ouvrage dédié au roi, ayant pour
titre *Phyfique du monde*, dont il paroît déja trois
volumes. Son objet eft *d'expofer le plan de la nature, de développer la chaîne éternelle & indéfec-
tible qui renferme tous les effets*; de détruire le
newtonianifme élevé fur les débris du cartéfia-
nifme, & de rétablir celui-ci avec des modifica-
tions propres à leurs auteurs.

Ces meffieurs ont encore pour but de marcher
fur les traces de *Fontenelle*, de mettre la phyfique
générale à la portée des lecteurs les moins inftruits,
de la préfenter d'une manière très-élémentaire,
en embraffant fon univerfalité, de la dépouiller
de l'obfcurité, de la féchereffe, de l'aridité
même qu'elle tient encore des temps de barbarie
& d'ignorance; enfin d'y répandre ces fleurs &
cette grace qu'y répandoit le philofophe dont ils
fuivent les bannieres, & qu'y apportent aujour-
d'hui les *Buffon* & les *Bailly*.

Le projet de ces meffieurs fembloit devoir alarmer prefque toutes les compagnies favantes de
France, aujourd'hui newtoniennes; cependant,
comme par un concours général, aucune ne leur

a répondu ; M. le baron de *Marivetz* n'avoit pu s'empêcher de se plaindre d'un semblable dédain ; c'est ce qu'on voit dans ses observations sur son ouvrage , insérées au journal de Paris, N°. 153. Enfin , il a découvert la source d'un silence aussi injurieux.

M. *Cara* , auteur d'un traité de la même nature , & ayant à peu près les mêmes principes, passant par Dijon , a appris que M. de *la Lande*, qu'il ne nomme pas , mais qu'il désigne assez sous la forme de *petit singe satyre* , avoit écrit à l'académie de cette ville , lors de l'apparition de l'ouvrage de M. de *Marivetz* , de n'avoir aucun égard aux opinions du dernier , par la raison que messieurs de celle de Paris les regardoient comme contraires au système qu'ils avoient adopté depuis long-temps , & sur lequel ils ne varieroient jamais : il prétend que cet envieux en avoit fait savoir autant aux principales sociétés savantes du royaume : & voilà comme se conduisent les sciences aujourd'hui , par intrigues & par menées.

8 *Janvier.* Des lettres-patentes obtenues du roi au mois de mai 1783 , registrées au parlement , malgré les oppositions subsistantes des confreres pélerins , & sans qu'ils aient été appellés pour en déduire la cause , ont uni & incorporé à l'hôpital des Enfants-trouvés , les biens & droits utiles de l'hôpital Saint - Jacques de Paris , & ordonné que les revenus échus en vertu du séquestre prononcé par les lettres-patentes du cinq avril 1734 , seroient remis aux administrateurs. Cette surprise faite à la religion du roi a produit dans le temps , de la part des pélerins, un mémoire à consulter & consultation en date du 25 février 1782 , qui fit peu d'effet. Il est

queftion aujourd'hui de remuer cette affaire , &
d'en répandre un autre plus intéreffant & plus
actif.

8 *Janvier.* Extrait d'une lettre de Rennes ,
du 5 janvier.... A la lettre très-longue de la
nobleffe , ayant huit colonnes de minute , il a été
fait la réponfe fuivante , mais par le miniftre
feulement & au commandant.

*Lettre de M. Amelot , à M. le marquis d'Aube-
terre. Verfailles , le deux janvier* 1782. J'ai mis ,
Monfieur , fous les yeux du roi la lettre que les
états ont adreffée à S. M. le cinq du mois dernier ; & je lui ai auffi mis en même temps fous
les yeux celle qui lui a été adreffée par la nobleffe le 19.

S. M. a été très-mécontente des principes que
l'on s'eft permis d'avancer dans ces deux lettres ,
& des expreffions dans lefquelles elles font conçues.

Elle n'a pas été moins mécontente de ce que
la chambre de la nobleffe a pris fur elle de lui
écrire au nom des états , fans l'aveu des autres
ordres.

Elle a trouvé que cette conduite inconfidérée
annonçoit affez que ceux qui compofent en ce
moment la chambre de la nobleffe , oublioient les
véritables intérêts de la province.

Elle efpere qu'ils feront de fages réflexions fur
les fuites que pourroit avoir leur réfiftance , &
qu'ils ne s'occuperont plus qu'à faire oublier l'ir-
régularité de leur conduite , en fuivant l'exemple
des deux autres ordres , & en fe conformant avec
refpect , & fans plus de délai , à fon ordre du
22 décembre , qui leur a été notifié par fes
commiffaires.

Cette lettre a été portée le 4 de ce mois par M. d'Aubeterre à l'assemblée des états, où il l'a fait lire, & enrégistrer. On attend à savoir le parti que prendront les états sur cette lettre, qui, n'étant adressée qu'au commandant, & souscrite seulement du ministre, semble ne pas devoir être inscrite comme faisant loi ou réglement.

Une chose singuliere qu'on remarque encore dans cette lettre, c'est que celle des états du 5 décembre, que les ministres avoient regardée comme ne pouvant être présentée au roi, en a pourtant été lue par leur entremise.

8 *Janvier.* Les créanciers du prince de Guimené éprouvent déja les effets de la bonne volonté & des sacrifices de madame la comtesse de *Marsan*. Me. *Marquantin*, notaire, a reçu des fonds, mais applicables d'abord aux gens de la maison de Rohan, qui se trouvent avoir confié leur pécule au banqueroutier, ou avoir leurs gages ou arriere.

8 *Janvier.* Extrait d'une lettre de Lille, du 5 janvier.... Les états de Flandre Wallonne, assemblés sur la recommandation du prince de Soubise, gouverneur, & de M. de Calonne intendant de la province, ont voté unanimement une pension pour M. *Feutry*, homme de lettres de cette ville, inventeur de plusieurs machines, auteur de différents projets utiles, & poëte d'une imagination vive, ardente & noire. C'est la premiere fois que les états accordent une pareille distinction : aussi les épîtres en vers & en prose ont été prodiguées de toutes parts à M. *Feutry*, même par ses confreres, qui cependant en lui accordant du talent, ne le trouvent pas assez

éminent pour lui mériter une faveur auſſi caractériſée.

9 Janvier. Ces jours derniers M. le comte d'*Artois* , après avoir joué à la paume chez le ſieur *Charlier* , attaché aux plaiſirs de ſon alteſſe royale en cette partie , ſe fit ſervir à dîner avec les courtiſans qui avoient eu l'honneur de faire ſa partie. Sur la fin du repas , il propoſe de boire à la ſanté des Anglois. . . . Chacun ſe regarde , ou eſt étonné de l'apoſtrophe ; quoi , Monſeigneur , lui dit-on , eſt-ce que nous ne ſommes plus en guerre avec eux ? Je n'en puis dire davantage ; mais nous en verrons bientôt beaucoup ici. Ce propos , répandu dès le ſoir dans Paris , n'a pas manqué de réjouir le public , & on le regarde comme confirmatif du traité de paix prochaine , dont les plus incrédules commencent à ne plus douter.

9 Janvier. Quoique le régime de l'opéra , confié à ſes membres mêmes , ait déja rempli l'objet le plus difficile , le plus deſiré & vainement tenté juſqu'à préſent , celui de l'économie, non - ſeulement par la ſuppreſſion d'une place eſſentiellement à charge , mais encore par des retranchements & meilleurs marchés dans différentes parties ; quoiqu'on ait lieu d'eſpérer que cette amélioration de la caiſſe ne pourroit que ſe conſolider & s'accroître , il eſt bien à craindre que l'adminiſtration ne change encore à pâque, & qu'on ne rétabliſſe un directeur étranger. Du moins , quatre concurrents ſont déja ſur les rangs M. de *Viſmes* , naguere éprouvé dans cette place, & le plus capable de la remplir , en lui ôtant le maniement & la diſpoſition des fonds. M. *Mezel* , l'ami , le confident de M. de *la Ferté* , & ſe prétendant fort initié dans les matieres lyriques, parce qu'il a refait quelque chose au poëme de *Thésée* de *Quinault* ; M. *Suard* , déja créé censeur des poëmes , quoique n'ayant jamais travaillé dans ce genre , mais fort souple , fort intrigant , & ayant capté l'oreille & la bienveillance du ministre ; enfin M. de *Leutre* , orateur d'une loge des francs-maçons , où il y a beaucoup de seigneurs & de grandes dames , s'étant fait un parti parmi eux , & à force de vanter son mérite , le leur ayant persuadé. On ne sauroit rendre toutes les menées de ces différentes cabales.

Le comité actuel de l'opéra , hors d'état de contrebalancer par lui-même les efforts de ces hommes cupides , actifs , présentant avec art les défauts du régime aristocratique & les avantages du gouvernement d'un seul , n'a d'espoir que dans M. *Rochon de Chabannes* , qui , par unique amour du bien de la chose , a envoyé sur cette matiere à M. de *la Ferté* , un mémoire très-lumineux , très-propre à faire revenir monsieur *Amelot* des impressions fâcheuses qu'on lui a données contre le comité , s'il lit ce manuscrit , ou s'en fait rendre un compte fidele.

10 *Janvier.* On a parlé d'un paquet de la grandeur d'un mince in-8°. , couvert en papier & cacheté , que Rousseau avoit confié à l'abbé de *Condillac* , son ancien éleve & son ami de tous les temps , en le priant de respecter ce dépôt & de ne l'ouvrir qu'en 1800. Celui-ci , avant de mourir , l'avoit remis à l'abbé de *Reyrac* , qui ne l'avoit accepté qu'en tremblant , & sur l'assurance du malade qu'il ne contenoit rien de contraire à l'état , aux mœurs , ni à la religion ;

que *Jean-Jacques* lui en avoit lu plufieurs pages prifes au hafard ; que ce n'étoient que des peintures de fes malheurs ; qu'il étoit à genoux devant lui & pleuroit à chaudes larmes en lui livrant cet écrit.

M. l'abbé de *Reyrac* a rendu ce manufcrit à la famille de l'abbé de *Condillac*, & l'on ne dit pas entre les mains de qui il eft refté.

10 *Janvier.* Extrait d'une lettre de Rennes, du 8 janvier..... Le lundi 6 on a entendu aux états le rapport de la commiffion des impofitions fur la lettre de M. *Amelot*, enrégiftrée le famedi précédent, dont le réfultat étoit de faire des repréfentations.

L'ordre de la nobleffe a propofé une députation vers meffieurs les commiffaires du roi, pour folliciter le retrait de cette lettre. Les deux ordres ont long-temps voulu les chambres pour délibérer fur les demandes du roi, & au furplus charger meffieurs les préfidents des ordres de demander à M. le marquis d'*Aubeterre* le retrait de cette lettre.

Il a été fait différentes obfervations fur la fituation de l'affemblée ; & d'après les inftances de la nobleffe, les deux autres ordres ont confenti à la députation propofée pour le retrait de la lettre, en perfiftant dans leur avis de délibérer fur les demandes du roi.

La commiffion des impofitions de retour, a rapporté que M. le marquis d'*Aubeterre* avoit répondu, que cette lettre avoit été enrégiftrée par ordre du roi, & qu'il ne pouvoit la retirer.

L'ordre du tiers ayant demandé les chambres pour délibérer fur les demandes du roi, un membre de la nobleffe a dit, qu'il étoit néceffaire de prendre un avis sur le rapport de M. le marquis d'*Aubeterre*. A l'instant il a été représenté qu'un détachement de troupes étoit arrivé en cette ville, qu'en conséquence on ne pouvoit délibérer : l'assemblée s'est aussi-tôt séparée environ vers trois heures.

Il faut savoir, pour l'intelligence de ceci, qu'un des privileges des états est que, pour conserver la liberté des suffrages, pendant leur tenue, il ne doit y avoir aucune troupe, à moins de dix lieues à la ronde.

Le mardi 7 janvier, à l'ouverture de la séance, il a été convenu de charger la commission des impositions, de rédiger une protestation contre l'enrégistrement fait par autorité de la lettre de M. *Amelot*.

L'ordre du tiers a ensuite demandé avec instance les chambres pour délibérer sur les demandes du roi : les ordres de l'église & du tiers s'y sont retirés en conséquence à cet effet.

L'ordre de la noblesse a nommé six commissaires de son ordre pour dresser un mémoire justificatif de sa conduite, depuis le commencement de la tenue.

L'ordre du tiers a envoyé son avis à deux heures sur la capitation qu'il a consentie, avec des réclamations sur le choix libre des députés en cour, & des instances à faire pour le retrait des ordres & lettres enrégistrées d'autorité.

A l'égard des trois vingtiemes & le secours extraordinaire, il les a également consentis conformément à la demande de S. M. , dans la persuasion cependant que le troisieme vingtieme cesseroit à la paix.

Les

Les ordres fe font retirés par convention , environ fur les trois heures , chambres tenantes , & fe font raſſemblés à ſix.

L'ordre de la nobleſſe étant occupé des moyens de prendre un avis , le tiers en a envoyé un par lequel il conſent les milices de terre , les milices garde-côtes , & les dépenſes du caſernement, conformément aux demandes de S. M.

L'ordre de la nobleſſe a pris un avis , par lequel il a arrêté n'être plus dans l'état de liberté établie par la commiſſion générale , depuis la lettre du roi du 22 décembre.

Conſidérant avec douleur les entraves miſes à ſa liberté & à ſon zele , malgré les repréſentations réitérées adreſſées à S. M. par les trois ordres le 5 décembre , & en particulier par l'ordre de la nobleſſe ,

Eſt unanimement d'avis qu'il ſe trouve dans l'impoſſibilité de délibérer fur aucune demande de S. M. , perſiſtant en conſéquence dans les repréſentations qu'il a adreſſées au roi dans la lettre du 28 décembre , & le ſuppliant de rendre à ſon zele toute l'activité qui naît de la liberté que reglent les loix & la conſtitution nationale, en réintégrant les états dans le plein exercice de leurs droits & de leur liberté.

Cet avis ayant été envoyé aux deux autres ordres , ils ſe font raſſemblés , par convention , chambres tenantes.

11 *Janvier.* Il a couru depuis quelque temps le vaudeville ſuivant , intitulé : *les jeunes gens du ſiecle.*

Air : *avec les jeux dans le village.*

Beautés qui fuyez la licence,
Evitez tous nos jeunes gens :

L'Amour a déserté la France
A l'aspect de ces grands enfants.
Ils ont par leur ton, leur langage,
Effarouché la volupté,
Et gardé pour tout apanage
L'ignorance & la nullité.

Malgré leur tournure fragile,
A courir ils passent leur temps :
Il sont importuns à la ville,
A la cour ils sont importants.
Chacun d'eux sans appel décide :
Au spectacle ils ont l'air méchant.
Par-tout la sottise les guide :
Par-tout le mépris les attend.

Pour eux, les soins sont des vétilles
Et l'esprit n'est qu'un lourd bon sens ;
Ils sont gauches auprès des filles,
Auprès des femmes, indécents.
Leur jargon ne pouvant s'entendre,
Si leur jeunesse peut tenter
Ceux que le besoin a fait prendre,
L'ennui bientôt les fait quitter.

Sur leurs airs & sur leur figure,
Presque tous fondent leur espoir ;
Ils font entrer dans leur parure
Tout le goût qu'ils pensent avoir.
Dans le cercle de quelques belles
Ils vont s'établir en vainqueurs,
Mais ils ont toujours auprès d'elles,
Plus d'aisance que de faveurs.

De toutes leurs bonnes fortunes
Ils ne fe prévalent jamais ;
Leurs maîtreffes font fi communes
Que la honte les rend difcrets.
Ils préferent , dans leur ivreffe ,
La débauche aux plus doux plaifirs ;
Ils goûtent fans délicateffe
Des jouiffances fans defirs.

Puiffent la volupté , les graces ,
Les expulfer loin de leur cour ,
Et favorifer en leurs *places* ,
La gaieté , l'efprit & l'amour !
Les déferteurs de la tendreffe
Doivent-ils goûter ces douceurs ?
Quand ils dégradent la jeuneffe ,
En doivent-ils cueillir les fleurs ?

Cette chanfon , meilleure que celles que fait ordinairement M. de *Champcenets* , mais cependant digne de lui par les incorrections , les platitudes & les défauts de bon fens qu'on y trouve en plufieurs endroits , par les expreffions impropres , &c. après avoir été attribuée à MM. de *Boufflers* & *Champfort* , lui refte décidément, & on ne peut la lui contefter aujourd'hui.

M. le chevalier de *Roncherolles* , fe reconnoiffant à coup fûr dans ce portrait des jeunes-gens du jour , dit en préfence de plufieurs officiers aux gardes, que l'auteur du vaudeville en queftion méritoit des coups de bâton. Les camarades de M. de *Champcenets* , n'ignorant pas qu'il paffoit

B 2

pour l'être & ne s'en défendoit pas, crurent devoir l'avertir du propos.

M. de *Champcenets* en conséquence est allé trouver M. de *Roncherolles*, & lui en a demandé raison ; ils se sont battus & ont été blessés tous deux avant-hier, mais légérement. M. de *Champcenets* tout glorieux, n'a pas manqué de se montrer aujourd'hui à l'opéra.

11 *Janvier*. La piece nouvelle d'*Isabelle & Fernand*, jouée avant-hier aux Italiens, est imitée d'une de Calderone, & traduite dans le théatre espagnol de M. *Linguet*. C'est un sujet très-intéressant, mais triste, noir, & fait pour être mis en drame & non en opéra comique. Aussi a-t-il eu peu de succès. L'auteur des paroles a été obligé de le gâter pour l'approprier à son genre, & lui a ôté tout son caractere. C'est M. *Fort*, secretaire de M. le duc de *Fronsac* : quant à la musique, elle est de M. *Champein*, foible & n'entrant nullement dans les motifs du poëte.

11 *Janvier*. Un M. *Cholet de Jetphar*, avocat, a entrepris un almanach sous le titre d'*Etrennes lyriques, anacréontiques*. Il a ajouté à ce titre : *présentées à Madame, sœur du roi*, pour la troisieme fois le 25 décembre 1782.

On ne peut assez s'étonner de cette audace indécente en voyant à la tête du recueil une estampe des plus licencieuses, & dans le recueil, des chansons du même genre, entr'autres celle de M. *Collet* : *L'arrangement au moral comme au physique*.

12 *Janvier*. Le mémoire entrepris par M. *Rochon*, a pour objet de répondre à une lettre ministérielle adressée au comité, où l'on lui enjoint de n'avoir aucun égard à l'ordre de réception des ouvrages, mais de faire passer les premiers, ceux dont il y

auia lieu d'efpérer une meilleure recette. Il fait voir que ce feroit violer fouvent gratuitement un principe de juftice, & facrifier l'avenir au préfent.

M. *Rochon* attaque enfuite la maniere de former la décifion dont il s'agit, & qu'on voudroit rapporter à un feul homme; il milite en faveur du comité, & prétend qu'il eft le feul en état de prononcer mieux que qui que ce foit, & fur la mufique & fur les poëmes; (les auteurs dramatiques exceptés à l'égard de ces derniers).

Si cependant le miniftre veut innover en ce genre, il trouve qu'un confeil compofé de quelques gens de lettres & muficiens choifis, qui affifteroient aux dernieres répétitions d'un opéra prêt à fe jouer, pourroit être d'un grand fecours aux auteurs, non afin de les corriger, mais de leur faire des objections dont ils profiteroient, s'ils vouloient, & qu'ils feroient toujours maîtres d'adopter ou de rejeter.

Ceux qui ont lu ce mémoire, le trouvent plein d'honnêteté, de logique & de vues faines: mais comme il eft principalement dirigé contre M. *Suard*, contre cet eunuque au milieu du ferrail, qui n'y fait rien & nuit à qui veut faire, celui-ci eft furieux & manœuvre fourdement pour rendre M. *Rochon* défagréable au miniftre, & empêcher que la vérité ne lui parvienne.

12 *Janvier*. Le petit châtelet, efpece de fortereffe antique, compofée d'une lourde maffe de bâtiments, fituée à l'extrêmité du Petit-Pont, étoit autrefois la porte de Paris de ce côté-là, comme le grand châtelet en étoit une autre du côté oppofé dans les temps où cette capitale n'avoit d'autre étendue que l'ifle du palais. Il fe trouvoit aujourd'hui au centre, qu'il gâtoit

& gênoit beaucoup. Comme il fervoit de prifon, il falloit avant de fupprimer cet édifice, en avoir une autre. Depuis l'inftitution de l'hôtel de la Force, il n'y a plus eu d'inconvéhient ; & par la vigilance & l'activité qu'y a fait apporter M. le lieutenant-général de police, ce travail s'eft effectué fans accident & aufli vîte qu'il a été poffible, c'eft-à-dire, en quatre mois environ. Le déblaiement eft achevé entiérement, la place nette, & l'œil perce à travers à perte de vue. Mais on fe flattoit qu'on profiteroit de la circonftance pour embellir & rendre plus aifée la circulation de ce quartier très-étranglé, quoique très-paffager. Point du tout, on en refte là, & fans doute la ville manque de fonds pour effectuer les beaux plans projetés à cet égard.

13 *Janvier.* Ce qu'on avoit prévu eft arrivé : la reine a voulu entendre M. *Garat.* Hier un carroffe à fix chevaux eft venu le prendre chez lui, d'après l'invitation qu'il en avoit reçue ; & après s'être relayé à Seves, il eft arrivé à Verfailles, & eft defcendu chez madame la duchefle de Polignac. Il a trouvé dans l'antichambre toute la mufique prête à recevoir les ordres de S. M. M. *Garat*, au contraire, a été introduit fur le champ. La reine étoit déja arrivée & l'attendoit avec le comte *d'Artois*, & une foule de feigneurs & dames. Il ne prévoyoit pas ce fpectacle, & la pompe de la majefté l'a frappé au point de l'interdire & de fufpendre fes facultés. La reine & M. le comte d'Artois, qui fe font apperçus de fon embarras, l'ont raffuré par un accueil rempli de bonté. Ils l'ont encouragé : il s'eft remis ; il a eu l'honneur d'accompagner la reine & fon augufte frere ; il a chanté feul ; il a contrefait les

différentes voix de l'opéra, fur-tout de *Legros*; & il a eu le bonheur de plaire, & de ne point tromper la haute idée qu'on avoit donnée à S. M. de fon talent naturel.

Durant la féance, M. *Garat*, ou enthoufiafmé ou tremblant du rôle qu'il jouoit, & fur-tout de la bouffonnerie à laquelle il venoit de fe livrer, s'eft écrié comme involontairement : *Ah! fi mon pere me voyoit ici, qu'eft-ce qu'il diroit ?* Le maréchal de Duras lui a répondu : *Monfieur, on fera en forte qu'il n'aura pas lieu de s'en repentir.*

Du refte, M. de *Vaudreuil* avoit apporté toute forte de délicateffe dans fon invitation, jufqu'à lui écrire que la reine l'autorifoit à choifir le jour & l'heure qui lui convenoient.

13 *Janvier*. Depuis quelque temps, les négociations pour la paix, qu'on croyoit, il y a fix femaines, fur le point de fe terminer, fans en rechercher les raifons politiques, femblent dans une forte de ftagnation. Un poëte envifageant ces lenteurs fous le point de vue peut-être le plus vrai, a fait les vers fuivants.

VERS *Sur le dernier armement des Anglois, qui ne peuvent plus continuer la guerre, & qui rougiffent de faire la paix.*

Du poids de cent vaiffeaux la Tamife accablée,
Raffure foiblement l'Angleterre ébranlée ;
Son peuple altier redoute & la guerre & la paix,
Nos glaives font tirés, nos impromptus font faits.

Le François fut toujours combattre ; vaincre & rire ;
Son courage eft terrible , & vive eft fa fatire ,
Sauvé de l'un , à l'autre on craint de s'expofer :
Frémis, fiere Albion, tous deux vont t'écrafer.

On attribue cette boutade à un homme de lettres , qui donnoit les plus grandes efpérances ; mais retiré depuis long-temps du commerce des mufes , & dont le patriotifme feul a ranimé la verve en ce moment. On dit qu'un peu d'humeur auffi contre les Anglois qui lui ont pris beaucoup de denrées venant d'Amérique où il a de riches habitations , n'a pas peu contribué à l'infpirer. Ce transfuge du Parnaffe eft M. de *Fortelance*.

14 *Janvier*. Les lettres viennent de faire une perte en Mad. *Elie de Beaumont* , femme de l'avocat de ce nom. Elle étoit principalement connue par le roman en lettres du marquis de *Rozelle* , ouvrage très - agréable , mais où l'on trouvoit qu'elle étoit trop entrée dans le détail des intrigues & du manege des courtifannes, chofes dont une honnête femme ne fembleroit pas devoir être fi bien inftruite.

Mad. *Elie de Beaumont* tenoit une forte de bureau de bel efprit chaque foir , fuivi d'un fort bon fouper , ce qui attiroit beaucoup de monde. M. & Mad. *de la Harpe* y préfidoient fur-tout.

Il y avoit une liaifon très - intime entre cette virtuofe & l'avocat *Target* , qui faifoit ménage avec le mari & la femme , & animoit auffi cette fociété.

14 *Janvier*. Extrait d'une lettre de Befançon , du 8 janvier. .... Le parlement , avant que fes députés partent , a fait une bourfe commune ,

& chacun y a mis vingt louis. Il en a résulté une masse de 30,000 livres sur laquelle seront pris les frais de la députation ; ainsi que ceux des exilés , s'il y en avoit ; & , quand ces fonds seront épuisés , on recommencera. Tout cela n'est pas de bon augure pour la cour. Comme dans les précédentes catastrophes la fortune de plusieurs de messieurs s'en est ressentie , ils ont pris cette sage précaution qui ôte aux pusillanimes le prétexte du besoin.

Du reste , Messieurs , avant de partir , ont aussi fait dresser des procès-verbaux en regle de l'état de détresse où se trouve la province , dont les paysans en beaucoup d'endroits sont obligés de se nourrir de pain d'avoine à cinq sous la livre. Tous ces procès-verbaux , tant sur la nature du pain que sur les prix , sont très en regle , & signés des officiers de la justice & des curés des lieux , en contradiction de ceux de l'intendant , extorqués de ses subdélégués. Les députés ont dû porter aussi avec eux des échantillons de ce pain....

15 *Janvier.* Le clergé sent plus que jamais la nécessité de venir au secours de la foi ébranlée dans ce siecle , où non-seulement on en attaque les dogmes , mais où l'on a formé une ligue si réelle & si formidable pour anéantir l'essence même de la religion. C'est ce qui a déterminé la derniere assemblée , qui vient de se tenir à Paris , de donner des pensions à quelques-uns des auteurs qui se sont distingués dans la lice chrétienne. En outre, elle a destiné 30,000 liv. pour être distribuées en pensions à ceux qui , par des productions vraiment utiles , se rendront dignes de ces bienfaits. On a déja parlé du pere *Berrier* , inscrit sur la liste de ceux qui ont eu part aux faveurs du clergé , en

B 5

voici d'autres. Le pere *Houbigant*, prêtre de l'oratoire, l'abbé *Pey*, chanoine de Saint-Louis du
Louvre, auteur des *Mémoires du comte de Val-
mont*; l'abbé *Clémence*, chanoine de Rouen, auteur de la *Réfutation de la Bible enfin expliquée de
Voltaire*; M. *Soret*, avocat en parlement, qui autrefois a travaillé en société avec le pere *Hayer*,
récollet, à un ouvrage périodique, intitulé *la
Religion vengée*; & M. l'abbé *Auger*, membre de
l'académie des belles-lettres. Quoique celui-ci ne
se soit fait connoître jusqu'à présent que par des
traductions d'auteurs grecs, il a été distingué par
l'assemblée à titre de savant propre à soutenir &
rappeller le bon goût de la littérature. D'ailleurs,
M. *Auger* se propose de publier incessamment la
traduction des plus beaux morceaux de Saint-Chri-
sostôme, & des autres peres grecs.

16 *Janvier.* Les députés du parlement de Besançon sont arrivés à Versailles les 6, 7 & 8. On
prétend que l'on avoit eu soin d'y tenir des au-
berges prêtes pour les recevoir, & qu'il y avoit eu
ordre aux aubergistes de ne point admettre chez
eux d'autres étrangers durant leur séjour, afin
d'éviter toute communication avec des membres
ou des émissaires du parlement de Paris ou d'ailleurs, qui voudroient s'établir-là. Quoi qu'il en
soit, le 9 ces députés ont été introduits à l'audience du roi, qui a duré sept quarts d'heure.

S. M. s'étant fait représenter le registre qu'on
appelle à Besançon, *le registre des actes importants*,
a remarqué qu'il n'étoit pas signé de messieurs.
Elle a demandé pourquoi ? On lui a répondu que
c'étoit l'usage. Elle a dit que c'étoit un mauvais
usage, & les a fait signer tous l'un après l'autre.
Ensuite S. M. a fait biffer les arrêtés & arrêts qui

lui ont déplu depuis les séances du comte *de Vaux*, & a fait transcrire en marge un arrêt du conseil qui les casse ; mais dans cet acte d'autorité on a rendu hommage aux formes, en le revêtant de lettres-patentes : on a d'ailleurs adouci le préambule, motivé principalement sur ce que le parlement s'est conduit par des principes contraires à l'ordonnance du mois de mars 1775, qui le rétablit par cette phrase où l'on fait dire au roi : « Persuadé de la pureté de votre zele, il est de » notre devoir d'en régler les effets par notre sagesse, & de vous ramener aux véritables principes, desquels nous ne présumerons jamais que » vous puissiez avoir intention de vous écarter. » Elle leur a ordonné de retourner à Besançon sans passer par Paris, pour y recevoir ses ordres le 21 de ce mois.

Messieurs les députés ne sont pas extrêmement mécontents de leur réception. Le roi y a mis même de la bonté. Le greffier est âgé, & comme pour écrire il étoit obligé de se baisser & de fatiguer beaucoup, S. M. a ordonné qu'on lui apportât un pliant.

Un de messieurs se trouvant mal de la longueur de la séance où ils sont restés debout, le roi s'en est apperçu, & lui a fait signe qu'il pouvoit sortir.

16 *Janvier.* On a représenté aujourd'hui à Versailles, *le roi Lear*, nouvelle tragédie de M. *Ducis*, imitée de l'Anglois, qu'il doit faire jouer incessamment ici. On veut qu'elle ait eu beaucoup de succès malgré la bizarrerie du sujet qui est un prince fou, ayant deux filles, l'une bonne, l'autre méchante, & se trompant continuellement, les confondant d'une manière dont résultent des

E 6

effets très-pathétiques. On veut qu'il y ait un art infini dans la conduite de ce principal personnage, & que cela soit admirable. On sait qu'il faut beaucoup se défier du goût & des louanges des courtisans en fait d'ouvrages d'esprit.

17 *Janvier.* Discours du roi à la députation du parlement de Besançon, du 10 janvier....

Je vous ai mandés, afin que vous n'affectiez plus d'ignorer que tout ce qui se fait en mon nom, se fait par mes ordres.

J'ai fait biffer vos arrêts pour ne plus laisser aucune trace d'actes, aussi contraires à la soumission dont vous devez donner l'exemple à mes sujets de votre ressort.

J'écouterai toujours ce que mon parlement me représentera pour le bien de mes sujets de Franche-Comté ; mais il doit mieux s'assurer de l'exactitude des faits qu'il m'expose.

Ses arrêts & ses arrêtés ne doivent jamais lui faire des titres pour défendre ce que j'ai ordonné, ou pour ordonner rien de contraire à mes volontés.

Mon peuple ne fait qu'un avec moi ; ses droits & ses intérêts sont les miens ; c'est dans ma main seule qu'ils reposent, & j'en suis le gardien suprême.

Si cette maxime, qui doit être gravée dans le cœur de tout sujet fidèle, venoit à s'effacer, je compte que les officiers de mon parlement la rappelleroient à mes peuples.

Retournez à vos fonctions, rendez bonne justice à mes sujets ; « c'est un droit précieux que » je vous ai confié ; & dont vous ne sauriez » vous acquitter avec trop d'attention & de » zele. »

Le roi a ordonné que ce qu'il venoit de dire, seroit écrit sur les registres & lu aux chambres assemblées.

17 *Janvier.* L'académie françoise dans son assemblée d'hier 16, a adjugé aux *conversations d'Emilie*, ouvrage de madame *d'Epinay*, le prix annuel fondé par un citoyen anonyme, en faveur de l'ouvrage le plus utile à la société. Ce prix est une médaille d'or de la valeur de 1,200 liv.

17 *Janvier.* Extrait d'une lettre de Liege, du 25 décembre 1782.... M. *Gretry*, pour se consoler un peu de l'échec qu'a reçu à Paris son nouvel opéra de *l'Embarras des richesses*, est venu dans sa patrie recevoir des distinctions flatteuses & dont il n'y a point d'exemple encore à l'egard d'artistes de son genre.

Le 21 décembre au soir, M. *Gretry* se rendit à la salle des spectacles & fut conduit à la loge magistrale, où messieurs nos bourguemestres régents le placerent au milieu d'eux. Les comédiens donnoient son charmant opéra de *l'Amant jaloux*, précédé d'un divertissement analogue à la présence de l'auteur, & composé en partie de celui qui avoit été représenté il y a deux ans, à l'inauguration de son buste dans l'avant-scene du théatre. A la fin de cette piece, un transparent où étoit écrit : *Vive Gretry*, traversa le haut du théatre, s'arrêta au dessus de la loge magistrale, & en s'entrou-vrant, remit à messieurs les bourguemestres régents un bouquet, qui fut présenté par eux, au nom de la patrie, à l'illustre artiste : cérémonie qui eut lieu aux acclamations de l'assemblée la plus nombreuse qu'on eût encore vue à notre spectacle.

Le 23, la société d'émulation tint une séance

publique extraordinaire à son occasion ; elle le
fit complimenter par son secretaire perpétuel ,
& elle remit à M. *Louis* , l'architecte du roi de
Pologne , directeur général des bâtiments de
M. le duc de Chartres , qui avoit fait le voyage
de Liege avec M. *Gretry* , une patente d'associé
honoraire.

18 *Janvier.* Les comédiens italiens , aussi actifs
cette année que les précédentes à montrer leur
zele pour travailler aux plaisirs du public , quoiqu'ils aient déja trois nouveautés dont le cours
n'est pas fini , en ont joué hier une quatrieme.
Elle a pour titre *le bon Ménage* , comédie en un
acte & en prose. Cette bagatelle n'est que la suite
des *deux Billets* du même auteur, M. de *Florian*.
Il y a moins de piquant que dans la premiere ,
moins d'intrigue , mais beaucoup de sensibilité
aussi , & plus d'esprit , de gaieté , de naïveté. Car
c'est le mélange de toutes ces qualités qui en fait
le mérite. Le poëte a eu l'heureuse hardiesse d'y
mettre en scene deux enfants qui y reviennent à
plusieurs reprises , & quoiqu'épisodiques , ne laissent pas que d'intéresser par des tableaux vrais &
d'un naturel exquis. Le sieur *Carlin* brille principalement dans cette piece , & y joue avec tant
d'onction le rôle du mari , qu'on perd son masque
de vue , & qu'il fait répandre des larmes.

18 *Janvier.* Extrait d'une lettre de Lille , du
10 janvier.... On ne vous a point exagéré les
honneurs rendus ici à M. *Gretry*. Il revenoit de
Liege avec M. *Louis*. Il a passé par cette ville &
s'y est arrêté pour entendre le concert qu'on y a
nouvellement institué , ou plutôt rétabli. On en
donna un extraordinaire en son honneur , où
l'on n'exécuta que les morceaux les plus intéres-

fants de *Céphale & Procis*, *d'Andromaque*, & du
seigneur Bienfaisant. Quant à ce dernier, il s'en
seroit bien passé ; on remarqua même que cet
artiste, très-jaloux de son naturel & sur-tout
d'un mérite naissant comme celui de M. *Floquet*,
fit la grimace en entendant ces morceaux auxquels il ne s'attendoit pas. Quoi qu'il en soit,
on lui rendit ensuite tant d'honneurs qu'il en fut
comblé.

On avoit mis une couronne sur la statue d'Apollon qui est au fond de la salle, & l'on avoit orné
de guirlandes sa lyre, où l'on lisoit le nom du
célèbre compositeur.

Dès qu'il parut dans la salle, garnie d'un monde
immense, accompagné de deux commissaires, au
milieu desquels il étoit placé, la joie publique
éclata par des battements de main longs & multipliés, qui ne furent interrompus que par une fan-
fare, qui produisit le plus grand effet.

M. *Feutry*, poète, que cette ville se glorifie
d'avoir vu naître, excellent pour les *impromptu*,
crayonna sur le champ le quatrain suivant.

> Gretry paroît, la gloire l'environne ;
> Elle applaudit à ses divins accents :
> L'orchestre brille, il enchante, il étonne ;
> L'œil du génie enflamme les talens.

19. *Janvier.* M. *Linguet* n'a pas manqué, après
être sorti de prison, de parcourir la foule de feuilles périodiques étrangeres qu'on lit à Paris, pour
voir comment elles avoient parlé de cet événement. Il a trouvé qu'elles l'avoient fait en général très-succinctement & avec peu d'intérêt,

que presque toutes même , soit dans la crainte
d'être supprimées , soit dans leur joie secrete de
s'élever sur les débris de ses annales , avoient
gardé à son égard un profond & lâche silence ;
que le seul *courier du Bas-Rhin* contenoit beaucoup de détails à son sujet ; que pendant plusieurs
mois il étoit revenu sur lui , & avoit plaidé sa
cause avec une chaleur , une énergie , une éloquence vraiment touchante. Pénétré de recon-
naissance , il a voulu voir le rédacteur de cette
feuille ; dans sa tournée , après son évasion de
France , il est allé à Cleves où elle se compose ;
il y a admiré un écrivain philosophe , impartial ,
courageux , bien au dessus de son emploi , sachant féconder les matieres les plus arides , &
donner d'avance à une gazette seche & insipide
tous les caracteres , tout l'intérêt de l'histoire. Il
s'est flatté d'avoir rencontré l'homme qu'il lui
falloit ; il l'a choisi pour son confident , il a versé
dans son sein les chagrins dont il étoit oppressé ;
& n'ayant pu obtenir encore la liberté de faire
passer directement en France la suite de ses annales,
qu'il se propose de reprendre , il s'est servi de son
canal pour en indiquer au public la continuation. Il a adressé d'Angleterre à ce rédacteur une
lettre où il annonce son projet. Il doit commencer par une *Relation de sa détention à la bastille*
depuis le 27 *septembre* 1780 , *jusqu'au* 19 *mai*
1782. Pour esquisse il en donne le commencement. Le rédacteur y a joint des fragments de la
lettre qui accompagnoit ce morceau , & les a com-
mentés de quelques réflexions. Ce paragraphe est
si intéressant que le numéro du mercredi 1 janvier 1783 de cette gazette , est devenu extrêmement rare , & tellement mutilé dans les lieux

publics où l'on le lit & le demande encore aujour-
d'hui, qu'il a fallu le copier, & qu'on ne la plus
que manufcrit.

19 *Janvier*. On ne finiroit point de rapporter
tous les calambours qui continuent à pleuvoir fur
M. le duc de *Chartres* & fes bâtiments : voici, pour
juger des autres nouveaux, le moins mauvais : à
l'occafion de la portion de bâtiments du côté de
la rue des Bons-Enfants, qu'on vient de couvrir
d'un énorme & ridicule *comble*, en terme d'architecture, on dit que ce prince a mis enfin le
comble à fes fottifes.

Pour compenfer l'effet de tant de quolibets pi-
toyables qui ne laiffent pas que de fe répéter &
d'entretenir la fermentation & la mauvaife humeur des mécontents contre ce prince, on public
un nouveau projet qui n'annonce que de la bienfaifance de fa part, & ne peut être que très-
agréable au public.

On a commencé à faire les fouilles pour élever la portion d'édifice qui doit fermer le palais
neuf. On a déja dit qu'il y auroit au rez-de-
chauffée un principal promenoir enrichi de fix
rangs de colonnes doriques, qui doit communiquer par la fuite à d'autres promenoirs pratiqués
dans les parties confervées de l'ancien palais,
dont on détruira pour cet effet les logements du
rez-de-chauffée & de l'entrefol. Tout cela fera
très-commode & très-beau ; mais ce qui fera plus
magnifique, plus agréable & plus utile encore,
ce fera un *mufæum* auquel eft deftinée une partie
du premier étage fur le jardin, où toutes les
belles productions des arts, aujourd'hui éparfes
dans les appartements du Palais-Royal, feront,
ainfi que celles qu'on pourra acquérir encore,

réunies & difposées le plus avantageufement poffible pour l'inftruction des artiftes & des amateurs.

19 *Janvier.* Extrait d'une lettre de Vienne, du 2 janvier..... Un jeune poëte Allemand, d'un talent diftingué, a fait imprimer un poëme contre le clergé & le pape, fans en avoir obtenu la per- miffion, & a eu la hardieffe de le dédier à l'em- pereur. S. M. impériale, dédaignant les louanges à la faveur defquelles l'auteur efpéroit faire paffer fa fatire, a écrit la lettre fuivante au chef de la police.

« Vous fignifierez à un particulier nommé
» *Wafchke,* auteur du poëme indécent, la jufte
» indignation que m'a caufé la témérité qu'il
» a eue de me l'envoyer & de me le dédier. Je
» lui défends de faire publier à l'avenir fes écrits,
» & je veux que le libraire qui lui a prêté fon
» miniftere, foit puni fuivant la févérité de la
» loi. »

20 *Janvier. Le roi Lear* eft une tragédie de Shakefpear, que les Anglois eftiment comme une de fes meilleures. Le fameux Garrick l'aimoit fur- tout parce qu'il trouvoit de quoi y déployer toute la fupériorité de fon talent. Cependant aux yeux du bon fens, c'eft le comble de l'extrava- gance, & il faut être bien hardi pour avoir ofé transporter ce fujet fur notre fcene. A en juger par ce qui s'eft paffé aujourd'hui, M. *Ducis* n'a pas lieu de s'en repentir. Quoique les actes aient paru exceffivement longs, l'intrigue pénible, compliquée, abfurde; les détails fouvent puériles & ridicules; la verfification tantôt bourfouflée, tantôt plate; que beaucoup de fcenes aient été reçues très-froidement; que plufieurs coups de

théatre, aient absolument manqué leur effet ; quelques morceaux & quelques scenes, sur-tout une
du quatrieme acte, ont été trouvées d'un naturel si
sublime qu'ils ont produit une vive explosion ,
force *bravo*, *bravissimo*, & qu'ils ont valu à l'auteur un triomphe sinon complet, au moins très-
brillant en certaines parties.

Comme la piece en général a été mal jouée &
mal entendue de la plupart des spectateurs qui
avouent n'en avoir pas compris la marche & l'ordonnance , il faut attendre encore quelques représentations avant de prononcer en dernier ressort sur cet ouvrage , dont le succès, malgré les
brouhaha, a paru si équivoque à l'auteur même ,
qu'après s'être laissé traîner sur le théatre aux acclamations d'une populace bruyante , il a demandé si c'étoit bien sérieux ; si ces applaudisse-
ments étoient bien sinceres ; en un mot si tout
cela n'étoit pas une dérision.

M. *Ducis* s'est d'autant plutôt repenti de sa
complaisance , qu'il craint les reproches de ses
confrères de l'académie , trouvant mauvais qu'un
de leurs membres se soit ainsi prostitué aux regards
du public. En effet, il est le premier de ce corps
qui se soit rendu à de telles instances , & ait paru
sur la scene.

Le sieur *Brizard* joue supérieurement le rôle
du *roi Lear* ; il y est superbe, & n'a pas peu contribué au succès. Il est même le seul qui soit dans
l'esprit de son rôle : on dit qu'il doit quitter à
pâques, & il fera bien , s'il veut se faire regretter ,
car il commence à perdre la mémoire.

Après la tragédie & tout le fracas qui s'en est
suivi , on a laissé tomber la toile, qui s'est relevée
presque aussi-tôt. Comme les comédiens ont jugé

à propos, depuis qu'ils font à ce théatre de ne plus annoncer, on a cherché la raifon de l'apparition du fieur *Molé*, qui s'eft avancé & a bientôt fait connoître le fujet de fon meffage ; il a dit : « Meffieurs, nous aurons l'honneur de vous » donner mercredi la feconde repréfentation du » roi Lear, fuivie de la reprife de l'Anglois à » Bordeaux, *à l'occafion de la paix.* »

Dans *le Tuteur*, petite piece qu'on a jouée enfuite, le fieur *Dugazon* a chanté un couplet *impromptu* de M. *Imbert*, à M. *Molé* fur fon annoncé, non moins miférable : ainfi voilà déja deux méchantes pieces de vers à compte de beaucoup d'autres fur ce grand événement.

20 *Janvier.* Mlle. *Quinault*, cadette, d'un nom fameux & ancien à la comédie françoife, retirée elle-même depuis 1742 de cette fcene, où elle jouoit fupérieurement les rôles de foubrette, vient de mourir âgée de quatre-vingt-trois ans. Elle voyoit très-bonne compagnie, fur-tout en hommes. M. *d'Alembert*, depuis la mort de mademoifelle *l'Efpinaffe*, & de madame *Geoffrin*, alloit habituellement chez elle ; il avoit fa confiance, & dans fon teftament elle lui laiffe un diamant.

Mlle. *Quinault* écrivoit beaucoup, on ne fait fur quelle matiere ; mais elle confultoit fouvent M. *d'Alembert*, & il y a apparence qu'il eft le dépofitaire de fes manufcrits. Elle eft morte avec fa préfence d'efprit, fans s'en douter, étant encore occupée à fe parer. M. le curé de Saint-Germain l'Auxerois avoit tenté de ramener cette ouaille, dont le philofophe fon ami a fi bien foutenu la fermeté qu'elle ne s'eft démentie en rien dans ce dernier inftant , [& qu'elle fera infcrite au rang des héroïnes du parti.

20 *Janvier.* M. de *Kerguelin* , dont on ne parloit plus depuis long-temps , & qui , rayé des liftes de la marine avant la guerre , s'étoit malheureufement mis dans le cas de ne pouvoir plus fervir , recommence à faire parler de lui aujourd'hui par une *relation de fes deux voyages dans les mers auftrales* , où il a commandé les bâtiments du roi le *Berryer* , *la Fortune* , *le Gros-Ventre* , *le Rolland* , *l'Oifeau* , & la *Dauphine* , avec des lettres ou mémoires fur la marine & un état de fes fervices.

21 *Janvier.* M. le curé de Saint Sulpice , perfiftant à rendre fa bafilique une des plus belles de cette capitale , vient de faire baptifer des cloches énormes qui ont été mifes en branle depuis peu , & ont caufé une explofion fi violente dans le quartier , que les acteurs de la comédie françoife étant en fcene , ont été obligés de refter court & de s'arrêter tant que la fonnerie a duré : cet inconvénient pouvant fe répéter tous les jours , ils ont préfenté requête au confeil pour qu'il fût défendu aux marguilliers & fabrique de cette paroiffe de faire fonner les groffes cloches durant l'heure du fpectacle.

Les directeurs des *Variétés amufantes* , qui jouent aujourd'hui à la foire & n'avoient ofé tenter une pareille demande , ont profité de l'ouverture , & fe font réunis aux comédiens françois. On attend inceffamment une décifion à cet égard.

21 *Janvier.* Madame la marquife de *Cabris* revient fur les rangs. On diftribue en profufion , on envoie même aux portes , *Mémoire à confulter & confultation pour la marquife de Cabris* , appel-

tente d'une sentence qui la déclare non-recevable dans sa demande pour faire constater l'état d'abandon de son mari, & lui faire administrer les remedes nécessaires à sa maladie.

La confultation eft du 20 décembre 1782 , & fignée *Charpentier de Beaumont* & *la Croix*.

22 *Janvier.* On attend avec impatience des nouvelles de ce qui fe fera paffé à Befançon le 21 , jour auquel les chambres devoient fe raffembler pour entendre le rapport de leurs députés.

M. *Robert* , jeune confeiller au parlement de Paris , fils du fameux *Robert* de *Saint-Vincent* , a demandé la relation de cette féance pour renouveller à la troifieme chambre des enquétes dont il eft membre , la dénonciation qu'il y avoit commencée des arrêts imprimés de cette cour & de leur contenu. Il étoit queftion d'engager la chambre à demander l'affemblée des autres pour traiter la matiere dans fon étendue & dans la forme convenable ; mais les pufillanimes écarterent fa dénonciation fous prétexte d'attendre le réfultat en queftion.

22 *Janvier.* Le jour où l'on apprit la paix , on dit que l'affaire des deux Bretagnes étoit arrangée , mais celle de la petite encore plus mal que celle de la grande. En effet , il paroît que le calme n'eft revenu dans la premiere que par une foumiffion abfolument aveugle & paffive aux volontés du roi.

23 *Janvier.* '*Le Chroniqueur défœuvré.* Tel eft le titre du fecond tome de l'Efpion des boulevards du temple , qui paroît malgré tous les efforts des baladins pour s'y oppofer. Celui-ci contient les annales fcandaleufes & véridiques des directeurs , acteurs & faltinbanques du boulevard , avec

un réfumé de leur vie & mœurs par ordre chronologique. Ce nouveau libelle doit les défoler plus que jamais.

Les hiftrions n'ayant point réuffi auprès du magiftrat de la police, faute de pouvoir articuler l'auteur, ou du moins donner des indices qu'on pût fuivre, avoient voulu mettre l'affaire en juftice réglée. Ils avoient porté une plainte au châtelet, coté un procureur, nommé un avocat, & defirôient qu'au moins on févît contre le livre par la lacération & la brûlure. Mais on leur a fait connoître que ce pamphlet ne contenant rien de contraire ni à la religion, ni à l'état, ni aux mœurs, n'attaquant perfonne de la famille royale, ne portant que fur des perfonnages déja diffamés par les loix, n'étoit fufceptible d'aucune flétriffure juridique.

23 *Janvier.* M. le duc *de Fronfac* a eu une maladie très-grave, il n'y a pas long-temps, dont il eft rétabli. Il avoit pour médecins les docteurs *Bouvart* & *Barthès* : ces meffieurs, un jour que le malade étoit décidé hors d'affaire, fe complimentoient entre eux du fuccès, & s'en renvoyoient réciproquement la gloire avec modeftie. Le malade, qui les entendoit de fon lit, s'écrie : *Afinus afinum fricat.* Les docteurs indignés tirent leur révérence & ne font pas revenus. Le docteur le *Preux*, vengeur-né de la faculté, a compofé a cette occafion un *conte hiftorique* en vers, intitulé :

Le Duc reconnoiffant & les deux Médecins.

Un petit duc, très-chétif avorton,
Bouffi d'orgueil & du plus mauvais ton,
Fait au mépris & fe riant du blâme,

Se préparoit non pas à rendre l'ame,
On ne rend pas ce qu'on n'a jamais eu ;
Sans plus de phrafe, il fe croyoit perdu.
Privé d'efpoir, épuifé de débauche,
Ce mannequin, cette fragile ébauche
Alloit partir, bien coufu dans un fac
(Ce mot eft mis pour rimer à Fronfac :)
Lors deux rivaux du grand dieu d'Epidaure,
Dont le talent mérite qu'on l'honore,
Vinrent foudain, quoiqu'appellés trop tard,
En le fauvant, prouver l'abus de l'art.
Les deux amis, jaloux de leur victoire ;
Modeftement s'en renvoyoient la gloire ;
Dans ce moment, du fond de fes rideaux,
Le duc, encore étendu fur le dos,
Glapit ces mots (injure fotte & vaine)
» Bravo, docteurs : voilà de la Fontaine
» Les deux baudets, qui, fe faifant valoir,
» Vont tour-à-tour ufer de l'encenfoir.
Bien, dit Barthès, je goûte cette fable.
Mais j'aime mieux l'hiftoire véritable
De ce dauphin qui voyant un vaiffeau,
Bien loin du port, difparoître dans l'eau,
Vint fur fon dos, à l'inftant du naufrage,
Sauver lui feul prefque tout l'équipage.
» A terre il porta ce qu'il put,
» Même un finge, en cette occurrence,
» Profitant de fa reffemblance,
» Lui penfa devoir fon falut.
» Mais le dauphin tourna la tête,

» Et

» Et le magot confidéré,
» Il s'apperçoit qu'il n'a tiré
» Du fond des eaux, rien qu'une bête.
» Il le replonge, & va trouver
» Quelqu'homme afin de le fauver.
Ces deux docteurs, après cette aventure,
Livrent le duc aux foins de la nature,
Qui le fauva, par l'unique raifon
Qu'elle fait naître en la même faifon
Le noir *Cyprès*, la riante verdure ;
L'aigle & l'afpic, les fleurs & le poifon.

23 *Janvier.* C'étoit hier le bruit général à
l'opéra que les comédiens françois avoient eu gain
de caufe, & qu'un arrêt du confeil défendoit
aux marguilliers & à la fabrique de Saint Sulpice
de faire fonner les groffes cloches durant l'heure
du fpectacle.

Le plus vraifemblable eft qu'il n'y aura pas eu
de jugement, mais une infinuation verbale au
curé de s'arranger de façon à ne pas troubler ce
fpectacle.

24 *Janvier.* Le fecond volume du *Chroniqueur
défœuvré* eft encore inférieur à l'autre & ne paroît
pas de la même main. Les perfonnages n'en font
pas affez intéreffants pour mériter des détails,
qui d'ailleurs fe reffemblent tous. Le réfultat des
portraits & aventures de tant de héros forains &
héroïnes fubalternes, eft que ce n'eft qu'un af-
femblage de la plus vile & la plus infame canaille
de l'un & de l'autre fexe, ce que perfonne n'igno-
roit. Du refte, point d'anecdotes curieufes, de
bons mots, de petites pieces de vers comme dans

la première partie, qui en fauvoient la monoto-
nie & y jetoient du piquant.

Le feul chapitre remarquable eft celui intitulé :
Projet d'adminiftration des fpectacles forains ; encore ne remplit-il pas fon objet , ne contient-il
aucune idée neuve , aucun détail utile , aucun
plan fatisfaifant à cet égard.

Dans le titre du *Chroniqueur défœuvré* il eft dit ;
*augmenté d'un plan d'ouvrage qui paroîtra inceffam-
ment fur les grands fpectacles.* Et en effet , on
trouve cette efpèce de *Profpectus* à la fin du volume. C'eft de celui - ci feul qu'il tirera de la
vogue ; l'efquiffe , déja très - méchante , alarme
tous les coriphées du théatre lyrique & des deux
autres , & ils rémuent ciel & terre pour empêcher
que la diatribe annoncée ne fe répande & ne foit
imprimée.

24 *Janvier.* On parle d'un ouvrage nouveau ,
dont toute l'édition a été arrêtée ; de façon qu'il
n'en a percé aucun exemplaire. On dit feulement
qu'il étoit intitulé : *le Cocu imaginaire* , & l'on
juge de fon importance par la vigilance de la
polite à en prévenir toute diftribution.

24 *Janvier.* Le théatre de *Nicolet* eft aujour-
d'hui l'école des phyficiens. On y voit un fpectacle intitulé : *les Forces d'Hercule* , qui attire
leur attention & leur admiration. Un feul homme
couché fur le dos en porte vingt-quatre en équi-
libre fur une table qu'il foulève avec fes pieds.
M. *Sue* , célebre profeffeur d'anatomie , attaché
fpécialement au mufée de M. *Pilâtre de Rofier* ,
eft allé ces jours-ci avec fes écoliers *aux grands
danfeurs du roi* , pour voir cette merveille & la
leur expliquer enfuite , s'il eft poffible ; car les
plus anciens partifans de ce genre de fpectacle ,

conviennent n'avoir jamais rien vu de pareil. On a compulsé les chroniques littéraires de la foire fans en trouver d'exemple.

L'Hercule moderne est un Hollandois d'environ trente ans, il n'a guere que cinq pieds & demi : il est trapu, a quelque chose de féroce dans le regard & la physionomie, & ressemble plutôt à un sauvage échappé des forêts qu'à un humain de l'espece ordinaire.

25 Janvier. Le premier mémoire que la marquise de *Cabris* publia en 1779, tendoit à lui faire recouvrer sa liberté qu'elle avoit perdue par un ordre du roi, qui la retenoit au couvent à *Sisteron.* Le ministre, éclairé par les plaintes de l'innocence, nomma M. le Noir, conseiller d'état & lieutenant - général de police de la capitale, pour dévoiler ce mystere d'iniquité ; & sur le rapport du magistrat integre & compatissant, la lettre de cachet fut levée.

Mais, durant cet intervalle, les instigateurs de la persécution étoient venus à bout de leur dessein principal, de s'emparer de la personne du marquis de *Cabris*, de celle de sa fille, & de tous les biens, en vertu d'un arrêt du parlement d'Aix. Il s'agit aujourd'hui de marier cette jeune personne, & quoiqu'elle n'ait pas encore douze ans, dans six mois elle sera sous l'empire d'un étranger, sans le concours de sa mere, si les loix ne viennent à son secours : en conséquence elle s'adresse aux jurisconsultes.

Ceux-ci décident que ses deux demandes de ravoir son époux & sa fille, sont conformes aux loix, aux principes reçus & au vœu de la nature ; qu'on ne doit attribuer l'arrêt du parlement d'Aix qu'à la circonstance particuliere de la détention où étoit alors la marquise de *cabris* : ils lui indiquent en conséquence les différentes voies qui lui restent ouvertes pour se faire réintégrer dans les droits inhérents à ses titres. Quant au mariage projeté, les jurisconsultes ne doutent pas que, s'il s'effectuoit aussi illégalement, il ne fût déclaré nul, & n'exposât conséquemment à la dégradation & au déshonneur l'épouse illégitime & sa postérité.

Tout cela seroit incroyable, si on ne le lisoit dans ce mémoire plein de sensibilité & d'éloquence ; mais le comble de l'étonnement, c'est de voir le marquis de *Mirabeau*, l'auteur de *l'Ami des hommes*, pere de la marquise de *Cabris*, insensible à ses maux, à ses plaintes, non-seulement ne prendre aucun intérêt à elle dans cette grande affaire, mais ne pas lui répondre ; lui être contraire & se ranger du côté de ses ennemis.

25 Janvier. Ce qui augmente l'indignation de l'académie françoise contre M. *Ducis*, de s'être laissé traîner sur le théatre le jour de la premiere représentation du *Roi Lear*, c'est l'anecdote de la petite piece où l'on avoit inféré le pitoyable couplet sur la paix dont on a parlé. Le public par dérision demanda l'auteur : le sieur *Dugazon*, qui étoit le coupable, fit beaucoup de simagrées dans la coulisse, & se laissa enfin amener sur la scene ; ce qu'on regarda comme une parodie assez sensible des petites façons qu'avoit fait l'académicien, & fit beaucoup rire.

26 Janvier. M. *Imbert* a inféré dans le Mercure du 28 décembre dernier, un conte intitulé : *les Etrennes & le Bouquet.* M. *Parisau* en a tout de suite fait une petite comédie, en un acte &

(53)

en vers. Les Italiens ont joué avant - hier cette bagatelle du moment, qui a eu un succès éphémere, le seul que d'auteur pût se promettre. C'est moins que rien.

16 Janvier. Extrait d'une lettre de Rennes, du 20 janvier. Je crois bien que les ministres ont été fort enchantés de la maniere heureuse dont les choses ont tourné, qu'ils n'ont pas manqué de répandre des bulletins favorables à leur systême. Mais ceux des états ne sont pas tout-à-fait conformes. Voici la relation exacte de ce qui s'est passé.

Le 12, les affaires n'étoient pas plus avancées qu'avant, & les bastionnaires s'attendoient fort à voir effectuer les menaces de la cour; en conséquence ils avoient dressé des protestations contre tout ce qui arriveroit : cependant l'évêque de Rennes, absolument vendu au parti adverse, de concert avec le commandant, avoit manœuvré de façon à se former un parti considérable dans la noblesse, le seul ordre qu'il craignît : il avoit engagé nombre des gentilshommes qui avoient disparu des états, à y revenir; on prétend même qu'il avoit distribué de l'argent aux plus pauvres, & promis des récompenses aux autres.

Quoi qu'il en soit, le 13 au matin, M. d'Aubeterre étant entré pour signifier les ordres du roi, dans la consternation générale, M. l'évêque de Rennes lui demanda, au nom des états, la permission de délibérer encore une heure. Le commandant parut y acquiescer & se retira.

Grand tumute alors : M. l'évêque de Rennes qui avoit sa partie liée, fit accéder le tiers à l'avis de la noblesse à l'égard des octrois des villes, & à ce qu'elle en a dit dans sa lettre au roi du

C 3

29 décembre ; celui-ci à son tour exigea quelque déférence aux ordres de la cour pour arrêter les malheurs dont la province étoit menacée, & l'on convint de faire une députation à M. *d'Aubeterre* pour lui annoncer les dispositions favorables & la résignation des états, s'il vouloit faire biffer les ordres inscrits sur les registres, qui gênoient les suffrages & leur ôtoient tout leur mérite.

M. *d'Aubeterre* répondit à cette tournure mielleuse, qu'il ne pouvoit rien faire sans des ordres préalables, qu'il n'avoit point le temps de les prendre ; qu'il s'en rapportoit au surplus à ce que feroient les présidents des ordres.

Sur cette réponse, M. l'évêque de Rennes, de son autorité, biffa sur les registres les ordres qui déplaisoient aux états, & fit sur le champ aller au scrutin, de sorte que la délibération fut d'accéder aux demandes de la cour, & de se soumettre.

Cinquante gentilshommes seulement se retirèrent, sans vouloir prendre part à une délibération aussi irréguliere & aussi mendiée ; d'autres restèrent, mais sans opiner.

Alors M. *d'Aubeterre* rentre très-satisfait, & dit qu'il alloit en rendre compte au roi, & qu'il ne doutoit pas que sa majesté ne confirmât ce qu'avoit fait M. le président des états, n'accordât même à ceux-ci leurs demandes antérieures sur la députation, objet ancien de la difficulté.

Depuis ce temps il ne s'est rien passé de remarquable, & l'on ne voit pas que la cour se soit pressée de confirmer les promesses du commandant ; en sorte qu'il regne encore une fermentation, mais sourde. Les membres vraiment attachés aux intérêts de la province, craignent fort d'avoir été joués.....

26 *Janvier*. M. *de Rochefort*, membre de l'académie des inscriptions & belles-lettres, traducteur d'Homère & l'un des plus intrépides, des plus fanatiques défenseurs de l'antiquité, mécontent des différentes Electres déja mises sur la scene françoise & à l'opéra, a remanié ce même sujet, & l'a fait exécuter à la cour le 19 décembre dernier. Ceux qui y ont assisté assurent que son ouvrage très-froid, quoiqu'enrichi de toutes les beautés de Sophocle, d'Eschyle, & d'Euripide, quoiqu'accompagné de chœurs à la fin de chaque acte à la maniere des Grecs, n'a eu aucun succès, n'a produit aucune sensation.

27 *Janvier*. M. *Viffery de Boisvalé*, avocat en parlement, demeurant à Saint-Omer, au mois de mai 1780, fit élever un paratonnerre sur sa maison : cette nouveauté alarma son voisinage, il y eut une requête présentée à ce sujet, où l'on demandoit la destruction du conducteur électrique ; & par sentence du 14 juin suivant, il fut ordonné à M. de *Viffery* de le supprimer dans vingt-quatre heures : le 21, sur son opposition, la même sentence fut confirmée ; il en a appellé au conseil d'Artois, & l'affaire n'est point encore jugée.

En attendant, M. de Viffery publie un mémoire imprimé, qui est parvenu jusqu'ici, & qui contient tous les détails de l'origine & des suites de ce singulier procès, ainsi que l'historique du paratonnerre & des différentes applications qui en ont été faites, même chez le roi au château de la Muette.

C 4

À la suite du mémoire signé *Benifart*, avocat de Saint-Omer, on lit une consultation souscrite de quatre jurisconsultes connus de Paris, en date du 13 mai 1782, qui estiment l'appel bien fondé, mais croient que la sagesse des magistrats ne rendra pas à M. de Vissery l'usage de son paratonnerre, sans préparer le peuple à cet événement par des lenteurs prudentes; ils estiment qu'il faudroit avant se pourvoir d'un examen & rapport favorables, de l'académie des sciences, qu'on feroit imprimer & qu'on répandroit préalablement.

Cette consultation est appuyée d'une autre de quatre jurisconsultes d'Arras, en date du 15 septembre 1782, qui sont du même avis & blâment fort les échevins de Saint-Omer, d'un jugement qui tend ouvertement à maintenir les préjugés & l'ignorance, contre le progrès des sciences & des arts.

Le mémoire, beaucoup trop long comme pièce judiciaire, est bien instructif comme ouvrage de physique, & peut passer pour un traité très-savant sur le *conducteur électrique*, le *garde-tonnerre*, le *paratonnerre*, ou le *parafoudre*, quatre mots synonymes, entre lesquels les savans sont encore partagés.

28 *Janvier*. M. *Pasquier*, conseiller de grand'-chambre, & doyen du parlement de Paris, est mort le 14 dans sa quatre-vingt-septieme année. Ce magistrat d'un caractere rigide & sévere en général, & qu'il déploya sur-tout dans le procès du comte de Lally, avoit su cependant se ployer à propos aux volontés de la cour, en sorte qu'il jouissoit de 36,000 liv. de rentes des bienfaits du roi; il occupoit sa charge depuis le 20 mai

1718, & il avoit encore tenu le 10 l'audience
de la grand chambre. C'étoit un vrai *Perrin-
Dandin*, qui avoit la fureur de juger, & ne
pouvoit vivre hors du palais. Sa mort va mettre
plus à l'aise M. de *Tollendal*, quoiqu'il n'eût pas
déja trop épargné dans ses mémoires ce magistrat
de son vivant.

28 *Janvier*. M. de *Rochefort*, suivant l'usage,
a été obligé de faire imprimer sa piece avant
qu'elle fût jouée à la cour, en sorte que ceux
qui ne l'ont pas vu représenter, peuvent au moins
en juger dans le silence du cabinet. Elle est pré-
cédée d'une longue préface, où il motive son
audace de remanier un sujet déja traité par
plusieurs auteurs, & sur-tout par *Crébillon* &
Voltaire; il s'en défend sur ce qu'il a eu pour
principal but de faire bien connoître l'Electre de
Sophocle, défigurée par les autres; modele qu'il
a suivi d'aussi près qu'il lui a été possible pour
la marche & la conduite de la piece, & même
pour les discours; & lorsqu'il a été obligé de
l'abandonner, il a eu recours à Eschyle & Euripide. En sorte que c'est une piece grecque absolument. Il a cru qu'il ne seroit pas inutile aux
jeunes gens de leur mettre sous les yeux dans
toute la vérité ce chef-d'œuvre de sentiment &
de simplicité. La préface entiere est écrite avec
beaucoup de goût & de jugement.

Quant à la piece, elle est parfaitement bien
filée, mais on n'y rencontre rien de neuf que le
dénouement plus adroit, en ce qu'Oreste ne
poignarde point sa mere, que c'est celle-ci qui,
dans son désespoir, court au devant & se préci-
pite d'elle-même sur l'instrument funeste. La versification est assez correcte, assez saine; mais il y

C 5

y manque ce je ne fais quoi qui fait le charme du ftyle , & que n'a pas M. de Rochefort. Ses chœurs, de quelques vers feulement, font trop courts pour fe lier parfaitement à l'action , & produire l'effet qu'il en attend. Son ouvrage reftera donc comme claffique, mais non comme théatral. Il fera lu dans les colleges , & vraifemblablement ne fera jamais joué fur notre fcene.

29 *Janvier*. Le nouvel ouvrage de M. *de Mirabeau* le fils , contre les lettres de cachet & les détentions illégales, eft en deux volumes. À un chapitre près , où il maltraite fort M. de *Rougemont* , lieutenant de roi du château de Vincennes, auquel il reproche fa parcimonie & fa dureté envers les prifonniers, ceux qui l'ont lu affurent que l'ouvrage n'eft que contentieux. L'auteur y agite fort au long la queftion de droit , fi un fouverain peut , par le feul effet de fa volonté, priver un fujet de la liberté , avant qu'il ait été reconnu juridiquement s'il mérite une punition ; & l'on fe doute fort qu'il la décide négativement contre le monarque ; ce qui fembleroit ne pas exiger beaucoup de difcuffion. Du refte, on dit ce livre parfaitement bien écrit.

30 *Janvier*. Le 14 de ce mois, un notaire, un commiffaire & autres gens de juftice étant entrés pour exercer leur miniftere dans une maifon de l'aile du Pont-Marie fur la place aux Veaux, dans un petit bâtiment en faillie fur la riviere, il s'eft effondré ; perfonne n'a péri , mais cinq font tombés à l'eau , & plufieurs ont été bleffés griévement. En conféquence le zele du bureau des finances de la généralité de Paris affemblé le 17 fuivant , a été excité , & il a ordonné qu'en exécution de l'édit de décembre 1607, on ne

pourroit plus conftruire aucun petit bâtiment en faillie & portant à faux, de quelque efpece qu'il foit, à peine de démolition & de 300 livres d'amende ; & qu'à compter du jour de la préfente ordonnance, toutes pareilles faillies feroient démolies & fupprimées.

30 *Janvier*. Les comédiens italiens on joué avant-hier *Céphis*, comédie nouvelle en profe & en deux actes, de M. *Marfollier*. Il s'agit d'une femme qui donne dans le bel efprit & conféquemment fe couvre de ridicule. Ce fujet, déja manié & remanié au théatre, avoit ri à l'auteur, qui avoit cru y voir un côté neuf : fon ouvrage exécuté dans la fociété de M. *Daucour*, fermier général, avoit été applaudi ; mais il y a loin d'un fuccès particulier à un fuccès public. Les vrais connoiffeurs, à une fcene près affez piquante, avoient trouvé tout le refte très-froid, très-long & très-ennuyeux. Cependant ils ne l'auroient pas cru fufceptible de l'exceffive rigueur avec laquelle le parterre l'a traité, au point qu'on n'en a pu rien entendre. C'eft pour la féconde fois qu'on humilie ainfi l'auteur, à qui fon *Vaporeux* devroit faire trouver plus d'indulgence.

M. *Marfollier* eft un très aimable homme de fociété ; il a 30,000 livres de rentes, & pourroit fe paffer de s'expofer à de pareilles fcenes ; mais il eft entraîné par l'afcendant de fon génie ; & malgré fes diverfes chûtes, on ne peut lui contefter du talent.

30 *Janvier*. *Vaucanfon*, par fon teftament, a légué fon cabinet de méchaniques à la reine. S. M., fur le compte qu'on lui en a rendu, a paru peu flattée du legs & difpofée à le refufer. En conféquence, meffieurs de l'académie des

C 6

ſciences ſont venus à la traverſe, & ont fait inſinuer à la reine qu'elle pourroit tout de ſuite en
faire préſent à cette compagnie, ce qui laiſſeroit
à S. M. la commodité d'en jouir quand elle voudroit, donneroit au public la même faculté, &
conſerveroit cette collection précieuſe de machines qui pourroient ſe diſperſer & ſe perdre
ſi elles tomboient en la poſſeſſion de quelques
particuliers.

Meſſieurs les intendants du commerce, excités
par les inſpecteurs, & avertis des diſpoſitions de
la reine, avant que l'acte fût conſommé, ont eu
recours au miniſtre des finances pour faire diſ-
traire au moins de la donation toutes les machines relatives aux manufactures. M. de *Fleury* s'eſt
rémué à cet effet, & l'académie, inſtruite de
l'oppoſition qu'elle trouvoit de ſa part, a nommé
une députation vers lui pour lui faire connoître
qu'elle avoit le même but, & deſiroit ſeulement avoir
en dépôt ces machines qui ſeroient toujours à ſa
diſpoſition & à celle de tous ceux qui en auroient
beſoin. M. de *la Lande* étoit à la tête de la députation & portoit la parole. Cet académicien
dans ſon diſcours voulant diſcuter la queſtion de
droit & prétendre qu'il n'y avoit rien que de
légal dans ce qu'on propoſoit à la reine, ce mot
qui ſembloit lui reprocher une injuſtice, a cho-
qué les oreilles de M. de Fleury, qui a relevé
bruſquement l'orateur, & lui a dit que ce mot
n'étoit pas dans ſon dictionnaire. M. de *la Lande*,
étourdi de l'incartade, eſt reſté court; alors le
duc de *la Rochefoucault*, l'un des députés, &
que n'avoit point apperçu le miniſtre, s'eſt préſenté, & a dit à M. de Fleury que ſi ce mot *légal*
n'étoit pas dans le dictionnaire du contrôleur-

général , il étoit dans celui de l'académie , &
que s'il vouloit le confulter , il y en trouveroit
le fens qu'il n'entendoit pas. M. de Fleury s'eft
confondu en excufes vis-à-vis le duc, & lui a promis de faire tout ce qui feroit agréable à la compagnie.

31 *Janvier*. Extrait d'une lettre de Cadix , du
14 janvier. .... Le *Fandango* eft une danfe lafcive
que les Efpagnols ont rapportée des Indes & qu'ils
exécutent fréquemment fur leur théâtre ; comme
autrefois on mettoit à vos fpectacles la *Fricaſſée*
à toute fauce. Les officiers françois qui n'entendent pas la langue, fe plaifent fur-tout à ce *fandango* & ne veulent que cela ; car , malgré les
horreurs de la guerre , on ne laiffe pas que de fe
réjouir ici , & d'aller à la comédie. M. le comte
d'Oreilly, gouverneur de Cadix, qui n'aime point
autant la danfe que nous , & dévot vraisemblablement , a trouvé mauvais qu'on donnât fi fouvent ce *fandango* , & par fes infinuations fans
doute , les comédiens s'étant refufés de fe prêter
aux defirs du public françois , tous les officiers
étoient convenus de fe rendre à la comédie un
certain jour , & de faire tapage , fi les acteurs
n'accédoient à leur demande ; c'eft à peu près
comme fi à la comédie italienne Arlequin re-
fufoit de danfer le menuet quand le parterre
l'exige.

M. *Oreilly* , inftruit du complot , avoit pris
le parti de faire défenfe à tous les officiers à terre
d'aller à la comédie au jour indiqué , & en même
temps prévenu M. *d'Eftaing* , pour l'engager à
fe comporter de même envers les officiers de
la marine.

M. *d'Eftaing* a commencé par témoigner à

M. *Oreilly* qu'il trouvoit très-mauvais que, sans sa participation, il eût intimé de pareilles défenses à terre, puisqu'il ne devoit pas ignorer que lui comte *d'Estaing* avoit les pouvoirs les plus amples, commandoit & la mer & la terre; il lui a ajouté que du reste il n'empêcheroit point les officiers d'aller à la comédie & de demander le *fandango*. M. Oreilly, voyant que cette tentative tourneroit mal, a pris le parti de lever ses défenses, & de faire donner le *fandango* deux fois au lieu d'une; mais madame *Oreilly* n'a point été au spectacle ce jour-là, craignant d'être huée.

Tout cela prouve en passant que les François & les Espagnols ne sont pas aussi bien ensemble qu'on voudroit l'insinuer, & sur-tout qu'il y a une grande jalousie entre les chefs.

31 *Janvier.* On avoit craint qu'il ne s'élevât au parlement une dispute sur le décanat. On disoit que M. *Angran*, conseiller-président par commission de la troisieme chambre des enquêtes, mais l'ancien de réception de M. de *Chavannes*, voudroit succéder à M. *Pasquier*. M. de *Chavannes* répliquoit que M. *Angran*, en acceptant la présidence qui lui étoit confiée, étoit sorti de rang. Cette dispute, dont il n'y avoit pas d'exemple, n'a été agitée que dans le public, & l'on est convenu dans la compagnie que pour que M. *Angran* fût autorisé dans son droit, il auroit dû annoncer son dessein de le faire valoir, un an avant la mort de M. *Pasquier*.

31 *Janvier.* Le parterre de la comédie italienne, fort mal composé depuis long-temps, donne de temps en temps des scenes qui font anecdote par leur indécence & leur déraison: c'est

ainfi que tout récemment il a mortifié deux actrices eftimables & qui ne le méritoient pas.

Le famedi 25 on jouoit à ce théatre *Soliman fe-*
cond, dans lequel il y a un rôle de fultanne,
beauté vive & pétulante, qu'on avoit donné pour
la premiere fois à Mlle. *Pitrot*, jeune actrice peu
propre à ce rôle par fa figure, par fon maintien
& par fa tournure ; mais fur-tout trop froide,
trop timide, trop ingénue pour le bien rendre.
Dès qu'on l'a vu paroître, il s'eft élevé un tumulte
fi confidérable dans le parterre, qu'il a fallu baif-
fer la toile. Les comédiens ont tenu confeil, &
Mlle. *Pitrot* a été obligée de venir annoncer que
madame *Dugazon* qui fait ordinairement ce rôle,
étoit incommodée & qu'on avoit exigé de fon
zele qu'elle s'en chargeât ; que fi elle avoit le
malheur de déplaire au public, ne pouvant être
fuppléée en cet inftant, on joueroit une autre
piece. Les gens cenfés du parterre étouffèrent
les murmures des mécontents qui ne s'en tin-
rent pas là & troublèrent encore fréquemment
le fpectacle.

Le mardi 28, jour de *Céphife*, madame de
Verteuil étant en fcene avec madame *Dugazon*,
nouveau tapage non moins fcandaleux, au point
qu'elles furent obligées de s'arrêter, & que la
premiere vint dire aux mutins très-humblement :
Meffieurs, *ai-je le malheur de vous indifpofer*
contre moi ? faut-il que je me retire ? Même réponfe de la part des honnêtes gens, de l'orcheftre & des loges, mais tant de brouhaha
durant le refte de la piece que perfonne n'en entendoit rien.

Ces fcenes qui fe répetent trop fréquemment,
commencent à faire ouvrir les yeux à ceux qui

plaidoient pour le parterre debout , & ils font
fâchés aujourd'hui qu'on ait eu égard à leurs
raifons & qu'on n'ait pas mis des banquettes
dans celui de la nouvelle falle de la comédie
italienne.

1 *Février* 1783. L'académie françoife , dans
fon affemblée du jeudi 30 janvier , a adjugé ,
pour la feconde fois , à M. de la Cretelle , avocat
en parlement , le legs annuel de 1,200 liv. fait
par M. le comte de *Valbelle* , en faveur d'un
homme de lettres , au choix de cette compagnie.

M. de *la Cretelle* eft un des principaux coopérateurs du mercure , & il fait bon avoir des
amis par-tout. Voilà un des motifs déterminants de
la compagnie.

1 *Février.* Suivant les lettres de Befançon ,
M. de *Saint-Simeon*, qui commande en l'abfence
de M. le comte de Vaux , a tenu le 21 une
féance où meffieurs ont dû affifter par lettre de
cachet , & n'ont pu délibérer légalement ; on
prétend qu'ils avoient protefté d'avance contre
tout ce qui s'y feroit , & fe font ajournés au 29
janvier.

2 *Février.* Il court une fatire d'environ quatre
cents cinquante vers, attribuée à M. *Clément* ,
ayant pour titre *Etrennes aux beaux efprits* ; elle
eft très-piquante , & fait beaucoup de bruit. Elle
eft remplie de traits faillants , de vers heureux
& bien tournés ; on eft fâché feulement que le
poëte , fe livrant trop à fon humeur , s'appefan-
tiffe fur certains détails & ne faffe qu'effleurer
d'autres objets non moins fufceptibles de fa critique. Des longueurs & une affectation de jouer
fréquemment fur le mot , font les principaux dé-

fauts qu'on reproche à cette piece toute en vers
de huit-fyllabes.

Ce qui étonneroit , si l'on n'en avoit de fré-
quents exemples , ce feroit de voir M. *Clément* ,
autrefois l'ami & l'acolyte de M. *Paliſſot* , ayant
fait avec lui un journal en commun , le tourner
aujourd'hui en ridicule & le maltraiter autant que
les philofophes contre lefquels ils avoient autrefois
réuni leurs efforts.

3 *Février*. Extrait d'une lettre de Toulouse ,
du 10 janvier... Notre archevêque , s'il rit des
miracles , des reliques & autres momeries de
notre religion , eſt au moins un des meilleurs
prélats adminiſtrateurs de la nouvelle école. Il a
convoqué au mois de novembre dernier un fynode , où , conformément aux defirs de l'aſſemblée du clergé de 1780 , il s'occupe de l'amélioration du fort des curés & vicaires à portion congrue : fes foins n'ont pas été infructueux : il a vu
tous les membres du fynode applaudir à fes vues
& à fes propofitions. On a augmenté fur le champ
la portion congrue de plufieurs curés ; on a établi des penfions pour ces mêmes curés , pour les
vicaires & coopérateurs du faint miniſtere que la
vieilleſſe ou les infirmités empêchent de continuer leurs fonctions. Le prélat a affecté pour eux
quatre prébendes à fa nomination, qui ne pourront en aucun cas être données à d'autres.

A fon exemple , le chapitre métropolitain de
faint Etienne a affecté de la même maniere aux
curés qui auront deſſervi leur paroiſſe pendant
feize ans, ou à des vicaires & autres eccléfiaftiques qui auront été approuvés pendant vingt-cinq
ans dans le diocefe, quatre prébendes fur quatorze
qui font à fa nomination , & les premieres vacan-

tes feront celles données fur le champ, & affec-
tées à cette deftination.

Il eft à fouhaiter que cet exemple foit fuivi
dans les autres diocefes.

4 *Février. Andien de Clermont*, peintre,
éleve de Baptifte & fon rival dans le genre des
fleurs, quoiqu'il ne fût pas de l'académie, vient
de mourir très-âgé. Il avoit paffé quarante ans
en Angleterre, où il étoit très-recherché ; mais
il quitta ce royaume à la guerre de 1756, & ne
put fe réfoudre à vivre parmi les ennemis de la
France. On prétend que l'école des Baptifte
s'éteint avec lui.

4 *Février*. Extrait d'une lettre de Nantes, du
28 janvier.... Nous avons ici une manufacture
royale d'un nouveau doublage des vaiffeaux, &
d'un vernis métallique pour les ferrures.

Pour le premier ufage c'eft un métal incorrup-
tible; aucun infecte, aucune plante marine ne
peuvent s'y attacher. Il n'eft pas plus pefant que
le cuivre, & n'a aucun de fes inconvéniens.
Les acides ne peuvent rien fur lui : il augmente
beaucoup le fillage des vaiffeaux, & peut même
être employé à couvrir les maifons fans charger
les charpentes.

Le vernis métallique pénetre le fer jufqu'au
centre, en remplit exactement les pores, &
l'empêche de fe rouiller. Tous les clous, chevilles,
& autres fers employés dans la conftruction des
vaiffeaux, ne prennent, par fon moyen, aucune
humidité, & ne fe rouillent jamais. Tous les
fers enduits de ce vernis changent de nature &
deviennent plus durs..... Il faut attendre qu'une
longue expérience ait manifefté les belles & excel-

lentes propriétés de ces deux fecrets, dont on ne nomme pas encore l'inventeur.

4 *Février.* Nous nous fommes déja recriés dans le temps fur les défauts de la halle aux bleds : un des principaux eft fa trop modique étendue. Ce qui fe prouve aujourd'hui par la néceffité où l'on s'eft trouvé de couvrir l'efpace vuide qu'on avoit laiffé au centre, pour y dépofer les marchandifes que ne peut contenir fon enceinte au pourtour.

Meffieurs *le Grand* & *Molinos*, architectes, ont été chargés du nouveau travail, commencé le 10 feptembre & terminé, quant à la conftruction, le 31 du mois dernier, jour où monfieur *le Noir*, le lieutenant de police, eft allé vifiter les ouvrages.

Cette coupole étant de 126 pieds de diametre, donne une circonférence de 378 pieds, ce qui ne fait que 13 pieds de diametre de moins que le fameux panthéon de Rome, la plus grande voûte connue. La hauteur de cette coupole eft de cent pieds fous la lanterne, dont le diametre eft de 24 pieds. Les entrepreneurs du travail ont eu la hardieffe de fubftituer des planches au bois de charpente, ce qui fait une économie prodigieufe, fans compter les avantages de la plus grande légéreté, jointe à la plus grande folidité.

L'invention de ce moyen ingénieux eft due à *Philibert Delorme*, qui l'effaya pour le château de la Muette à St. Germain ; & il avoit été négligé dans ce pays depuis 1650. Meffieurs *le Grand* & *Molinos* l'ont fait revivre au grand étonnement de tous les amateurs. Jamais il n'en a été fait une application auffi utile, vu la rareté du bois de conftruction, & jamais on ne l'a appliqué à une auffi vafte machine.

L'appareil pour les travaux n'étoit pas moins ingénieux, & il faisoit l'admiration de la foule qu'il attiroit : c'étoit devenu un spectacle public.

Le sieur *Roubo* fils, chargé de la menuiserie, connu à l'académie des sciences par plusieurs mémoires sur son art, ne s'est pas moins distingué dans sa partie. Il a porté son exécution à une perfection si grande, qu'il ne s'est trouvé que trois lignes de différence pour arriver aux mesures fixées par les architectes sur un développement de quatre-vingts pieds de courbe, composée de 21 longueurs de planches.

5 *Février.* Le *musée de Paris* acquiert une si grande célébrité, que les directeurs de ce spectacle ont jugé à propos de l'assimiler aux académies pour leurs assemblées publiques : ils donnent des billets ; ils ont des Suisses ; & même muni d'un passe-port, on ne peut entrer, si l'on n'est vêtu avec une sorte de propreté. Un jeune auteur s'étant présenté en redingote, parce qu'il pleuvoit, a eu l'humiliation d'être refusé. Furieux, il est allé chez lui s'habiller & est revenu armé de l'épigramme suivante, dont il avoit fait faire plusieurs copies qu'il a distribuées dans la salle, & qui se sont bientôt multipliées à l'aide du crayon ; en sorte que dès le lendemain elle s'est répandue dans tout Paris, & il en est résulté sur ces directeurs un ridicule difficile à effacer.

> Autrefois, Messieurs, un musée
> Étoit un utile lycée,
> Où trente concurrents divers
> Venoient faire assaut de pensée,
> De savoir, de prose & de vers.

Ici nos maîtres font plus fages :
Parmi ces mufqués beaux efprits ,
Si vous defirez d'être admis ,
Ayez , comme dans leurs ouvrages,
De l'oripeau fur vos habits.

5 *Février.* Un abbé *de Montefquiou* s'eft préfenté à M. de *Marbœuf,* chargé de la feuille des
bénéfices , & lui en a demandé un , prétendant
que fon nom étoit un titre fuffifant, meilleur
que toutes les recommandations. M. l'évêque
d'Autun l'a jugé tel ; cependant , avant d'avoir
égard à la demande du fuppliant , il a cru devoir
en parler à M. le marquis *de Montefquiou Fezenzac* , premier écuyer de *Monfieur.* Ce feigneur
s'eft récrié contre l'impofture, & a prétendu qu'il
n'y avoit pas d'abbé de fon nom.
Celui dont il s'agit, revenu à l'audience de
M. l'évêque d'Autun , en a effuyé de vifs reproches : le prélat lui a rendu le propos de monfieur de Montefquiou ; fur quoi l'abbé , fans
fe démonter , lui a répondu qu'il alloit prouver
en effet qu'ils n'étoient pas parens ; que c'étoit
lui qui étoit le véritable Montefquiou , & que
l'autre ne l'étoit pas. De-là un procès fort fingulier qui occupe & amufe Paris.
6 *Février.* Il fe répand des copies manufcrites
de la lettre annoncée, écrite au roi par la nobleffe
de Bretagne le 19 décembre 1782 : elle eft en
effet très-longue & ne peut être inférée ici dans
fon entier.
On y témoigne d'abord la douleur des états
à la réception de la lettre affligeante où le roi
manifefte fon mécontentement , lettre infcrite

par autorité fur le regiftre, & on fe plaint de cet
enrégiftrement même forcé, qui transforme en
monuments de haine, de vengeance, de defpotifme du fouverain, ces recueils deftinés à ne
contenir que les actes de fa bienfaifance & de fa
juftice, de la foumiffion volontaire, du zele
inépuifable des Bretons.

On fe plaint encore que toutes les formes font
violées au point que les délibérations des états
n'ont plus aucun caractere de liberté ; on compare la tenue actuelle avec les précédentes, & il
en réfulte qu'il n'y a point de reffemblance. On
rapporte les expreffions propres de la commiffion
générale adreffée aux commiffaires du roi. « Nous
» vous avons (y eft-il dit) commis & députés à
» l'affemblée des trois ordres pour leur faire am-
» plement entendre l'état de nos affaires ; & les
» requérir que, continuant envers nous la bonne
» volonté & l'affection qu'ils ont toujours por-
» tées aux rois nos prédéceffeurs, & au bien pu-
» blic de notre royaume, ils nous *veuillent*
» *accorder*, &c. »

Dans la lettre qui excite la réclamation de la
nobleffe, on fait tenir au roi un langage tout
différent ; il ne follicite plus la bonne volonté
& l'affection des Bretons ; il exige leur confentement, fous peine de défobéiffance ; ce qui
ôte toute faculté de délibérer, & anéantit dans
le fait les états qui ne font plus qu'un fimu-
lacre.

On entre enfuite dans le détail des difcuffions
qui ont amené cet acte d'autorité, & l'on marque la progreffion du mal : on rend compte des
divers ordres apportés au nom de S. M. prefque

tous contradictoires , & mettant les états dans
l'impoffibilité d'y obtempérer.

Les demandes nouvelles de S. M. à cette tenue
excedent de beaucoup les autres ; il a fallu examiner fi & comment l'on pouvoit y acquiefcer.
Dans cette recherche on a trouvé une foule de
droits perçus fans la participation des états & à
leur infu, qui fe prévalent avant tout, & empêchent le contribuable de fatisfaire aux impofitions réparties par l'affemblée : tels font les octrois
des villes.

Les états font dans la poffeffion ancienne &
immémoriale de donner leur confentement à ces
octrois & de furveiller à leur emploi : ce n'eft
pas un privilege, c'eft un droit inhérent à leur
conftitution : & en général, il ne peut fe faire
aucune levée de deniers dans la province, qu'ils
n'aient acquiefcé. Ce droit a été rendu inviolable
par le ferment de *Louis XII* ; en fignant le contrat qui l'unit à l'héritiere de la Bretagne , il le
termine par la difpofition fuivante. « Lefquelles
» chofes nous accordons, confentons , voulons,
» promettons & jurons , par ces préfentes fignées
» de notre main, en foi & parole de roi , tenir
» & accomplir fans revenir à l'encontre.

» Ce ferment, Sire, continue la lettre , non
» moins facré que ceux qui engagent à votre
» couronne la foi de vos fujets, auffi refpectable
» pour eux, confirmé par votre majefté à fon
» facre, cérémonie augufte, où le ciel eft pris
» à témoin de la protection promife aux peuples
» felon les loix, refferre le nœud indiffoluble qui
» eft le garant le plus affuré de votre fouveraine
» puiffance. Que feroient en effet les ferments des

» peuples , fi le ferment le plus folemnel des rois
» n'étoit rien ? »

Entre les droits que réclament les états, celui
d'avoir un accès libre au trône en eft un dont
ils font très-jaloux , & fa majefté ne peut les en
priver.

Le roi leur doit ce recours non-feulement par
le fentiment de bonté qui fait l'effence de fon
caractere, mais encore par l'efprit d'équité qui
l'anime ; il le leur doit fur-tout dans les circonftances actuelles, durant une guerre glorieufe où
tant d'actions éclatantes & généreufes rappellent
le nom Breton au cœur attendri du monarque ;
tels font ceux des *du Couëdic* & des *du Rumain.*

Voilà l'efquiffe de cette lettre qui finit , à
l'ordinaire , par l'efpoir qu'ont les états de voir
leurs griefs redreffés , & par tout le *Pathos* qu'em-
ploie en pareil cas l'art oratoire.

7 *Février.* M. *Grimod de la Reyniere,* ci-devant
fermier-général, aujourd'hui adminiftrateur-géné-
ral des poftes, puiffamment riche, n'a qu'un fils
unique, difgracié de la nature en naiffant ; il a
les mains en pattes d'oies , ou plutôt des moi-
gnons, difformité qui l'oblige de porter toujours
des gants. Ce jeune homme , affez bien de figure,
en a pourtant contracté un certain éloignement
des femmes & conféquemment de la fociété ; ce
qui le rend un peu fauvage, & l'on dit que c'eft
un *philofophe.* Du refte, il ne manque pas d'efprit ;
il a un attrait fingulier pour les lettres. Reçu
avocat, fuivant la marche générale de l'éducation
actuelle pour fe rendre fufceptible de toutes les
charges de robe & autres qui exigent cette qualité,
il n'a jamais voulu en acquérir aucune; il fuit le
barreau comme un homme qui en defire faire fa
profeffion ;

profeſſion ; il eſt très aſſidu à ſon ſtage , & s'exerce déja à plaider & à faire des mémoires. Du reſte, M. *de la Reyniere* met beaucoup de nobleſſe & d'humanité dans ſes fonctions ; il ne ſe charge que de la cauſe des malheureux , & affecte principalement de prendre celles des gens opprimés par les fermiers généraux.

Juſqu'à préſent on n'a remarqué que de la ſingularité dans ſa conduite ; mais il vient de ſe permettre une farce de carnaval qui , par certains traits de méchanceté , le fait aſſimiler au marquis de Brunoy , qu'on s'imagine voir revivre en lui. Il s'agit d'un ſouper qu'il a donné à des avocats ſes confreres , & des gens de lettres. La forme des billets & de l'invitation , la cérémonie de la réception des convives , l'ordre & la marche du repas , les propos qu'il y a tenus , tout en étoit ſi bizarre , que la fête , paſſée le ſamedi premier février, eſt aujourd'hui l'entretien de tout Paris. Comme les moindres détails méritent d'en être conſervés ; il faut attendre qu'on les ait recueillis pour les conſigner ici. On aſſure que lui-même jugeant cette extravagance digne d'occuper la poſtérité , en a fait dreſſer procès-verbal.

8 Février. M. *Mallet Dupan* , ſoutenu d'une compagnie , ainſi qu'on l'a dit dans le temps, avoit entrepris de continuer les annales de monſieur *Linguet* durant ſa détention ; même depuis ſon élargiſſement le ſucceſſeur n'a point interrompu ; il a ſeulement annoncé avec emphaſe l'événement, en diſant qu'il continueroit juſqu'à ce qu'il plût à l'auteur de reprendre ; & qu'au cas où M. Linguet y renonceroit , il ſe flattoit qu'il voudroit bien enrichir les feuilles du continuateur de quelques fragments précieux. Juſqu'à préfent le premier journalifte n'a point réclamé, n'a rien dit, & fans doute M. Mallet prend ce filence pour une approbation, puifqu'il a publié des numéros même cette année, & depuis l'annonce de la gazette de Cleves déja citée & ancienne, étant du premier janvier 1783.

8 *Février.* Outre les penfions accordées par la derniere affemblée du clergé à divers auteurs, elle a auffi donné une gratification de 3,000 liv. aux capucins de la rue Saint-Honoré, qui compofent l'école hébraïque, & dont les travaux font fpécialement dirigés fur l'écriture fainte.

9 *Février.* Jeudi dernier il y a eu une affemblée publique au *mufée de Paris.* Elle a toujours lieu le premier jeudi de chaque mois; mais celle-ci a été plus nombreufe que de coutume par le bruit qui s'étoit répandu que M. *de la Reyniere*, le héros du jour, y feroit une lecture. En effet, il y a lu une *differtation fur les fpectacles.* Son but eft de prouver que le gouvernement devroit veiller avec plus de foin fur cette partie de la police publique. Il a fait voir combien les fpectacles influent fur les mœurs & fur le goût : il s'eft fur-tout élevé avec force contre les fpectacles forains fi propres à les corrompre. A une petite digreffion près, -trop triviale & trop puérile, par où l'auteur a terminé, on a trouvé fon ouvrage très-bien écrit; & ceux qui ne le connoiffent pas bien fe demandoient avec étonnement, eft-ce là cet original dont on parle tant? Il a été très-applaudi, & on l'a fuivi, comme un homme rare, jufqu'à fon carroffe.

9 *Février.* Mlle. *Laguerre*, qui traînoit depuis une maladie grave, & ne s'étoit jamais rétablie, eft morte aujourd'hui. Malgré fa longue abfence

on ne l'avoit point encore oubliée. Elle est regret-
tée des amateurs de l'opéra pour la belle qualité
de sa voix & pour sa maniere de chanter pure
& flatteuse. Elle avoit brillé sur-tout dans *San-
garide*; mais comme son organe plus propre au
chant françois qu'à tout autre, s'étoit gâté par
la maniere italienne, on n'entendoit presque plus
ensuite sa prononciation.

10 *Février*. Le bureau de la ville, ne croyant
pas devoir entreprendre sa justification aux yeux
du public, en se mesurant dans l'arene avec le
sieur *de la Variniere*, s'est contenté de donner
aux magistrats un mémoire manuscrit, où il se
soumer à la jurisdiction du parlement, & se
désiste d'être juge dans sa propre cause. Du reste,
il se défend assez mal. Il paroît sur-tout offensé
de la publicité du mémoire de son adversaire,
répandu tant à Paris qu'à Versailles, au nombre
de trois mille exemplaires, & demande la suppression des termes injurieux, diffamatoires, calomnieux, &c.

Me. *Prévôt de Saint-Lucien*, l'avocat du sieur
de la Variniere, est parti de-là pour faire une
nouvelle explosion contre ce bureau, pour le ter-
rasser tour-à-tour par ses raisonnements & l'ac-
cabler de ses sarcasmes.

L'orateur, à l'occasion des plaintes du bureau,
contre la profusion de son mémoire, traite la
grande question, si cette publicité, qui a ses
dangers, les compense par des avantages, & il
trouve si grands ceux-ci, qu'il regarderoit comme
un coup mortel porté à la liberté & à la propriété
des citoyens, la défense contraire. Il s'appuie
fort adroitement d'un passage des belles remontrances de la cour des aides de 1775, où elle réfute

D 2

fi victorieufement les partifans de la clandeftï-
nité. De-là un éloge toujours nouveau , quoique
toujours répété , du magiftrat patriote qui pré-
fidoit à la rédaction , qui eut le courage de les
porter aux pieds du trône , & le courage plus
grand encore d'en adopter les principes, lorfqu'il
fut élevé au miniftere.

11 *Février*. Ce fut dans les derniers jours de
janvier que M. *de la Reyniere* invita plufieurs
magiftrats , avocats & gens de lettres à une fete
qu'il devoit donner le premier février 1783.

Les billets d'invitation étoient dans la forme
des billets d'enterrement de la plus chere efpece.
Au lieu de têtes de mort , c'étoient des gueules
béantes, & la teneur du billet que plufieurs curieux
ont confervé , étoit ainfi conçue :

« Vous êtes prié d'affifter au convoi & enter-
» rement d'un gueuleton, qui fera donné le famedi
» premier février par meffire *Balthazar Grimod de*
» *la Reyniere* , écuyer, avocat au parlement, corref-
» pondant pour la partie dramatique du journal
» de Neuchâtel , en fa maifon des Champs-
» Elyfées.

» L'on fe raffemblera à neuf heures du foir & le
» fouper aura lieu à dix.

,, Vous êtes prié de ne point amener de laquais,
,, parce qu'il y aura des fervantes en nombre
,, fuffifant.

,, Le cochon & l'huile ne manqueront point à
,, fouper.

» Vous êtes prié de rapporter le préfent billet,
» fans lequel on ne pourra entrer. »

Lorfqu'on eft venu au rendez-vous , on a d'abord
trouvé un premier fuiffe placé *ad hoc* , qui demandoit au convive s'il alloit chez M. de la

Reyniere, *l'oppreſſeur du peuple*, ou chez M. de la Reyniere, *le défenſeur du peuple ?* Après avoir répondu qu'on alloit chez le défenſeur du peuple, il faiſoit une premiere corne au billet, & vous paſſiez dans un lieu en forme de corps-de-garde, où étoient des hommes armés & vêtus à l'antique comme des hérauts d'armes : ceux-ci vous introduiſoient dans une premiere piece où étoit une eſpece de *frere terrible*, un inconnu, le caſque en tête, la viſiere baiſſée, la cotte d'arme endoſſée, la dague au côté ; il faiſoit une ſeconde corne au billet, & vous introduiſoit dans une ſeconde ſalle. Là, ſe préſentoit un homme en robe, en bonnet quarré, qui vous queſtionnoit ſur ce que vous vouliez, ſur votre demeure, vos qualités, dreſſoit du tout procès-verbal, & après avoir pris votre billet vous annonçoit dans la ſalle d'aſſemblée, où deux gagiſtes vêtus en enfants de chœur commençoient par vous encenſer.

Les convives réunis au nombre de vingt-deux, dont deux femmes habillées en homme ; on a traverſé une piece noire, & enſuite s'eſt levée rapidement une toile de théatre qui a laiſſé voir la ſalle du feſtin. Au milieu de la table pour ſurtout étoit un catafalque : du reſte, des lampes à l'antique, des deviſes & une illumination ſuperbe de trois cents bougies environ.

On s'eſt mis à table. Le ſouper a été magnifique, au nombre de neuf ſervices, dont un tout en cochon. A la fin de celui-ci, M. de la Reyniere a demandé aux convives s'ils le trouvoient bon : tout le monde ayant répondu en *chorus*, excellent, il a dit : Meſſieurs, cette cochonaille eſt de la façon du charcutier un tel,

demeurant à tel endroit , *& le coufin de mon
pere.*

A un autre fervice, où tout étoit commandé
à l'huile , l'Amphitrion ayant également demandé fi l'on étoit content de cette huile , il a
dit : elle m'a été fournie par l'épicier un tel ,
demeurant à tel endroit , *& le coufin de mon
pere ;* je vous le recommande , ainfi que le charcutier.

Autour de la falle du feftin , étoit une galerie
deftinée aux fpectateurs qui voudroient jouir du
coup d'œil de la fête. M. de la Reyniere avoit
diftribué environ 300 billets de cette autre efpece , & à l'heure indiquée il a dit qu'on pouvoit
laiffer entrer ; mais il n'étoit pas permis de refter;
on ne pouvoit que traverfer pour faire place à
d'autres.

M. l'abbé *de Jarente* , le coadjuteur d'Orléans & l'oncle de l'Amphitrion , ayant eu la cu-
riofité de juger par lui-même de cette folie , il
ne lui a pas été libre de refter plus long-temps
que les autres , & fon neveu a ordonné qu'on le
fît fortir auffi.

Me. de Bonnieres , jeune avocat qui commence à acquérir de la réputation , qui étoit à
table à côté de M. de la Reyniere , en voyant
le public affifter ainfi au fouper , ne put s'empêcher de lui dire : en vérité ; mon cher ami ,
cela devient trop farce , on va nous mettre aux
petites maifons en fortant d'ici. Quoi ! lui a
répondu l'Amphitrion avec inquiétude , cette plaifanterie m'empêcheroit-elle d'être mis fur le tableau ? J'en ferois au défefpoir.

La fin de cette fête , qui tenoit beaucoup d'une
fête maçonique , n'a pas répondu au commence-

ment & n'a rien eu de fingulier : chacun s'eft
en allé après une féance de plufieurs heures à
table , trop longue & ennuyeufe conféquemment.

11 *Février.* Extrait d'une lettre de Pethiviers ,
du 8 février.... M. l'abbé *Ansker de Ponçol* eft
mort le 13 du mois dernier dans un château voifin
de cette ville. Il étoit connu dans la littérature
par deux ouvrages ; le premier avoit pour titre :
*Analyfe des traités des bienfaits & de la clémence
de Sénèque , précédé de la vie de ce philofophe.*
Celle-ci eft fur-tout très-bien faite , & a trouvé
graces aux yeux même de M. *Diderot* , qui en
parle avec éloge dans fon effai fur les regnes *de
Claude & de Néron.*

Le fecond eft un *code de la raifon* , traité fait
à l'inftigation du comte de Saint-Germain , qui
l'avoit demandé à l'auteur : il parut en 1778.

M. l'abbé de Ponçol laiffe en outre quelques
manufcrits confidérables , entr'autres une traduction de Martial qui mériteroit d'être imprimée , à ce qu'affurent ceux qui la connoiffent ,
mais où le texte eft trop noyé dans le commentaire.

12 *Février.* Outre le procès contre le fieur *de
la Variniere* qu'a le bureau de la ville , il en
a un autre non moins honteux contre M. le
Paute , horloger du roi ; tous deux doivent être
jugés aujourd'hui. Voici le fujet du fecond.

Le bureau de la ville ayant formé le projet de
faire réparer l'ancienne horloge de fon hôtel ,
l'entreprife en fut accordée au fieur le Paute , qui
s'en chargea pour 24,000 livres par un devis ,
du 13 juin 1780.

Lorfque cet artifte eut démonté les pieces de
l'ancienne horloge , il y trouva des vices dont
il ne s'étoit pas douté , & comprit qu'il ne feroit

D 4

rien de bien , & qu'il seroit plus expédient de
faire construire une horloge neuve. Alors , sur de
simples insinuations du bureau de la ville qui lui
promettoit une gratification de 500 louis , il
commença ce grand ouvrage , qui dura presque
deux années entieres ; enfin , au mois d'avril
1781 , il fut placé en son lieu aux acclamations
de tous les spectateurs. En effet , l'artiste prétend
qu'il n'a pas encore été fait de machine de cette
grandeur & de cette perfection. Il la regardoit
comme tellement à l'abri de tout reproche , qu'il
vouloit que la ville l'exposât dans la grand'salle ,
dans une cage de verre , afin que les connoisseurs
& les ignorants pussent en considérer, en criti-
quer , ou plutôt en admirer l'arrangement , les
proportions & les savants détails , soit pour réduire
jusqu'à zéro la résistance des frottements , soit pour
supprimer les inconvénients résultant dans les machines ordinaires de la dilatation des métaux par la
chaleur , & de leur condensation par le froid , &c.

M. *le Paute* , qui , entraîné , aveuglé lui-
même par l'enthousiasme du génie , croyoit que
son horloge n'excéderoit pas la valeur de 40,000 l.
fut effrayé lorsque , se rendant compte de ses
débourfés seuls , il trouva qu'ils montoient à plus
de 74,000 livres , en sorte qu'en y joignant l'intérêt de ses avances & le prix de la main d'œuvre ,
il fut forcé d'évaluer sa machine à près de
100,000 livres.

Comme l'artiste vit le bureau peu disposé à
faire cette dépense , il lui offrit de lui laisser la
jouissance de cette horloge , & de revenir à l'ancien marché qu'il proposa d'exécuter dans les
termes convenus. Mais le bureau s'obstina à vouloir garder la machine pour 24,000 liv. ce qui

paroît d'une injuftice criante , démontrée plus clairement encore dans le *mémoire du fieur le Paute* , figné de Me. *Martineau.*

Pour furabondance , M. le Paute nous apprend qu'il a été fait , il y a quelque temps , une horloge pour la Ruffie , non auffi complete , qui a coûté 160,000 livres ; qu'il y a treize ans , le fieur le Roi , l'un des horlogers célebres de la France , en fit exécuter pour le château de Verfailles une payée 16,000 livres , mais dont la maffe eft huit fois moins confidérable que celle de la fienne , qui , dans la même proportion , devroit valoir 118,000 livres.

13 *Février.* M. Desparda , l'un des caiffiers des fermes fous M. *Colin de Saint - Marc* , & gendre de la femme de celui-ci , a été arrêté ces jours-ci , & conduit à la baftille ; il s'eft trouvé dans fa caiffe un *déficit* de près de 1,500,000 liv. auquel M. Colin de Saint-Marc a fatisfait fur le champ.

13 *Février.* On ne ceffe de s'entretenir de M. *de la Reyniere* & de toutes fes fingularités ; on lui trouve beaucoup de reffemblance avec le marquis de Brunoy , excepté qu'il n'a ni fa crapule , ni fes vices , & ne voit point mauvaife compagnie ; cependant il n'aime point la fociété de fon pere & de fa mere , tous deux fort vains ; il fe moque fur-tout des ridicules de cette derniere , rongée de vapeurs , & la traite quelquefois durement de propos.

M. de la Reyniere n'a point à fe plaindre du premier , qui a fait de fon mieux pour adoucir fon fort , & paie encore une penfion à un fuiffe , auteur des mains artificielles de fon fils ; mains dont il fe fert , & avec lefquelles il écrit & peint

D 5

très-bien. Outre le logement que son pere lui donne, très-vaste dans son hôtel, si superbe qu'il a mérité la curiosité de l'empereur, & tout récemment du grand duc de Ruffie, il lui fait 15,000 livres de pension pour ses menus plaisirs & lui accorde la liberté de donner deux soupers par semaine à ses amis. Le reste du temps le fils dîne avec sa mere, & ne paroît jamais le soir. Les domestiques, peu accoutumés à de pareilles singularités, l'appellent le fou.

M. de la Reyniere, pour écarter son pere de la fête derniere, le prévint qu'il comptoit y faire tirer un petit feu d'artifice en faveur de la paix, qu'il avoit pour cet effet beaucoup de poudre rassemblée, & l'en avertissoit afin que le bruit ne l'effrayât pas. Il lui avoit fait adroitement cette fausse confidence, connoissant la peur qu'a de la foudre son pere, qui se cache dans la cave lorsqu'il tonne, & s'y est fait établir un appartement *ad hoc.*

M. *de la Reyniere*, voulant aussi sans doute singer Rousseau, fait un petit commerce de différents objets qu'il vend lui-même à ses amis. S'il les reconduit dans son carrosse, il se fait payer le prix qu'on donneroit à un fiacre, & applique ensuite ces profits à des œuvres de charité.

Interrogé sur le mélange des cérémonies funéraires qu'il avoit introduites dans sa fête, M. de la Reyniere a répondu, que c'étoit en l'honneur de Mlle. *Quinault* qui vient de mourir, chez laquelle il alloit beaucoup, & fort liée avec sa mere ; il a dit qu'il avoit été honteux qu'on n'eût rien fait pour honorer la mémoire de cette actrice célebre ; qu'on n'eût point envoyé de billets d'entetrement , & que le journal de Paris , qui s'eſt chargé du nécrologe de tous les perſonnages à talents , l'eût abſolument paſſée ſous ſilence.

14 *Février*. *Mizrim* , ou *le Sage à la cour* , *hiſtoire égyptienne* , eſt un roman moral allégorique , qui n'a rien de neuf au fond , ni de piquant dans la forme. On y trouve une foule de vérités très bonnes , mais très-rebattues. Le ſeul mérite de l'ouvrage c'eſt d'avoir beaucoup de clarté , c'eſt de réduire à des analyſes ſimples des ſyſtêmes qu'on avoit embrouillés pour les rendre merveilleux.

On attribue cette brochure à M. *Pelletier de Morfontaine* , intendant de Soiſſons , qu'on n'auroit pas cru capable de produire rien de pareil. Il eſt fâcheux qu'il ne mette pas à profit dans ſon département les bons principes dont il paroît imbu ; mais c'eſt qu'écrire eſt un , & agir eſt un autre : il eſt plus aiſé d'avoir de l'eſprit qu'une bonne conduite.

14 *Février*. Si les pieces nouvelles aujourd'hui ne ſont pas amuſantes au fond , il ſe paſſe preſque toujours quelque anecdote à la premiere repréſentation qui dédommage les curieux : c'eſt ce qui eſt arrivé hier à une comédie en trois actes mêlée d'ariettes , que les Italiens ont jouée pour la premiere & derniere fois , ſous le titre *des Trois Inconnues*. Les comédiens s'excuſent de l'avoir offerte au public ſur ce qu'ils ont eu la main forcée. L'auteur de la muſique eſt un nommé *Hinner* , qui a eu l'honneur de montrer à jouer de la harpe à la reine , & a employé la protection de S. M. pour faire recevoir ſon ouvrage. L'auteur des paroles eſt M. *Desfontaines*. Le poëme eſt d'un

galimatias rare : quant à la musique, elle a paru monotone & pleine de contre-sens.

Dans un quatuor, où le sieur Menier fait une tenue à l'italienne sur la syllabe *a a a*, tandis que les autres chanteurs vont leur train, le parterre l'a suivi en *chorus a a a*, &c. & il en a résulté une cacophonie si plaisante, qu'on a crié *bis*; mais les acteurs n'ont pas jugé à propos de recommencer; de-là un tumulte considérable qui n'a plus permis de rien entendre, & qui s'est accru jusqu'à la fin.

14 *Février*. On parle d'une nouvelle banqueroute qui a singuliérement surpris tout le monde: c'est celle de M. *Clément de Barville*, premier avocat-général de la cour des aides. C'est un homme sans luxe, sans faste, de très-bonnes mœurs, qui ne jouoit point. Il paroît qu'il s'est ruiné par de fausses spéculations : il empruntoit beaucoup, & sur-tout en rentes viageres, & de cet argent achetoit des terres qui ne rapportoient pas à beaucoup près le même denier. On dit qu'il doit de cette derniere espece de rentes annuelles environ cent mille francs : on évalue sa banqueroute à trois millions.

Ce Clément est d'une famille très-riche, qui avoit loué le superbe hôtel de Vendôme, où logeoit madame la comtesse de Toulouse, & s'y étoit colloquée; ce qu'on avoit trouvé assez ridicule. Cette famille est renommée dans le parti janséniste : elle avoit pour souche un accoucheur de la reine, & ne laissoit pas que d'avoir acquis de la considération dans la magistrature.

14 *Février*. Un sieur *Thoumin* avoit obtenu un arrêt du conseil le 21 juin dernier, qui lui permettoit d'établir à Paris un dépôt de

tables alphabétiques des noms des notaires actuels du royaume, des noms de leurs prédécesseurs & des années de leur exercice : il vient de s'en publier un nouveau en date du 27 qui n'étoit pas encore divulgué.

Il paroît que, sur les plaintes des notaires de Paris, il a été fait quelques changements aux dispositions du premier, & que ceux-ci, attendu l'ordre qui regne dans leurs minutes & la facilité d'en faire la recherche, ont été exceptées.

Le sieur Thoumin, du reste, a ce privilege pour trente ans; il peut établir dans chaque province des bureaux de correspondance relatifs à ce même objet, & il est autorisé à recevoir le prix de trois livres pour son droit de recherche, toutes les fois seulement qu'il indiquera le détempteur de l'acte recherché.

15 *Février*. La lettre de M. Carra, insérée au courier de l'Europe, ayant fait bruit, elle a été dénoncée à l'académie de Dijon dans la séance du 9 janvier, & l'on a chargé M. Mavel, secretaire perpétuel de cette académie, d'écrire au rédacteur du journal en question, que la compagnie n'avoit point reçu la lettre dont M. *Carra* fait mention, & que tous ses membres ont affirmé ne lui avoir rien dit qui ait pu l'autoriser à l'avancer.

En conséquence, le courier de l'Europe a inséré dans son N°. 11 cette lettre, ainsi qu'une de M. *de la Lande*, en date du 17 janvier, où il leve la visiere de son casque & déclare s'être reconnu au portrait de M. Carra, mais désavoue toutes les démarches, toutes les menées qu'il lui impute, comme autant de calomnies. Il attribue toute cette rage de son ennemi au refus que lui

la Lande , a fait de parier dans le journal des savants du fyftême de M. Carra , qu'il regarde comme les abfurdités & les rêveries d'un imbécille. Ce n'eft donc que par égard pour le baron *de Marivetz* qu'il prend la plume . & afin de ne pas fe brouiller avec ce gentilhomme.

Il faut voir ce que répondra M. Carra , & ce que va devenir cette guerre polémique , étrange & incroyable.

15 *Février.* Depuis la paix les artiftes s'évertuent en projets pour célébrer ce grand événement , fur-tout les architectes. On prétend qu'on va réalifer celui d'établir un pont en face des invalides, & qu'il fera nommé *le Pont de la Paix.* Comme M. *Perronnet* eft le grand faifeur aujourd'hui & le mérite , fes confreres cherchent à le décrier afin de l'écarter pour concurrent dans cette nouvelle entreprife. C'eft vraifemblablement l'origine des bruits , fourds d'abord, & accédités depuis, que le pont de Neuilly avoit manqué ; & voici ce qui fûrement y a donné lieu.

Un M. *de Fer*, connu par différents ouvrages lus à l'académie des fciences , s'y eft préfenté il y a quelques jours ; & a demandé à être introduit pour lui communiquer un mémoire intéreffant la fûreté publique. Il a été admis & a lu ce mémoire contre le pont de Neuilly , dans lequel il prétendoit en démontrer les vices & le danger ; il y a fait obferver des mouvements qui méritoient la plus férieufe attention , & indiqué les moyens pour arrêter ces mouvements pendant qu'il étoit poffible de le faire. M. *Perronnet* n'étoit point à la féance durant la lecture du mémoire; il arriva comme M. *de Fer* finiffoit : il vit beaucoup d'embarras fur les figures ; il voulut favoir

ce dont il s'agiſſoit ; on fit retirer l'étranger, &
on le lui apprit. Ses confreres en général lui pa-
rurent peu contents des difficultés du critique &
de ſon écrit, ſuivant eux très-mal fait. M. *Per-*
ronnet, malgré la ſorte d'indignation générale
qu'on lui témoigna contre le ſieur *de Fer*, dit
que lui perſonnellement mépriſoit une pareille attaque : mais que comme la choſe intéreſſoit la
ſûreté publique, il deſiroit que l'académie nom-
mât des commiſſaires pour vérifier les faits avancés
par ſon adverſaire, pour examiner l'état du pont
& lui en rendre compte.

En conſéquence, il a été nommé quatre commiſſaires ; ſavoir, l'abbé *Boſſut*, *Bezout*, *le Roi*
& un autre.

Ce même M. *de Fer*, dans un mémoire imprimé
& diſtribué dès les premiers jours de novembre,
avoit annoncé la chûte du pont de la Mulatiere,
ſitué à Lyon, au confluent du Rhône & de la
Saône, en pierres, ayant cinq arches, & n'étant
pas encore achevé entiérement ; & elle eſt en
effet arrivée le 15 janvier dernier.

16 *Février*. Mlle. *Loguerre* a dans ſes derniers
inſtants appellé le curé de Saint-Nicolas-des-
Champs, ſa paroiſſe, pour mourir en bonne chrétienne. Ce paſteur s'y eſt tranſporté, l'a trouvée
dans une malpropreté dégoûtante & dans une eſpece de dénuement qui ſembloit marquer une vraie
miſere. Après avoir rempli ſon miniſtere, il s'eſt
retiré, s'imaginant qu'il n'avoit plus rien à faire,
& qu'il ne pourroit tirer aucun parti utile pour
l'égliſe des dernieres volontés de cette courtiſanne.
Il a été très-ſurpris d'apprendre qu'elle laiſſoit à
ſa mort pour 500,000 livres de billets noirs, &
30,000 liv. de rentes.

Mlle. Laguerre étoit fort avare & faifoit de temps en temps la vente de fes meubles & bijoux, pour en avoir d'autres du premier amant qu'elle enlaceroit. Il n'y avoit pas long-temps qu'elle avoit fait cette opération ; lorfque la maladie l'a furprife. Du refte, c'étoit au moral un très-mau-vais fujet, ayant outre les défauts, les vices dont on a parlé plufieurs fois, celui de voler, qu'on ne pouvoit croire, mais conftaté par le témoignage de toutes fes camarades, & dont elle ne s'étoit pas corrigée, même dans la plus grande opulence.

16 *Février.* M. *d'Arçon* a en effet un mémoire pour fa juftification ; mais il n'eft que manufcrit ; il le lit à fes amis, & n'a pu encore obtenir la permiffion de le faire imprimer. On affure qu'il y inculpe fortement M. le duc de Crillon, ce qui eft un nouvel obftacle à fa publicité.

16 *Février.* Extrait d'une lettre de Befançon, du 8 février.... Ne croyez pas, parce que vous n'entendez plus parler de notre parlement, que tout foit tranquille : outre les proteftations d'ufage contre l'enrégiftrement des nouvelles lettres-pa-tentes, fait de force par M. le comte de *St. Simon*, il y a dans le difcours du roi du 10 janvier à la députation de cette compagnie, des phrafes in-jurieufes au parlement & des maximes erronées, qui font la matiere d'un nouveau travail, dont s'occupent les commiffaires nommés dans l'affem-blée du 29 janvier.

Du refte, on continue le fchifme avec le pre-mier préfident, & on l'oblige de tenir au palais les bureaux qu'il tenoit ci-devant chez lui par une complaifance de meffieurs. Quand il fiege, on s'écarte de lui, & on le laiſſe ſeul à ſon bureau; en un mot, c'eſt la bête noire de la compagnie.

Ce qui tranſpire du travail des commiſſaires, c'eſt que, pour éviter des reproches pareils à ceux qui ſont dans le diſcours du roi, on va demander à S. M. l'aſſemblée des états de la province, ſeule en état de ſtatuer ſur les grandes queſtions dont il s'agit.

On parle d'un M. *Bourgon*, comme du magiſtrat de toute la compagnie le plus zélé, le plus inſtruit, le plus...

17 *Février*. C'eſt M. le comte d'*Adhémar*, miniſtre plénipotentiaire du roi à Bruxelles, qui paſſe à Londres, avec le caractere d'ambaſſadeur extraordinaire. C'eſt un gentilhomme qui n'a pas mal fait ſon chemin : on a vu ce qu'on en a dit. On ajoute aujourd'hui qu'il étoit lieutenant de milice dans nos provinces méridionales, où il eut occaſion de s'initier chez quelque deſcendant de la maiſon dont il porte le nom, qu'il lui perſuada être ſon parent, obtint, ſous quelque prétexte, communication de ſes titres & ſe les appropria ; au moyen de quoi, il deſcend aujourd'hui de la maiſon de Charlemagne. On ſait, du reſte, comment il eſt devenu agréable à la reine ; mais ce qui lui a ſur-tout donné la confiance de S. M., c'eſt un mémoire qu'il fit, dans le temps où l'empereur ſon frere entroit en guerre avec le roi de Pruſſe, pour prouver la néceſſité que la France lui fournît le contingent ſtipulé par le traité dernier avec la maiſon d'Autriche. Ce mémoire étoit ſpécieux, & le roi s'en trouvoit embarraſſé, lorſque le comte de Maurepas & le comte de Vergennes conſultés, le détournerent d'une pareille démarche.

(90)

Le roi, en faisant part à la reine de sa résolution, loua cependant beaucoup le mémoire, &
voulut en connoître l'auteur. S. M. voyant son
auguste époux aussi bien disposé, n'hésita pas de
lui nommer le comte d'Adhémar. Alors M. de
Maurepas conseilla au roi de prendre le prétexte
de faire valoir les talents de ce seigneur pour la
politique & les négociations, de l'éloigner, & il
fut envoyé à Bruxelles. On assure que c'est la
même protection de la reine qui le porte à Londres pour lui faire obtenir le cordon bleu, indis-
pensable dans un pareil poste.

17 *Février.* Le quatorze de ce mois la grand'-
chambre a en effet jugé les deux procès de
la ville dont on a parlé. Elle les a perdus tous
deux.

La ville a été condamnée à payer à l'artificier
toutes les sommes convenues, & aux dépens. Du
reste, les termes de la page 11 du mémoire du
sieur *de la Variniere,* supprimés, &c.

Quant à l'horloge du sieur *le Paute,* il a été
donné acte à cet artiste de son offre de la retirer
après l'avoir laissée à la ville tout le temps qu'il
sera à raccommoder l'ancienne, suivant le marché
fait avec lui : dépens compensés.

On doit à M. le prévôt des marchands la justice de publier que ces deux vilains procès n'étoient
nullement de son goût, & qu'il l'a déclaré plusieurs fois avant le jugement, notamment au président d'*Ormesson* ; mais quoique chef, il n'a que
sa voix, & est obligé de se conformer à la pluralité
des avis du bureau, qui lui-même est dirigé par
ses conseils.

18 *Février.* Ceux qui ont lu le mémoire manuscrit de M. d'Arçon en sont fort contents,

& le trouvent très-grave contre M. le duc de *Crillon*.

L'auteur reproche à ce général de s'être attribué à la cour de Madrid l'invention des batteries flottantes, quoique ce fût lui, d'Arçon, qui lui en eût donné le plan, qu'il convient n'être même pas de lui, & être ancien. Ce qu'il réclame, c'est l'idée d'avoir parfemé l'intérieur des bordages de canaux fans ceffe remplis d'eau, par le moyen des pompes. Il les compare aux veines dans le corps humain, qu'on ne peut pas piquer que le fang n'en jailliffe, & en plus grande abondance à mefure que l'ouverture eft plus grande, en forte que le boulet rouge devoit néceffairement s'éteindre aufli long-temps qu'on auroit pu faire jouer les pompes.

M. d'Arçon reproche au général de l'avoir laiffé dans l'inaction depuis le mois de février, où le projet a été arrêté & adopté, jufqu'en mai ; en forte qu'il n'a eu que trois mois environ pour employer 3e0,000 pieds cubes de bois qui devoient entrer dans ces batteries, & les mettre à perfection.

Il fe plaint qu'on n'ait pas fuivi fon idée de ne point faire emboffer ces batteries, mais de les tenir toujours à la voile, fervice auquel il vouloit les deftiner par l'épreuve qu'il avoit fait faire d'une, dont on avoit admiré la légéreté, la docilité & la vîteffe, qualités qu'elle fembloit poffédér comme une frégate.

Il fe plaint encore que M. le duc de Crillon, qui avoit voulu fe faire honneur des batteries flottantes pendant un certain temps, ait enfuite été le premier à les décrier ; il fe plaint enfin que, dans un confeil de guerre tenu en préfence du *comte d'Artois* lorsqu'il fut question de prendre une derniere réfolution , & il ofe invoquer le té-moignage de fon alteffe royale ; il fe plaint que M. de Crillon lui ait déclaré que fa miffion étoit remplie , & que le refte de l'opération rouloit dé-formais fur lui , commandant ; qu'en conféquence il ait difpofé de ces machines fans l'aveu de l'au-teur , fans les faire appuyer comme le defiroit M. d'Arçon & comme on en étoit convenu ; & qu'après avoir , par fes mauvaifes difpofitions , par fon défaut de précaution , caufé leur défaftre, il ait eu l'injuftice de le lui imputer , & de dé-clarer qu'il ne comptoit pour le fuccès du fiege que foiblement fur cette reffource.

D'après cet apperçu vague , il eft aifé de juger combien M. de Crillon , fa famille & fes partifans doivent travailler à empêcher que le mémoire de M. d'Arçon ne fe répande trop dans le public par la voie de l'impreffion.

18 *Février.* Aujourd'hui les comédiens italiens avoient commencé de jouer pour la premiere fois une comédie nouvelle en cinq actes & en profe, du *Marquis de la Salle* , ayant pour titre *Sophie Francour :* les deux premiers actes étoient finis , lorfqu'après un intervalle déja affez long , le fieur *Granger* eft venu annoncer que Mlle. *Pitrot* s'étoit trouvée très-incommodée , qu'on travail-loit à la faire revenir , & qu'on prioit le public de patienter.

Au bout d'un demi - quart d'heure , fecond meffage où il déclare que Mlle. *Pitrot* eft hors d'état de jouer , & que fi le public veut s'en con-tenter , on va donner *l'Officieux.* Grand tumulte alors , les uns crioient oui , d'autres , non. L'ac-teur répond que c'eft la feule piece qu'on foit en état d'exécuter dans le moment. Quelques voix demandent *qu'on life le rôle*. Le fieur *Granger* fe retire ; il revient pour la troifieme fois , & déclare qu'on eft allé chercher le fieur Carlin, & qu'on jouera *les deux jumeaux de Bergame* : c'étoit une tournure heureufe imaginée par les comédiens pour fe tirer d'affaire. Cependant le tumulte croiffoit, lorfqu'enfin le fieur Carlin a paru ; & après être refté en préfence du parterre avec une patience refpectueufe , il a faifi le premier moment de faire quelques lazzis, qui lui ont conciliés les mutins , & il a eu le bonheur & la gloire de tout pacifier.

Les comédiens étoient d'autant plus dans leur tort , qu'aux termes du réglement , ils ne doivent pas jouer une piece nouvelle que les acteurs ne foient doublés , & que les doubles ne foient préfents pour prendre fur le champ le rôle qui manqueroit par quelque accident. Les acceffoires , dont les journaux ne rendent jamais bien compte, font très-fouvent beaucoup plus amufants que la nouveauté même.

Cependant aujourd'hui les amateurs ont vu avec peine un fujet auffi diftingué , auffi honnête que le fieur Granger, balotté ainfi dans fa triple ambaffade vers le parterre, & effuyer une mauvaife humeur & des rebuffades qu'il ne méritoit pas.

18 *Février*. L'affaire des *Montefquiou* commence à fe plaider aux requétes du palais ,&c. il paroît déja deux mémoires des fieurs de *Montefquiou de la Boulbenne*, auxquels on difpute le nom, contre le marquis de Montefquiou , premier écuyer de *Monfieur* , & autres qui veulent le leur faire quitter.

Jufqu'à préfent la défenfe des premiers eſt
qu'avant de pouvoir leur conteſter leur nom,
il faut que ceux-ci commencent par prouver le
droit qu'ils en ont, en établiffant qu'ils ſont les
vrais Montefquiou, les Fezenzac, rejetons de
Clovis.

C'eſt Me. *de la Malle* qui eſt l'avocat de
meſſieurs de la Boulbenne, & qui ſemble avoir
bien pris le ſens de la cauſe en leur faveur.

19 *Février*. Ce qui excuſe un peu M. *de la Reyniere* dans ſa farce tenant à la folie & à la méchanceté, c'eſt qu'il avoit pour ordonnateur de la
fête le ſieur *Dugazon*, qui ſe ſera amuſé à ſes
dépens. On aſſure que cette fête coûte à M. de la
Reyniere plus de 10,000 liv.

19 *Février*. Extrait d'une lettre de Londres, du
7 février.... J'ai vu ici une piece nouvelle, intitulée *Miſterious husband* (le mari myſterieux),
qui a le plus grand ſuccès ; que le roi & la reine
ont honorée de leur préſence, & dont pluſieurs
ſituations pathétiques ont fait couler des larmes.
C'eſt un drame dans le genre des nôtres ; mais les
Anglois ne connoiſſent point ce genre mixte, &
n'adoptent que deux claſſes de pieces, la tragédie
& la comédie. Ils appellent donc celle-ci une
tragédie ; quoique le ſujet en ſoit trop compliqué,
l'intérêt en eſt très-vif. L'auteur a eu l'art de bien
ſoutenir ſes caracteres, de conduire ſon intrigue
avec une régularité peu commune ſur le théatre
anglois, enfin d'amener un dénouement ſatis-
faiſant pour le ſpectateur par la punition du
crime.

Ce qui caractériſe encore cette piece comme
drame, c'eſt qu'elle eſt en proſe. Le ſtyle en eſt
admiré des connoiſſeurs. Le poëte eſt M. *Cum-*

berland, fils du docteur *Cumberland*, évêque de Kilmore, & petit-fils du célebre critique *Richard Bentley*. Depuis vingt ans il brille fur la fcene. On lui reproche cependant une trop grande facilité, dont il abufe; il en réfulte beaucoup d'inégalité dans fes productions, qui ne font pas en général affez travaillées.

20 *Février*. M. *Linguet* reprend en effet à Londres la continuation de fes annales politiques, civiles & littéraires du dix-huitieme fiecle, N°. 73 & fuivants. Il en a fait faire l'annonce dans les gazettes étrangeres. Il en paroîtra réguliérement deux numéros par mois: il fait payer d'avance vingt-fix florins de Hollande.

Du refte, il a percé ici un *avis à fes foufcripteurs* très-volumineux, par le talent rare qu'a cet écrivain de féconder les matieres les plus arides. C'eft une piece curieufe à lire, mais encore difficile à voir, parce qu'il paroît que ce journalifte ne trouvera pas les mêmes facilités que ci-devant à faire percer fes productions en France.

21 *Février*. Mardi dernier un M. de *Choifeul-Meuze* étant en cabriolet, & par une mauvaife manœuvre s'étant embarraffé dans un fiacre, ce qui a penfé faire culbuter fa voiture légere, s'eft vengé fur ce malheureux de fa propre maladreffe, & a commencé par lui affener vingt à vingt-cinq coups de canne, ce qui à la fin mettant le fiacre hors de lui-même & l'obligeant à une défenfe naturelle, pour ne pas fe laiffer affommer tout-à-fait, il s'eft fervi de fon arme habituelle qui étoit fon fouet, & en a coupé le vifage de ce jeune feigneur; alors celui-ci a tiré le dard renfermé dans fa canne & en a lardé le

facre à coups répétés, qui l'ont enfin fait tomber de fon fiege.

La populace s'eft amaffée & n'a pas permis au meurtrier de s'en aller, comme il le defiroit; on l'a forcé de venir chez le commiffaire. Cet officier de police a fait conftater le délit par une première dépofition des témoins, dont il a pris les noms, furnoms & qualités ; & cependant, par une condefcendance coupable, au lieu d'envoyer le meurtrier en prifon, s'eft contenté de lui faire donner fur le champ une fomme pour les premiers fecours à fournir au bleffé, & de prendre les renfeignements néceffaires pour retrouver au befoin M. de Choifeul ; il l'a prévenu que le délit étoit grave & le feroit beaucoup plus, fi l'homme mouroit, ce qu'on regarde comme inévitable.

22 Février. C'eft le ving-neuf janvier que M. *de Fer*, ingénieur des ponts & chauffées, a lu fon mémoire contre le pont de Neuilly. Il a prétendu donner plus de confiance à fes affertions en annonçant qu'il avoit prédit la chûte du pont de la Mulatiere à Lyon. Quoiqu'en difent les partifans de M. *Perronnet*, il paroît qu'il y a eu quelque chofe, & cet artifte, à ce qu'on affure, fait maçonner & remplir en entier les petites arcades vuides qu'il avoit laiffées à chacune des extrêmités du pont pour le paffage des chevaux tirant les bateaux.

Du refte, le gouvernement a trouvé mauvais que l'académie, fans avoir pris fes ordres, ait nommé des commiffaires pour vifiter ce pont. En conféquence, M. le contrôleur général a adreffé une lettre affez dure à cette compagnie, pour qu'elle eût à ne point fe mêler d'un examen qui

qui ne la regarderoit que lorfqu'elle feroit con-
fultée. Cette lettre a bleffé la délicateffe de cette
compagnie, & fon fecretaire a dû être chargé
d'y répondre.

22 *Février.* M. le comte de Vergennes eft
nommé *Chef du confeil royal des finances*, place
honorifique, que la mort du comte de Maurepas avoit laiffée vacante. M. de Fleuri, qui fe
trouve ainfi fubordonné à M. de Vergennes,
fait de néceffité vertu : il dit qu'il en eft enchanté, & que c'eft lui-même qui a fupplié le roi
de le faire correfpondre avec un miniftre auffi
éclairé.

22 *Février.* Il y a une grande fermentation
dans le parlement à l'occafion de la févere vengeance qu'a pris le jeune Choifeul en mulctant
fi étrangement le fiacre, fuivant le bruit général,
mort ce matin. La feconde chambre des enquêtes
a fur-tout pris la chofe en confidération. Plufieurs
événements de cette nature arrivés récemment, &
qu'ont rapporté différents membres, les ont déterminés à chercher à mettre un frein au defpotifme
cruel de ces arrogants feigneurs. Ils ont chargé
unanimement le préfident de l'engager à favoir
du procureur du châtélet s'il avoit rendu plainte
d'un délit qui avoit dû parvenir à fa connoiffance,
& à mettre l'affaire en regle de façon que le
coupable foit au moins dans le cas d'obtenir des
lettres de grace.

C'eft là où meffieurs attendent M. de Choifeul,
& fe propofent de former des repréfentations au
roi fur la néceffité de faire un exemple, au
moins en commuant la peine en une prifon
très-longue.

22 *Février.* Extrait d'une lettre de Cadix, du

Tome XXII.   E

4 février... Nous ne faurions trop nous féliciter pour les deux nations d'avoir la paix. La campagne qui fe préparoit, auroit, fuivant les apparences, tourné de nouveau à la honte de ces deux puiffances par la méfintelligence qui régnoit entre les François & les Efpagnols d'abord, enfuite entre les chefs des deux nations, puis entre le commandant des François & toute la marine....

Un des nouveaux réglements, en date du vingt octobre 1782, apporté par M. le comte d'Eftaing, a fur-tout excité une révolte éclatante.

D'après ce réglement, le vice-amiral avoit voulu introduire parmi les officiers de la marine un nouveau grade fous le nom de *Capitaines* & *Lieutenants d'équipage*. Les premiers devoient avoir rang fur tous les enfeignes de vaiffeau, & les commander par conféquent. Ceux-ci ont adreffé le 20 janvier une lettre à M. de la Motte-Piquet, conçue en ces termes.

" Monfieur le Comte, —— votre rang de fecond chef ici, la connoiffance parfaite que vous avez de la conftitution de la marine, votre réputation établie dans tous les cœurs françois, l'intérêt enfin que vous avez témoigné derniérement dans la caufe commune ; tout nous fait un devoir de nous adreffer à vous, pour porter les repréfentations refpectueufes que nous faifons à M. le vice-amiral, repréfentations fondées fur la juftice, fur l'honneur, fur la vérité, fur les fervices.

Le grade des enfeignes de vaiffeau eft compofé de trois cents & quelques gentilshommes. Depuis huit ans entrés dans la marine, un grand tiers a fervi la guerre entiere dans ce grade, tous commandant des quarts depuis 1778, & particuliérement à votre bord: la plupart fe font trouvés aux actions les plus remarquables : un grand nombre en a vu fix, plufieurs en ont vu quatre, & tous au moins trois. Jamais compte rendu à la cour par aucun amiral françois, par aucun officier fupérieur, n'a porté plainte contre la manière de fervir des enfeignes de vaiffeau. Le roi, au contraire, a daigné nous donner plufieurs fois, par l'organe de nos chefs, des marques de fa fatisfaction : vous-même, monfieur le Comte, vous, dont le témoignage nous fera toujours précieux jufqu'à la mort, vous avez dit, vous avez répété, vous avez écrit, *que les jeunes gens avoient par-tout montré une bravoure, un zele & une intelligence, dignes d'être cités.* Un pareil aveu, joint à celui de nos braves capitaines, fembloit fans doute nous promettre une perfpective bien brillante ; & pourtant aujourd'hui le roi paroît mécontent de nous : il ordonne qu'à notre place on fubftitue ceux qui fervoient directement fous nos ordres, bien plus ceux qui n'ont jamais fervi, & qui, en leur fuppofant même des talents naturels, ne peuvent certainement pas avoir ceux de l'expérience militaire.

Eh ! en quel temps, en quel lieu, où pareille réforme eft-elle exécutée ? & devant qui ? L'ordonnance eft fignée du 20 octobre 1782, jour même où nous eûmes le bonheur de faire au roi & à l'état un nouveau facrifice de nos viés ; elle paroît dans le temps que le roi d'Efpagne récompenfe par une promotion nombreufe & fa marine, & fes troupes. On la met en vigueur à Cadix, chez nos alliés : devant qui ? Devant la face des nations affemblées, lorfqu'on ouvre une campagne. Nous feuls enfin, nous fommes punis, quand tous les militaires font récompenfés. Nous

E 2

tous enfemble, nous vous prions, M. le Comte, avec une ardeur dont une ambition honnête, & la confiance que nous infpirent votre mérite & votre façon de penfer fur nous , de repré-fenter à M. le comte d'Eftaing nos fervices , notre zele & notre foumiffion aux volontés du roi. Nous le fupplions d'employer en notre faveur fon crédit auprès du fouverain , de changer la forme du fervice qui nous place après les capi-taines d'équipage , de daigner fe rappeller que nous avons combattu & que nous allons com-battre fous lui. De quelque genre que foit le fervice qu'on veut établir à bord des vaiffeaux, nous nous fentons également propres pour tous, & nous jurons de l'exécuter avec tout le zele , toute l'activité , toute la fubordination qu'on doit attendre de jeunes gentilshommes fran-çois , à la mer depuis fept années , accou-tumés à combattre fous des chefs comme vous. ,,

M. de la Motte-Piquet a accepté la miffion : il ne s'eft pas feulement contenté de préfenter cette lettre à M. le comte d'Eftaing; il a encore écrit à M. le marquis de Caftries , miniftre de la marine , une lettre très-preffante , & lui a té-moigné combien ce nouveau réglement lui paroît contraire au bien du fervice & de l'état.

23 *Février.* M. l'abbé *Noel* , garde , démonf-trateur du cabinet de phyfique de S. M. eft mort à la fin de janvier dernier. Ce religieux défroqué avoit un grand talent pour la méchanique. Louis XV l'aimoit beaucoup , & lui avoit fait un fort très-agréable. On a parlé fur-tout d'un télefcope très-exellent & fupérieur à ceux connus de fon invention.

23 *Février.* Extrait d'une lettre de Rennes, du

vingt février..... Les états de Bretagne , lorfqu'ils s'affemblerent , & durant le cours de leur
tenue, avoient trois griefs : le premier, ancien ,
concernant fes députés ; le fecond , récemment
agité , concernant les octrois des villes , levés fans
leur confentement ; le troifieme, tous les ordres
illégaux arrivés durant la feffion.

M. *d'Aubeterre* avoit donné aux états les plus
belles paroles du monde , fur le premier point.
Vous avez vu qu'il fembloit entrer dans la juftice
de leurs demandes , & reconnoître leur droit ; il
paroît qu'ils fe font leurrés d'un vain efpoir ; &
nulle fatisfaction à cet égard.

Quant au fecond point , vous avez également
vu, que le tiers , convaincu qu'il avoit eu tort,
s'eft réuni à la nobleffe à cet égard ; dont eft ré-
fultée l'acceffion de celle-ci aux demandes de la
cour ; & la cour fatisfaite n'a eu aucune confidération pour les plaintes des états fur un objet
qu'elle regarde comme fini , puifque ces impôts
vont leur train.

Enfin , les ordres illégaux ont bien été biffés
par l'évêque de Rennes ; mais cette maniere
même de l'avoir fait eft illégale. Nulle autorifa-
tion de la cour ; nul arrêt du confeil qui motive
la conduite du prélat ; nul aveu par écrit du
commandant qui lui lie les mains pour revenir
contre & faire revivre ces ordres.

C'eft au milieu de cette fluctuation d'efpoir &
d'opinions que les états ont fini à la fin de janvier
de la façon la plus défavantageufe : en effet , il
n'y a point d'exemple de feffions où il n'y ait eu
de modération fur aucun point. On en peut
juger par les adjudications ; elles avoient été
augmentées, il y a deux ans, de 700,000 liv.

E 3

& cette fois, malgré la paix qui devoit les faire
baisser, puisqu'elle doit entraîner une diminution sensible sur les boissons, elles ont encore
accru de 1,100,000 liv. Jugez par-là de l'excès
des impositions & de nos maux.

24 *Février.* On ne conçoit pas quel génie
infernal souffle sur les courtisans: il paroît encore
des couplets affreux & calomnieux contre la reine;
& cependant quelle princesse mérita moins cette
audace sacrilege, fut plus digne des hommages &
de l'amour de tous les ordres de l'état? Aux charmes
de la figure, à la noblesse du maintien, aux graces
répandues sur sa personne, elle joint les qualités les
plus précieuses, la bienfaisance, la bonté, l'humanité, l'amitié, vertu si rare chez ses pareilles;
elle oublie ses injures personnelles; elle n'a jamais
fait de mal à qui que ce soit. On ne cite personne
dont elle ait exigé le châtiment. Si elle a quelques
défauts inséparables de notre nature, ils sont
aimables en quelque sorte comme elle : ils tiennent à son sexe, au goût national; & venue extrêmement jeune en France, elle en a sans doute
contracté ici le plus grand nombre. Elle aime
excessivement la parure, les frivolités, les spectacles, la dépense: elle prodigue souvent ses dons
à des gens qui en sont indignes; elle est quelquefois légere dans ses affections; elle plaisante
de la mauvaise tournure, des gaucheries des
femmes présentées : mais ces sarcasmes partent
de sa gaieté & non de son cœur, dont se louent
tous ceux qui ont l'honneur d'approcher de S. M.
& d'en voir l'intérieur.

24 *Février.* On ne peut assez admirer la souplesse avec laquelle M. le garde-des-sceaux s'est
tiré, depuis qu'il est en place, de tous les pas

difficiles où il s'eft trouvé fréquemment. Aujour-
d'hui il s'eft mis mieux que jamais en cour par
fon adreffe à fe rapprocher du comte de Vergennes,
qu'il a prévu devoir infenfiblement remplacer
M. le comte de Maurepas. Il a même pris un
long tour pour y mettre moins d'affectation :
il a commencé par faire fa cour à madame de
Vergennes, par la voir affiduement, par faire
fon piquet. M. de Vergennes, vivant beaucoup
dans fon intérieur, l'a trouvé fouvent chez fa
femme, lui a fu gré de cette complaifance, &
il en eft peu à peu réfulté de l'intimité entre ces
deux miniftres.

24 Février. Les comédiens françois jouent aujourd'hui une nouveauté. C'eft une petite pièce
en un acte & en vers, ayant pour titre : les Aveux
difficiles. Elle eft d'un M. Vigée, fils d'un peintre
médiocre de ce nom, & d'une coëffeufe célèbre.
Il a pour fœur une madame le Brun, qui vaut
mieux que fon pere pour fon talent, & auroit
été reçue de l'académie, fi elle n'avoit époufé un
marchand de tableaux. Celui-ci eft riche ; ce qui
met fa femme en état de recevoir beaucoup de
gens comme il faut, & même des gens de cour.
Elle eft jolie ; elle a de l'efprit ; elle eft très-aima-
ble : en voilà plus qu'il n'en faut pour lui procurer une brillante fociété. Derniérement elle avoit
un concert où chantoit M. Garat ; MM. de Vaudreuil, de Galifet, de Polignac, grand nombre
des agréables de la cour y étoient ; c'étoit le jour
du bal de la reine. Ces meffieurs convinrent qu'on
s'amufoit infiniment plus chez Mad. le Brun
qu'à Verfailles, qu'ils refteroient chez elle tant
qu'elle voudroit ; & en effet ils ne fe rendirent
chez S. M. qu'à deux ou trois heures du matin ;

E 4

ce qui avoit formé pour ce jour-là un vuide dans
la fête.

25 *Février*. Depuis les derniers mémoires de
M. *d'Epremefnil*, il a paru *Réflexions préliminaires
fur le troifieme mémoire* de cet intervenant à
Dijon. Ces réflexions de M. de *Tollendal* font
datées de Paris le 23 décembre 1782, & roulent
principalement fur les deux correfpondances de
MM. de *Montmorenci* & de *Crilion*. Il en réfulte
de plus en plus que M. d'Epremefnil s'eft aliéné
ces deux feigneurs. M. de Tollendal joint à ces
réflexions un imprimé de fa lettre au chevalier
de *Crillon*, en date du 21 décembre, & la réponfe de celui-ci extrêmement amere contre monfieur *d'Epremefnil*.

25 *Février*. On affure que le congrès, après
avoir dreffé les loix & les réglements de l'union
des états refpectifs, l'a envoyé à M. l'abbé de Mably,
pour qu'il l'examine & le corrige.

C'eft cet abbé qui vient de publier un traité
de la maniere d'écrire l'hiftoire, où il maltraite
à peu près tous nos hiftoriens & fur-tout Voltaire; ce qui a finguliérement fcandalifé tout
le parti de ce grand homme. Il pourroit bien être
comme l'abbé *d'Aubignac*, qui, après avoir
donné des regles pour la tragédie, fit une
tragédie déteftable. Il y a à parier que quelqu'un
du moins qui s'aftreindroit fervilement aux do-
cuments de ce pédagogue, compoferoit une hiftoire très-ennuyeufe, très-inutile par conféquent,
puifque perfonne ne la liroit & ne pourroit la
lire.

26 *Février*. Il a percé ici un nouveau livre
anglois, ayant pour titre: *Eftimation de la force
comparative de la Grande-Bretagne, pendant le*

règne actuel & les quatre précédents, & des pertes
occasionées au commerce par chaque guerre, depuis
la révolution.

M. Chalmers, l'auteur de l'ouvrage, cherche
à y rassurer les esprits effrayés par le tableau
déplorable de l'état de l'Angleterre qu'a tracé le
docteur Price. En voici les assertions les plus
consolantes.

1°. Le commerce qui décline momentané-
ment pendant la guerre, double au retour de la
paix.

2°. Au milieu des horreurs de l'avant-derniere
guerre, les exportations de l'année 1761 se trouvent égales à celles des années 1749, 50, 51, où
l'on étoit en paix.

3°. C'est dans l'année 1774 que la gloire de
l'Angleterre étoit à son méridien. Les exportations monterent à plus de quinze millions sterlings.
Les revenus annuels donnerent dix millions, &
le nombre des matelots, dans les vaisseaux du roi,
étoit plus considérable que celui des matelots
de tout le royaume au commencement du siecle.

4°. Les exportations faites pendant la guerre
qui vient de se terminer, comparées à celles des
plus brillantes époques du commerce anglois,
est dans le rapport de onze à seize ; elles ont
doublé celles faites durant la guerre précédente.

5°. Suivant ses calculs, en mettant à part les
factoreries & les colonies, la Grande-Bretagne
gagne par an sur son commerce extérieur trois
millions & demi sterlings ; sur le commerce des
colonies, 260,000 liv. ; avec l'Ecosse, 430,000 liv.
& en déduisant la perte pour les factoreries de
448,912 liv., le produit net du commerce annuel
de la Grande-Bretagne est de 3,884,844 liv.

E 5.

Monfieur *Chalmers* établit encore que l'or &
l'argent monnoyés exiftant en Angleterre, font
de 20,000,000 liv. Enfin, il porte la population des trois royaumes à plus de huit millions
d'hommes.

26 *Février. Les Aveux difficiles*, joués avant-
hier aux François, ont eu un plein fuccès. Cependant l'intrigue, qui eft affez fournie, même trop
forte pour une piece en un acte, eft reffemblante
à beaucoup d'autres, & d'ailleurs trop fymmétrique,
invraifemblable & abfurde en bien des points ;
mais le jeu des acteurs l'a fait valoir infiniment.
La verfification en eft agréable, facile & d'un
bon ton. Il eft fâcheux pour M. Vigée qu'on lui
contefte l'ouvrage. Un autre auteur prétend avoir
fait antérieurement une comédie femblable, en
avoir donné communication à plufieurs perfonnes,
& conféquemment l'accufe de plagiat : il faut attendre, pour bien en juger, que les pieces du procès
aient été produites devant le public.

27 *Février.* Par des lettres - patentes données
à Verfailles le 28 novembre 1782, & regiftrées en
parlement le 14 janvier 1783, le roi autorife la
chambre du commerce de Picardie à faire un
emprunt de 934,000 liv. pour le rétabliffement
du port de Saint-Valery, & à lever un octroi
pendant vingt ans pour en payer les ouvrages
& rembourfer le capital, fur les marchandifes
dénommées dans un tarif annexé, entrant dans
les ports de Saint-Valery, de Crotoy & d'Abbe-
ville, ou en fortant.

L'objet de cette dépenfe eft encore d'augmenter
l'utilité dudit port, en y faifant arriver & réunif-
fant dans un feul canal les eaux de la riviere de
Somme.

Il a été auſſi queſtion du port du Havre. Suivant
un projet donné à la cour, il étoit ſuſceptible de
devenir port de roi , & de contenir des vaiſſeaux
de ligne. Il s'agiſſoit d'affecter le baſſin actuel
uniquement aux navires marchands , & d'y pra-
tiquer une autre ouverture ; d'où il auroit réſulté
un ſecond baſſin plus profond & capable de la
deſtination qu'on vouloit lui procurer.

On a envoyé ſur les lieux des membres de l'aca-
démie des ſciences , entr'autres monſieur de
Borry , chef d'éſcadre, & monſieur le marquis de
Condorcet.

On parle beaucoup d'un mémoire donné par ce
dernier à la cour, où il fait une digreſſion ſur le
commerce , où il établit que l'Amérique , depuis
la formation des Etats-Unis , peſe ſur l'Europe
par le midi ; & la Ruſſie, depuis le traité de la
neutralité armée, y peſe par le nord ; en ſorte que
le commerce de la France, bien-loin de s'agrandir
durant la paix qui vient de ſe ſigner, ne pourra
que diminuer, ſe détériorer : d'où l'auteur conclut
l'inutilité de tant s'occuper de ports & d'établiſ-
ſements maritimes nouveaux.

27 Février. Le drame de M. le marquis de la
Salle , ſuſpendu le mardi 18 après la fin du
ſecond acte , par l'attaque de nerfs ſurvenue à
Mlle. *Pitrot* , a été repris mardi 25. L'auteur
n'ayant pas profité de cet intervalle pour adoucir
un caractere atroce , dont les premieres nuances
avoient déja révolté le parterre , a éprouvé
aujourd'hui une chûte complete.

Les gens au fait de la filiation de ce drame,
aſſurent du reſte qu'il eſt pris d'un roman du
même auteur, portant le même titre , ayant les
E 6.

mêmes défauts; en forte qu'il n'a fait que re-
mâcher fon propre ouvrage, fans l'améliorer.

Hier 26 , autre chûte encore aux Italiens
d'une nouveauté ayant pour titre : *Henri d'Albret*
ou *le Roi de Navarre*. Cette comédie en un acte
en profe avoit été imaginée par un M. *Dorfeuille*
à l'occafion de la paix. C'eft une allégorie perpé-
tuelle relative à cet événement ; mais fi plate,
fi fade, fi dégoûtante, que le public mécontent
a plufieurs fois déterminé les comédiens dè 'fe
retirer de la fcene, que les rieurs ont forcé d'y
revenir, afin de tirer au moins quelque parti du
ridicule de l'ouvrage.

Le fieur *Granger*, qui y joue le principal rôle,
excufoit dans le foyer, après la piece, fes camarades
de l'avoir reçue fur le débit enchanteur du poëte
qui les avoit féduits à la lecture.

27 Février. C'eft un baron *d'Efiat* qui prétend
avoir fait, il y a deux ans, & lu, il y a dix-huit
mois, aux comédiens italiens, une piece en un
acte, en vers, portant le titre des *Aveux difficiles*,
admife dès-lors à correction : il a été très-furpris
de retrouver à la premiere repréfentation de celle
de M. *Vigée* le même fonds & plufieurs de fes
fcenes; il en prévient le public par une lettre du
lundi 24 février, adreffée aux journaliftes de Paris.

Par une réponfe datée de Paris le 27 février,
M. *Vigée*, fans défavouer formellement le plagiat,
affure que c'eft à M. *Mariguié*, auteur d'une
tragédie tombée il y a un an, qu'il doit fon fujet.
Mais il ne déclare pas n'avoir eu aucune connoiffance directement ou indirectement de la piece du
baron.

28 Février. M. *Sacchini*, fuivant le marché
fait avec lui, devoit fournir trois opéra à raifon

de 30,000 liv. pour les trois. Comme on n'a pas
été content du premier, on parloit de lui donner
10,000 liv. faisant le tiers de la somme convenue,
& de le renvoyer: les partisans de ce grand homme
sont venus le défendre, & enfin ont obtenu qu'on
exécuteroit son premier opéra, qui est *Renaud*,
qu'on doit jouer aujourd'hui pour la premiere fois.

C'est un M. *le* BŒUF qui est auteur du poëme,
ou plutôt c'est *Pellegrin*, suivant son propre
aveu. En effet, cet ancien poëte a traité en 1682
le même sujet, tiré du *Tasse* : le moderne l'a
réduit en trois actes, mesure reçue & desirée par
les musiciens étrangers ; il en a conséquemment
changé la coupe, & rendu la marche plus rapide ;
mais trouvant que son devancier avoit heureu-
sement traduit plusieurs morceaux du Tasse, &
désespérant de les traduire mieux, il se les est
appropriés, & s'est même servi des propres vers
de *Pellegrin*.

Renaud, après avoir pris *Solime*, offre la paix
aux infideles ; ceux-ci sont sur le point de l'accepter, lorsque survient *Armide* qui leur reproche
leur lâcheté & les ramene au combat.

Les monarques amoureux d'*Armide* & rivaux
de Renaud, qui ont remarqué renaître dans le
cœur de leur amante la passion qu'elle a toujours
eue pour ce héros, ne pouvant en triompher,
complotent de l'assassiner : Armide en est ins-
truite & prend la défense du prince croisé : elle le
délivre de cette trahison ; mais pénétré de reconnoissance, il n'en résiste pas moins à ses charmes,
& retourne à son camp pour se mettre à la tête
des siens.

Bientôt *Renaud* fait fuir devant lui tout ce
qui s'oppose à son passage : il défait les indignes

rivaux qui avoient voulu le prendre en traîtres.
Armide, qui voit tout son parti en déroute, se
croit perdue. Cependant *Renaud*, non-seulement
épargne la vie du pere de cette princesse, mais
lui déclare qu'il l'aime, qu'il l'a toujours aimée,
& qu'en ce moment où sa gloire est satisfaite, il
est prêt à se livrer à tous les transports de sa tendresse ; il l'épouse.

Tel est le sujet de cet opéra, dont la musique
aux répétitions a essuyé beaucoup de contradictions
par les fortes cabales qui luttoient contre l'auteur ;
mais les juges impartiaux y ont retrouvé le génie
de ce grand homme, dont la réputation est
faite, est au-dessus des menées de ses envieux.

1 *Mars* 1783. M. le baron d'Espagnac, gouverneur de l'hôtel royal des invalides, vient de
mourir. Il étoit connu parmi les littérateurs,
comme auteur d'une *Histoire du maréchal de Saxe*,
dont il avoit été le compagnon d'arme & l'ami.
Elle est assez exacte conséquemment sur les faits ;
mais ce n'est proprement qu'une gazette : cependant *Voltaire* avoit eu la bassesse de la prôner,
en reconnoissance de l'adulation de ce militaire
envers lui. Son histoire parut en 1775. Il avoit
donné précédemment un *Essai sur la science de la
guerre*, & un *Supplément aux Rêveries du maréchal de Saxe*, où il développe les principes &
les maximes de ce grand général sur les diver-
ses parties de la guerre, & principalement sur la
tactique.

1 *Mars*. Le sieur *Augé*, comédien françois
excellent dans les rôles de valets de la vieille
comédie, c'est-à-dire hypocrites, fourbes,
scélérats, qui avoit eu le bon esprit de se retirer
l'an passé avec sa réputation toute entiere, n'a pas

joui long-temps de son repos; il est mort le 26
de février.

1 *Mars.* On ne regarde point la premiere
repréſentation de *Renaud* comme ſuffiſamment
complete , comme ſuffiſamment bien exécutée,
pour pouvoir prononcer, ſur la muſique. Une
nouvelle maniere exigeroit en quelque ſorte de
nouvelles oreilles. Les *Gluckiſtes* ont trouvé qu'il
n'y avoit pas aſſez de force ; les *Picciniſtes*, aſſez
de gracieux. Ce qui a paru caractériſer principalement cette compoſition de M. de *Sacchini* ,
c'eſt la délicateſſe , la pureté , la nobleſſe , la
facilité. Le ferment des rois & des chevaliers au
premier acte, eſt le morceau ſur lequel on s'accorde
le plus ; tout le monde convient qu'il eſt ſublime.
Il eſt fâcheux qu'il ſoit dans le premier acte ,
& qu'on ne rencontre rien enſuite d'auſſi frap-
pant.

2 *Mars.* Aujourd'hui que le *Roi Lear* eſt à ſa
quatorzieme repréſentation , qu'on a eu tout le
loiſir de voir & de revoir cette tragédie , que
même imprimée depuis quelque temps , on a pu
la lire & la relire dans le ſang froid du cabinet ,
ce ne ſera point la juger témérairement que de
l'apprécier & de dévoiler toute la difformité de
ce monſtre dramatique.

Lear a trois filles, il en exhérede une trompée
par des accuſations calomnieuſes qu'il a crues
trop légérement ; il partage ſes états entre les
deux autres. *Volnerille* , la premiere , le chaſſe de
ſon palais & l'oblige de ſe refugier chez *Regane* ,
la ſeconde. Celle-ci l'accueille avec une grande
piété filiale , mais, ſous ces dehors hypocrites ,
recele le deſſein le plus noir. On en inſtruit le
pere , qui abandonne cet enfant dénaturé , va

chercher dans les forêts une retraite où il rencontre
fa troifieme fille *Helmonde*, vertueufe, lui con-
fervant les fentiments qu'elle lui doit, & fur le
point de caufer une révolution à l'aide d'un héros
qui l'aime, qui eft touché de fon fort, & a mis
dans fon parti les plus valeureux & les plus fideles.
Cependant *Regane*, inftruite de l'évafion de fon
pere, le fait chercher. On le découvre ainfi que
fa fille ; on les arrête. Durant cet intervalle, la
conjuration éclate ; & *Edgar* (c'eft le nom du
héros) quoique vaincu, harangue fi éloquemment
les foldats du duc de Cornouailles, le mari de
Regane, & entrant dans les vues criminelles &
parricides de la duchefle, qu'ils l'abandonnent ;
en forte que *Lear* remonté fur le trône, & uniffant le vainqueur & *Helmonde*, en redefcend une
feconde fois pour les couronner. Tel eft le fujet
affez fimple de la piece, mais que M. *Ducis*, à
l'exemple de *Shakefpear*, a horriblement compliqué en multipliant les incidents & les acteurs.
Il y a quinze de ces derniers qui pourroient fe
réduire à quatre effentiels ; favoir, une fille dé-
naturée pour former l'intrigue, le pere & la bonne
fille qui en font le nœud & occafionent l'intérêt, enfin le héros libérateur qui en opere le
dénouement.

Dans le premier acte, quoique très-long, l'expofition eft fi mal faite, que chacun eft obligé
d'y fuppléer par des fuppofitions : il auroit fallu au moins motiver l'excès de barbarie *de Volnerille* & enfuite de *Regane* fur quelque raifon
d'état qui efface, chez les fouverains, jufqu'aux
fentiments de la nature : mais M. *Ducis* ne nous
repréfente *Volnerille* & *Regane* que comme deux
de ces monftres inadmiffibles fur la fcene, &

qu'*Horace* prefcrit d'écarter avec foin des yeux
du fpectateur. Pour contrafter , il peint le duc
d'Albanie , le mari de la premiere , fous des
couleurs plus douces & oppofées à celles du duc
de Cornouailles , l'époux de *Regane* , & auffi
fcélérat qu'elle. Il le place à la cour de fon
beau - frere , concertant avec lui leurs intérêts
politiques , ce qui permet à *Volnerille* de profiter de fon abfence & de développer fon caractere abominable en obligeant fon pere de fuir de
fa cour ; mais la vertu du duc *d'Albanie* eft fi
foible, agit fi peu , que ce perfonnage devient
froid , nul, & un reffort poftiche feulement entre les mains du poëte. Le comte *de Kent* ,
un ancien miniftre de *Lear* , renvoyé pour avoir
défendu trop chaudement Helmonde , intervient
fur la fin de l'acte ; il cherche fes fils qui l'ont
abandonné , qu'il veut emmener avec lui , & qui
lui réfiftent ; ce qui forme une cacophonie d'intérêts du même genre , ainfi qu'une multiplicité
de trois acteurs qui vont concourir au même
but , & qu'il eût par conféquent fallu réunir en
un feul auffi.

Au fecond acte, *Lear* , dont le poëte a jugé à
propos d'aliéner l'efprit, afin de le rendre plus
intéreffant , rencontre d'abord fon ami *Kent* ; il
eft bientôt environné de toute la cour , & fe
perfuade , aux démonftrations de tendreffe de
Regane & du duc *Cornouailles* , avoir trouvé une
fille plus fenfible. Le duc *d'Albanie* préfent défa-
voue la conduite de fon époufe , & fe contente
de vouloir ramener *Lear* avec lui : celui-ci tombe
dans un accès de démence , & croyant voir dans
Regane , *Volnerille* , fe livre à toutes fes fureurs.
Il revient à lui , reconnoît fon erreur , lorfque le

comte, qui étoit allé aux informations, vient
apprendre à *Lear*, en préfence du duc & de la
duchesse même, que cette fille ne vaut pas mieux
que l'autre ; qu'il ait à craindre de nouvelles
perfécutions : & ces deux fouverains fi atroces,
qui avoient d'abord ordonné d'arrêter *Kent*, finif-
fent par fe retirer tranquillement , & laiffent
Lear & *Kent* devifer enfemble & s'affurer une
retraite.

Le théatre, qui, durant les deux premiers actes, n'avoit repréfenté qu'un château fortifié du
duc de Cornouailles, change au commencement
du troifieme. On voit une forêt hériffée de ro-
chers ; dans le fond , une caverne auprès de
laquelle eft un vieux chêne : il eft nuit; le temps
eft difpofé à un orage épouvantable. C'eft là
& en ce moment qu'Edgard affemble les conjurés,
& leur montre *Helmonde* pour les mieux difpo-
fer. Cependant les éclairs & le tonnerre éclatent.
La princeffe & fon amant fe réfugient dans l'an-
tre voifin. Alors *Lear*, quoique forti avec *Kent*,
furvient feul. On le voit à la lueur des éclairs,
à ce que nous apprend l'auteur , à travers les arbres de la forêt, feul , égaré & promenant fa vue
avec douleur & inquiétude. Le tonnerre éclate,
continue-t-il ; les éclairs embraffent l'horizon , les
vents fifflent, la grêle tombe fur la tête chauve
& nue du roi *Lear*. *Kent* enfin le retrouve &
l'engage à fe retirer dans une caverne qu'il apperçoit. On croiroit qu'ils y vont entrer : point
du tout ; *Helmonde* & *Edgard* en fortent au contraire. *Lear* retombe encore dans fon égarement,
il prend tour-à-tour *Helmonde* pour *Volnerille*,
pour *Regane* ; il l'accable d'injures : elle ofe fe
déclarer. Cette reconnoiffance redouble la douleur

du pere & fa rage ; il veut fe tuer ; il s'évanouit,
& on l'emporte dans la caverne.

Le quatrieme acte commence par l'aveu d'*Ed-*
gard à *Kent* du projet de la conjuration, que le
pere approuve. Cependant *Helmonde* cherche à
ranimer fon pere ; on l'apporte endormi fur un
lit de rofeaux : il ouvre les yeux ; il a perdu
toute fa mémoire. S'enfuit un interrogatoire qui
a produit beaucoup d'effet par la gradation avec
laquelle le fentiment faifant revivre le cœur de
Lear, lui rend par degrés les idées relatives à fa
fituation ; enfin , la reconnoiffance de fa fille
s'opere dans toute fon étendue , & c'eft dans ces
doux moments qu'on vient les arrêter.

Au cinquieme acte le duc *de Cornouailles* a
découvert la confpiration. Celui d'*Albanie* cherche en vain à le calmer ; les ordres font donnés
pour faire périr *Lear* & *Helmonde* ; *Edgard* eft défait ; il paroît enchaîné fur la fcene ; un miracle
feul peut les fauver , & il s'opere par les reproches du vaincu aux foldats du vainqueur , auxquels il fait connoître la mauvaife caufe qu'ils
défendent. Ils fe révoltent contre des fouverains
dénaturés ; ils reconnoiffent de nouveau *Lear*
pour leur roi , qui ne prend le fceptre que
pour le donner à fa troifieme fille en l'uniffant à
Edgard.

On a déja , dans le cours de cette analyfe ,
fait fentir plufieurs défauts de la piece , fur-tout
de l'expofition. Ceux de l'intrigue & du nœud
ne font pas moins faillants. L'auteur a voulu
faire porter fpécialement l'intérêt fur la fituation
du roi *Lear* , dont le cœur trop tendre fuccom-
bant à l'excès de fon infortune , de l'ingratitude
de fes deux filles , en perd la tête. Mais ce n'eft

qu'une mal-adreffe ; car qu'eft-ce que l'intérêt tra
gique ? C'eft la difpofition du fpectateur à fe
mettre à la place du perfonnage qu'il aime ; c'eft
le defir de s'identifier en quelque forte avec lui ,
de penfer , de fentir , d'agir comme lui ; or ,
qui voudroit reffembler à un fou ? Qui n'a pas
l'amour-propre au contraire de dire : cela ne me
feroit pas arrivé ainfi , je n'aurois pas été fi fots
j'aurois eu plus de force d'efprit , plus d'énergie
dans l'ame ? L'intérêt qui réfulte donc de cet accident phyfique , que le poëte d'ailleurs fait naître
& arrête quand il veut , n'eft plus qu'un intérêt
de pitié , de commiférarion , tel que celui qu'on
éprouve en entrant aux petites maifons. Il ne peut
être que tel , fur-tout d'après le caractere donné
du principe qui , par ce qu'il a fait précédemment , s'annonce pour crédule & foible , & par
la conclufion y met en quelque forte le dernier
trait en donnant de nouveau fa couronne avec
non moins d'imprudence que de légéreté.

La maniere dont le dénouement s'opere n'eft
pas moins défectueufe ; & il a paru fi invraifemblable , fi forcé , fi abfurde aux enthoufiaftes
même de monfieur *Ducis* , qu'il eft inutile de
s'appefantir deffus & d'entrer dans aucun détail.
Quant à la pluie , à la grêle , aux éclairs , au
tonnerre , toutes ces calamités de la nature font
excellentes dans un opéra , & ridicules dans une
tragédie où les orages doivent fe paffer non dans
les airs ; mais dans le cœur des perfonnages , &
par contre-coup dans celui des fpectateurs.

Quant au ftyle , quoiqu'il nous ait paru à la
lecture moins vicieux que nous ne l'avions jugé,
il y a encore affez de bouffiffure & de platitude,

pour que nous nous en référions à ce que nous
en avons d'abord prononcé.

3 *Mars*. Tout se difpofe pour l'ouverture de
la nouvelle falle de la comédie italienne à la
rentrée d'après pâque. Ce théatre ayant acquis
une folidité qu'il n'avoit pas avant, mérite qu'on
entre dans quelques détails de fon hiftorique &
de fa confiftance actuelle.

Ce fut en 1716 , fous la régence , que fe
forma dans Paris la troupe des comédiens italiens;
mais, malgré la protection royale , malgré les
talents & le zele de ceux qui la compofoient,
ils n'eurent qu'une foible réuffite, & ce fpectacle ne s'eft jamais foutenu que par des moyens
étrangers & bientôt infuffifants, tels que les feux
d'artifice , les ballets, &c. jufqu'au moment où
en 1762 on y a réuni l'opéra comique.

Cette réunion , leur ouvrant une nouvelle carriere , a fait tomber abfolument les comédies en
langue italienne , & quand on les repréfentoit, le
produit de la recette ne fuffifoit pas même pour
payer la moitié des frais journaliers.

D'ailleurs, les tentatives réitérées de faire venir à grands frais des acteurs d'Italie, n'ayant
produit aucun effet , il n'étoit plus poffible de
remplacer les bons acteurs morts , ni ceux que
leurs longs fervices mettoient dans le cas de fe
retirer.

Vu le dépériffement de ce fpectacle & l'impoffibilité d'y remédier, on n'a trouvé d'autre
moyen de le revivifier, que de fupprimer entiérement le genre italien , de pourvoir au traitement
des acteurs & des actrices qui le repréfentoient ,
& d'établir une nouvelle troupe qui , fous le
titre ancien de *comédiens italiens* , repréfentât

des comédies françoifes, des pieces de chant, foit à vaudevilles, foit à ariettes, & des paro-dies.

En conféquence, le roi a permis aux admi-niftrateurs de l'académie de mufique, de faire à cette troupe un bail pour trente années du privi-lege de l'opéra comique.

C'eft cet opéra comique, qui eft en effet la fource véritable de la propriété actuelle de ce fpectacle. Le genre des pieces de chant y a fait des progrès auffi rapides qu'étonnants, au point que la mufique françoife, jadis l'objet de l'indifférence ou du mépris des étrangers, eft répandue aujour-d'hui dans toute l'Europe. On exécute les opéra bouffons françois dans toutes les cours du nord, & même en Italie, où les plus grands muficiens de Rome & de Naples applaudiffent aux talents de nos compofiteurs françois. Ce font les ouvra-ges de ce genre qui ont formé le goût en Fran-ce, & qui y ont accoutumé les oreilles à une mufique plus favante & plus expreffive, & qui ont enfin préparé la révolution arrivée fur le théa-tre lyrique même, en y faifant applaudir aujour-d'hui des chef-d'œuvres, dont, il y a vingt-cinq ans, on n'auroit ni connu, ni goûté le mérite.

Tant de fervices rendus à l'art de la mufique ont dû déterminer le gouvernement à donner aux comédiens italiens une exiftence folide & légale, par un arrêt du confeil du vingt-cinq décembre 1779, qui fupprime les comédiens en langue italienne, & autorife les autres à faire un nou-veau traité de fociété, &c.

Cet arrêt du confeil a bientôt été revêtu de lettres-patentes en date du trente-un mars 1780, fuivies de l'acte de fociété de la nouvelle troupe,

& le tout a été enrégiftré au parlement le premier mai fuivant.

Les lettres-patentes contiennent douze articles. Le dernier eft remarquable.

En renouvellant, en tant que de befoin, les difpofitions de la déclaration donnée par *Louis XIII*, en faveur des comédiens, le 16 avril 1641, S. M. y enjoint très-expreffément aux comédiens, italiens de régler tellement leurs repréfentations théatrales, que la religion, les bonnes mœurs & l'honnêteté publique n'en puiffent fouffrir la moindre atteinte; & elle ajoute : « En ce faifant, nous » voulons & entendons que l'exercice de leur pro- » feffion ne puiffe leur être imputé à blâme, ni » préjudicier à leur réputation dans le commerce » public. »

4 *Mars*. Il paroît que le gouvernement, la guerre étant ceffée, s'apprête à chercher les moyens les plus falutaires pour remédier aux dépenfes exceffives & au défordre qu'elle a portés dans les finances. En conféquence, deux comités de différente nature doivent s'affembler fréquemment fur cet objet ; le grand, où fe traiteront les plans & projets de finance, fera compofé du roi, lorfque S. M. voudra y affifter, du comte de *Vergennes*, du garde-des-fceaux & de M. *de Fleuri*.

Le petit comité concernant les opérations journalieres & ce méchanifme de charlatanerie politique propre à foutenir le crédit public en maintenant celui de la place, aura pour membres les fieurs de *Bourgade*, *le Clerc*, ancien premier commis des finances, *d'Hervelay*, garde du tréfor royal, & *Darney*, agent de change du tréfor royal.

4 *Mars*. M. le duc de *Coigny* a reçu le lundi

gras la faveur finguliere d'avoir à fouper à Paris dans fon hôtel le roi & la reine : il y avoit une table de cent couverts.

A la fuite du repas il y a eu un bal divifé en deux falles ; l'une des jeunes femmes , c'eft-à-dire , de celles au deffous de vingt-cinq ans , & l'autre des vieilles au deffus , dans laquelle la reine étoit comprife. Elle a paru s'y amufer beaucoup : à la fin les deux falles fe font réunies en une.

Il y avoit en outre une falle de jeu.

4 *Mars*. C'eft le fils de M. *de Choifeul-Meuze,* très-jeune homme , auquel eft arrivée l'aventure du cabriolet. Tous les Choifeul , inftruits de la fenfation qu'elle avoit produite au parlement , fe font remués pour en empêcher les fuites. On veut aujourd'hui que le fiacre ne foit pas mort de fes bleffures , & qu'on ait profité de cette circonftance heureufe pour en obtenir un défiftement à force d'argent , avant que la dénonciation eût été faite.

On ajoute qu'elle a eu lieu le vendredi 28 février aux chambres affemblées , où M. d'Epremefnil l'a jointe à plufieurs autres.

5 *Mars*. On attend inceffamment le *mémoire fur la Baftille* par Me. Linguet , morceau qui a dû fervir d'ouverture à la fuite de fes annales , & que fans doute il fait imprimer féparément pour le public de France , où il lui fera difficile de faire percer les premieres périodiquement.

5 *Mars.* La famille des Veftris , quoique remarquable par beaucoup de ridicules qu'on a fans doute exagérés dans le public , vit dans une grande union , & ne fe permet point de ces vilenies

aies trop communes parmi les gens de théâtre. Ils font fur-tout très-rangés : un des freres qu'on appelle *Veſtris le cuiſinier* , eſt chargé du détail de l'intérieur , & s'en acquitte à merveille ; c'eſt là ſon talent.

Cependant le jeune *veſtrallard* , le fils du grand *Veſtris* , s'étant écarté & ayant fait des mémoires à ſon père qui l'ont effrayé , il y a fait honneur ; mais avant a fait venir cet enfant chéri , lui a fait une févere réprimande , & lui a déclaré qu'il eût à être plus ſage , ſinon qu'il le feroit enfermer ; qu'il ne vouloit point *de Guimené dans la famille* , propos qui a bientôt circulé dans les foyers de l'opéra , qui s'eſt répété dans le monde , & fait proverbe aujourd'hui.

6 Mars. On a oublié de parler dans le temps du rétabliſſement de la cour des aides de Clermont-Ferrand , qui a eu lieu quelques mois après ſon interdiction. La nomination de M. *Guerrier de Bezance* , ancien maître des requêtes , à la place de premier préſident de cette cour , donne lieu aujourd'hui de s'en entretenir , ainſi que de ſon chef dont on a rappellé l'aventure domeſtique.

Sa femme jeune & jolie , qui s'étoit amourachée de M. de *Sevres de la Tour* , s'enfuit en Angleterre avec ce galant , qui , à ſon tour , laiſſa ſa femme réſidant encore aujourd'hui à Paris , & gémiſſant de l'abandon de ce moderne Théſée.

Quoi qu'il en ſoit , c'eſt à cette anecdote qu'on eſt redevable probablement de la naiſſance du *Courier de l'Europe.* M. de *Sevres de la Tour* , homme de lettres , non dépourvu de talent , fut néceſſité de chercher des reſſources pour lui &

pour sa conquête ; il imagina le plan de cette
nouvelle gazette, le fit adopter par des particuliers riches, & se chargea de la rédaction qu'il
remplit avec succès, quant à la partie essentielle
qui concerne l'Angleterre ; mais, faute de bons cor-
respondants, il ne tire pas tout le parti qu'il pourroit de l'article de France.

6 Mars. Il paroît que l'*Armide* de M. de
Sacchini, comme tous les bons ouvrages, prendra davantage à mesure qu'elle sera plus connue.
La seconde représentation en a d'abord assuré le
succès, quoique l'exécution n'en soit pas encore
parfaite.

Le premier acte est sans contredit un des plus
beaux qu'il y ait au théâtre lyrique, tant par la
majesté de la scene, que par la plénitude
de l'action & par la diversité des mouvements.
L'ouverture de la tragédie, qui est un conseil
tenu dans le camp des Sarrasins, entre le pere
d'Armide & les rois & chevaliers de l'armée,
est d'une grande noblesse, & le compositeur de la
musique en a senti tout l'effet. —— Le chœur
où les amants d'Armide, dégoûtés de son ab-
sence, demandent la paix, termine grandement
cette superbe scene. L'arrivée de *Renaud*, qui,
au même instant, s'annonce député de *Godefroi*
pour offrir cette paix, est un peu postiche ;
mais il en résulte la belle situation d'*Armide* qui
survient, &, par ses reproches, par sa présence
& par ses charmes, rend le courage à tous ces
héros abattus. La maniere dont *Renaud* se retire pour se préparer au combat, répond à tout
ce qui a précédé ; mais, comme on l'a déja dit,
le morceau du serment est d'un sublime qui le
fait aller de pair avec tout ce qu'on pourroit

citer de plus expreffif dans le même genre. L'épi-
fode des Amazones, placé là pour amener une
fête & un ballet, du moins une marche, eft un
hors-d'œuvre, qui, en jetant plus de variété dans
l'acte, embraffe l'action, la retarde, & fait dire
au fpectateur, avant Armide, que c'eft perdre le
temps inutilement ; qu'il faut des combats & non
des jeux.

Le fecond acte eft plus monotone & a beaucoup de langueur. Le feul moment où *Armide*
vient au fecours de Renaud, attaqué à l'impro-
vifte par fes rivaux, & contre les loix de la guerre
avant qu'il foit forti du camp, excite la curio-
fité & en forme toute l'action en forte que l'auteur qui prétend avoir mis de rapidité dans fon
poëme, qu'il n'y en a dans celui de *Pellegrin*,
mérite le reproche contraire. Heureufement que
le muficien a fuppléé à ce vuide par des morceaux
de chant très-bien faits ; mais fe reffentant trop
encore du poëme. Le monologue d'Armide, *Barbare amour*, a produit un véritable enthoufiafme ;
& fi dans la fcene où cette princeffe & fon pere
évoquent les furies, on n'y retrouve pas toute
l'énergie dont elle eft fufceptible, le talent de
M. *Sacchini* fe releve bientôt dans le chœur des
démons fe plaignant de leur impuiffance à fecon-
der la vengeance *d'Hydraot* & de fa fille.

Une décoration repréfentant le champ de bataille & l'action du combat au milieu de la
nuit, qui n'eft apperçu qu'au feu des éclairs,
eft d'un pittorefque neuf & impofant, au troifieme acte. Malheureufement c'eft le plus foible,
& prefque tout en récitatif ; il ne feroit pas
fupportable fans l'art du muficien, qui, fupérieur
à fes femblables, excelle en cette partie. *Armide*

F 2

occupe la fcene fans aucun. intervalle ; elle y a
quatre monologues ; elle veut s'y tuer deux fois
& ne commence à refpirer , ne confent à vivre
qu'au moment où Renaud , le fauveur de fon
pere , lui déclare qu'il n'a jamais ceffé de l'aimer,
& le lui prouve. Alors elle ordonne aux génies
foumis à fon empire, de transformer ces lieux
en, un palais magnifique pour l'architecture, mais
point affez galant, affez éclairé , d'un genre trop
auftere. Suit un ballet où les coryphées de la
danfe fe dédommagent amplement de leur inutilité jufques-là. Les airs font comme le palais,
beaux, mais peu gais , & M. *Sacchini* n'excelle
pas plus en ce genre que le chevalier *Gluck.*

Le réfultat du jugement des connoiffeurs en
mufique, après ces deux repréfentations , eft que
fi M. *Sacchini* n'a pas les faccades , les cris, les
déchirements du muficien allemand ; il a infiniment plus de douceur , d'agrément & de chant
dans tout le refte , & que non moins pur , non
moins élégant, non moins mélodieux que monfieur *Piccini* , il n'eft jamais monotone & fo-
poratif comme lui ; il a une énergie bien fu-
périeure.

Le fieur le Gros , qui fait le rôle de *Renaud* ,
manque de la nobleffe , de la fenfibilité qu'il
exigeroit, en forte qu'il ne produit pas tout l'effet qu'on en doit attendre , & ce défaut rejaillit
fur le poëte , auquel on reproche de n'avoir pas
affez décidé le caractere de fon héros, de l'avoir
rendu taciturne, froid & prefque impaffible. Mademoifelle *Levaffeur* , comme actrice , ne rend
pas mal le rôle d'*Armide* , extrêmement fatigant;
mais on croit que Mlle. *Saint-Huberti* le chante-

roit beaucoup mieux , avec plus d'onction & non
moins de force.

Deux jeunes fujéts brillent dans les rôles fecondaires , une demoifelle *Maillard* , qui fait le
rôle d'*Antiope* , reine des Amazones , & la demoifelle *le Bœuf* , fille de l'auteur des paroles &
très-jolie cantatrice.

7 *Mars*. M. Guerrier de Bezance , mis fur le
chandelier par fa nomination à la dignité de
chef d'une cour fouveraine , eft de plus en plus
l'entretien du public. Il eft Auvergnac ; il étoit
pere de l'oratoire , & fut au Mont-d'or pour y
prendre les eaux à caufe de fa poitrine. Il y
trouva une demoifelle *le Bas* , d'une famille riche
& ayant elle-même du bien ; elle s'amouracha de
ce religieux galant , & l'époufa , quoiqu'il n'eût
rien. Il acheta une charge d'avocat-général de la
cour des aides de Clermont , puis paffa confeiller
au parlement de Paris , & devint enfuite maître
des requêtes. Sa premiere femme étant morte , il
époufa une demoifelle *Millochin* , dont il fe flattoit d'avoir beaucoup de bien ; mais fon beau-
pere ayant mal fait fes affaires , le réfultat a été
pour M. de Bezance d'obtenir 8,000 livres de
penfion pour un bon de fermier-général qu'avoit
M. *Millochin* , & qu'à cette condition le miniftre a
retiré.

M. *de Bezance* par fes intrigues s'eft pouffé
dans le confeil , & a obtenu pour 25 à 30,000
liv. de bureaux , entr'autres la fuperbe place de
procureur général du bureau des péages ; ce qui
l'a mis en relation avec tous les grands feigneurs,
& a merveilleufement favorifé fon ambition , au
point qu'ayant rendu des fervices confidérables à
l'ordre de Malte , il en a obtenu , pour marque

F 3

de reconnoiſſance , la permiſſion de porter la
croix qu'il étale avec beaucoup d'affectation ; vanité d'autant plus ridicule , qu'il a un frere ,
frere ſervant de l'ordre.

M: *de Bezance* eſt grand bavard , grand men-
teur conſéquemment ; il ſe vante beaucoup &
eſt très-ennuyeux. De là le principe du dégoût
de ſa femme , dont a profité M. *Sevres de la
Tour* , vivant chez elle comme parent & ſecretaire
du mari. De là l'enlevement qui a mal tourné ;
& l'on aſſure qu'elle eſt malheureuſe aujourd'hui
à Londres , abandonnée par ſon raviſſeur, & obligée d'être maîtreſſe de langue pour exiſter.

8 *Mars.* Tandis que la légiſlation du théatre
françois reſte toujours ignorée du public & même
des parties intéreſſées , telles que les auteurs
qui n'en ont encore eu aucune connoiſſance
légale , il a été imprimé un *recueil de pluſieurs nouveaux réglements concernant le théatre
italien.*

Il contient , outre l'arrêt du conſeil , les lettres-
patentes, &c. dont on a déja parlé , & ſervant de
baſe à la formation de la nouvelle troupe, accom-
pagnées de l'acte de ſociété entre ſes membres ,
ſigné pardevant notaire.

Un autre arrêt du conſeil , non moins remarquable & relatif aux auteurs , en date du 20
juillet 1782 , qui ordonne que toutes les récep-
tions faites juſqu'alors des pieces non jouées, ſeront regardées comme nulles & non avenues ,
ſauf aux auteurs à les repréſenter de nouveau pour
être lues à l'aſſemblée du comité , ainſi que
toutes celles qui ſeront préſentées à l'avenir.

L'eſprit de cet arrêt du conſeil eſt fort ſage.
Cette troupe , aujourd'hui compoſée de ſeize ac-

teurs à part , & de dix à penſion ; de ſeize actrices à part , & de dix à penſion , faiſant en tout
cinquante-deux perſonnes , eſt trop nombreuſe : la
quantité de pieces qui leur arrivent eſt trop grande
pour ne pas exiger un premier tribunal , où l'ouvrage puiſſe être mûrement examiné avant de parvenir à cette cohue.

Le comité actuel n'eſt compoſé que d'hommes ,
qui ſont les ſieurs *Clairval* , *Trial* , *Suin* , *Nar-*
bonne , *Michu* , *Menier* , *Roſiere* , *Camerani* , *Valle-*
roy , *Raymona* , le premier ſemainier en exercice ;
& le ſieur *Anſeaume* , ſecretaire ; en tout douze
membres.

8 *Mars*. Le marquis *d'Oyze* (Brancas) , doyen
des maréchaux de camps & armées du roi , & des
chevaliers de Saint-Louis , vient de mourir dans
ſa quatre-vingt-ſeizieme année ; il étoit généralement reconnu pour le pere de M. de *Rougemont* ,
ce fils de madame *Hatte* , ſi fameux dans ſon temps
pour ſon procès en queſtion d'état , & déclaré bâ-
tard par arrêt. Il eſt aujourd'hui gouverneur de
Vincennes , & c'eſt celui contre lequel *Mirabeau*
fait une ſortie ſi violente dans l'ouvrage qu'on
lui attribue ſur les lettres de cachet & les priſons
d'état.

8 *Mars*. Par l'apperçu , pris autant qu'il a été
poſſible de la ſituation de la direction des affaires
du *prince de Guimené* , il y a pour 1,800,000 liv.
de rentes viageres , & pour 4,000,000 liv. de rentes perpétuelles.

Pour payer tout cela il n'y a que 500,000 liv.
de rentes perpétuelles. Heureuſement pour les petits
créanciers , comme domeſtiques & autres , madame
de *Marſan* s'eſt chargée d'une partie , & M. le cardinal de *Rohan* de l'autre.

9 Mars. C'eſt par un réglement pour l'adminiſtration des finances par S. M. à Verſailles le 26
février 1783 , & imprimé , diſtribué avec la plus
grande profuſion , qu'eſt établi le comité dont on
a parlé.

Son objet eſt de faire goûter aux peuples les
avantages de la paix en leur procurant des ſou-
lagements réels & durables. Pour y parvenir , il
faut connoître le montant des dépenſes dont la
durée de la guerre a retardé le paiement , & fixer
invariablement & avec la plus étroite économie,
l'état des dépenſes de tous les départements & de
tous les ordonnateurs. Il faut enſuite s'occuper des
moyens de ſupprimer les impoſitions qui ſont le
plus à charge , changer la nature & la forme de
quelques-unes , diminuer & ſimplifier les frais de
perception.

Le comité en queſtion doit s'occuper de ces
grands objets au moins une fois par ſemaine. Le
miniſtre des finances y fera le rapport des affaires
& rédigera les réſolutions de S. M. dont il tiendra
regiſtre.

On prétend que le ſieur de *Bourgade* ſera appellé
pour y tenir la plume , comme greffier ou ſecré-
taire du comité.

Cela ne changera rien à l'établiſſement du conſeil royal des finances , que S. M. ſe réſerve d'aſſembler comme par le paſſé.

Les affaires contentieuſes continueront d'être
portées au comité contentieux , dont on confirme
l'établiſſement.

Tous les ordonnateurs , ſans aucune exception ,
remettront inceſſamment à S. M. l'état des dettes
arriérées de leur département reſpectif au 1 janvier
1783 , ainſi que celui des dépenſes ordinaires &

extraordinaires qu'ils eftimeront indifpenfables en temps de paix.

Ces états revus , vérifiés & difcutés par le miniftre des finances & l'ordonnateur , feront arrêtés au comité , en préfence de ce dernier , toujours appellé lorfqu'il fera queftion de fon département.

Toutes les demandes tendant à obtenir des dons extraordinaires ou le paiement d'anciennes créances , & généralement toutes les demandes afin d'emploi de nouvelles charges dans les états, feront portées au comité & difcutées en préfence du roi.

Le fieur *Moreau de Beaumont* , confeiller d'état ordinaire , & au confeil royal , fera appellé lorf-qu'il fera queftion de conceffions de bois ou de domaines.

L'adjudication ou délivrance des revenus du roi, en ferme ou en régie , fera faite au comité.

Les fermiers , régiffeurs & receveurs des deniers royaux remettront inceffamment au miniftre des finances l'état de leurs recettes , fermes ou régies, & des frais de perception , avec leurs obfervations fur les moyens de diminuer les frais & de fimpli-fier les impofitions.

Le miniftre des finances en rendra compte au comité ; il y joindra fes remarques & l'on ftatuera deffus.

Le miniftre des finances eft autorifé à fe faire aider dans fon travail par des membres du confeil pour les rapports à faire , ainfi qu'à employer deux officiers de la chambre des comptes pour les ob-jets de comptabilité , & deux de la cour des aides, pour la partie des impofitions.

Au furplus , toutes les difpofitions du régle-

F 5

ment du 15 feptembre 1661, fait par *Louis XIV*,
que S. M. prend ici pour exemple, feront exécutées en ce qui n'y eft pas dérogé aujourd'hui.

9 Mars. En 1721, à la mort *de Marlborough*,
ce général Anglois fi funefte à la France par les
batailles *d'Hochftet* & de *Ramillies*, il fe compofa
en réjouiffance une de ces chanfons bêtes dont la
police amufe la canaille de la capitale fans interruption, dans l'ordre des événements. Cette chanfon fit une fortune confidérable alors. On a vu
que le fieur de *Beaumarchais* avoit rajeuni l'air
fur lequel elle étoit compofée. Par une circonftance affez bizarre, perfonne ne favoit à la cour
cet air niais & plat; Madame *Poitrine*, feule, la
nourrice du Dauphin, l'avoit apprife dans fon
village, & un jour qu'elle la fredonnoit, le roi
& la reine la furprennent & la forcent de la chanter. Ils s'en amuferent. Ils voulurent l'apprendre,
& les courtifans ne manquèrent pas de finger leurs
maîtres : de-là la fortune incroyable de la ro-
mance de *Beaumarchais*.

Les chanfonniers de la police ont profité de
cette circonftance pour remettre en lumiere la
chanfon originale qui s'eft bientôt répétée dans
toutes les rues. Le fieur *Audinot* a mis en action
cette chanfon par une pantomime grivoife, intitulée *Mal'broug s'en vat-en-guerre*, & *Nicolet* par
une autre encore plus burlefque; enfin, les maf-
ques de ce carnaval l'ont exécutée de toutes parts,
& l'on ne voyoit que des chars funéraires de Marl-
bouroug avec cent farces de différentes efpeces
analogues, qui ont donné lieu de remonter à
leur origine & d'en fuivre la filiation.

9 Mars. Le livre des *Lettres de cachet & des
prifons d'état*, eft donné comme une œuvre pof-

thume, compofée en 1778; cependant, il paffe pour conftant qu'elle eft de M. de Mirabeau, le fils, heureufement plein de vie. Elle eft en deux volumes en effet, dont l'un plus gros ayant trois cent foixante-fix pages. L'auteur traite d'abord la queftion de droit. Il prouve que la prérogative royale par laquelle un citoyen peut être détenu prifonnier, en vertu d'une lettre clofe & fans aucune forme judiciaire, eft une violence contraire à notre droit public & réprouvée par nos loix; que, fût-elle fondée fur un titre légal, elle n'en feroit pas moins illégitime & odieufe, parce qu'elle répugne au droit naturel, parce que les détentions arbitraires font deftructives de toute liberté, & que la liberté eft le droit inaliénable de tous les hommes. Il prouve enfin que l'ufage des lettres de cachet eft tyrannique, fous quelque point de vue qu'on l'envifage, & que fon utilité prétendue, entiérement illufoire, ne fauroit jamais balancer les inconvéniens terribles qui en réfultent.

Après avoir ainfi confidéré les lettres de cachet relativement au droit pofitif, au droit naturel, à la fociété, aux particuliers, il rend compte de l'adminiftration intérieure du donjon de Vincennes: il propofe enfuite des moyens fort fimples de s'affurer des principaux abus de cette geftion infidelle & oppreffive, & d'y apporter un remede efficace & fûr.

Telle eft la divifion de ce traité parfaitement bien conçu, digéré long-temps, nourri d'une érudition profonde, plein d'une logique irréfiftible, fortement penfé & éloquemment écrit en beaucoup d'endroits, où il tire les larmes des yeux du lecteur.

F 5

（ 132 ）

10 *Mars*. Extrait d'une lettre de Touloufe, du
28 février.... Un miniftre , plus cruel que la
fameufe hyene du Gévaudan , a enfin expié par
fon fupplice toutes les horreurs dont il s'étoit
rendu coupable. C'étoit un maçon de profeffion ,
nommé *Blaize Ferrage* , né dans le comté de
Comminges. Il étoit très-petit de taille ; mais
d'une force extraordinaire , fort brun , vicieux &
libertin par tempérament ; craignant les pourfui-
tes de la juftice pour les excès auxquels il s'étoit
déja livré dès l'âge le plus tendre , pourfuivant
& prenant de force les perfonnes du fexe , il s'étoit
retiré à vingt-deux ans dans les montagnes d'Aure,
voifines de fa patrie ; il s'y étoit établi dans la
concavité d'un rocher placé fur une hauteur ; il
fe répandoit de là dans les campagnes ; il enlevoit
les brebis , les moutons , les veaux , la volaille
pour fe nourrir , & les femmes & les filles pour
affouvir fa brutale paffion ; comme il manquoit
fouvent de vivres au bout d'un certain temps par
les précautions des habitants , on prétend qu'il
étoit devenu antropophage & fe nourriffoit de
la chair des perfonnes du fexe qu'il avoit en-
levées, auxquelles il coupoit le fein , & arra-
choit les inteftins & le foie , mets fucculents
pour lui.

Ferrage a continué impunément pendant trois
ans environ ce genre de vie atroce & monftrueufe;
& l'on fait monter à plus de quatre - vingts
les filles & femmes , fes victimes : il marchoit
toujours armé d'une ceinture de piftolets , d'un
fufil à deux coups & d'une dague ; il alloit dans
la ville la plus prochaine de fa retraite pour ache-
ter de la poudre & des balles , & la maréchauffée
n'ofoit l'arrêter. Plufieurs communautés s'étoient

cotifées pour donner une récompenfe à celui qui parviendroit à le livrer à la juftice : il a fallu rufer, & un autre criminel à qui l'on avoit promis fa grace, s'il le livroit, ayant joué le rôle d'un faux ami, l'a fait prendre.

Par arrêt du 12 décembre 1782, le parlement de cette ville l'a condamné à expirer fur la roue. Il a été exécuté le 13 en préfence d'une foule immenfe ; on avoit triplé la garde, il marcha au fupplice d'un vifage ferein, & n'a point démenti en ce moment fon caractere atroce.

10 *Mars*. On parloit beaucoup de rebâtir une grande partie du château de Verfailles, & tous les artiftes s'évertuoient pour donner des projets. Mais le roi a déclaré que les travaux feroient remis à trois ans, & qu'il vouloit que les dettes de la guerre fuffent acquittées avant.

On ajoute que le prévôt des marchands ayant été demander au roi fi la ville difpoferoit de loin des fêtes pour la paix, S. M. lui avoit répondu féchement : que la ville paie plutôt fes dettes.

Cependant on fait que le parlement ayant commencé à prendre connoiffance des dettes de la ville & de la maniere dont elle perçoit les octrois à l'occafion d'une augmentation qu'elle a voulu mettre fur le prix des places & fur le port des marchandifes par les coches d'eau, le roi a mandé le premier préfident, & lui a dit que fon intention étoit que le parlement ne s'immifcât point dans cette comptabilité, dont elle fe réfervoit la connoiffance.

11 *Mars*. M. le chevalier, ci-devant abbé de *Langeac*, connu dans la littérature par des prix ou des *accessit* remportés à l'académie françoife,

s'eſſaie aujourd'hui ſur le théatre italien. Depuis long-temps il avoit compoſé un petit drame en deux actes & en vers, intitulé *Coraly & Blan-ford* ou *la force de l'amitié*, ſujet tiré d'un conte de M. *Marmontel*. M. *Dorat* dans le temps qu'il rédigeoit le *Journal des Dames*, ayant eu con-noiſſance du manuſcrit, en avoit enrichi ſa feuille, ce qui lui avoit attiré des reproches de l'auteur. Quoi qu'il en ſoit, autant qu'on peut ſe le rappeller, l'ouvrage eſt triſte, langoureux & monotone.

11 *Mars*. M. *le Fevre*, auteur connu de plu-ſieurs tragédies, en a deſiré faire jouer une nou-velle, intitulée *Dom Charlos*: avant de la met-tre au théatre, comme le ſujet, quoique n'ap-partenant pas à la dynaſtie régnante, eſt tiré de l'hiſtoire d'Eſpagne, on a cru devoir obtenir avant l'agrément de M. le comte *d'Aranda*: mais ce miniſtre, ſans dire poſitivement qu'il s'oppoſoit à la repréſentation, a répondu qu'il ne voyoit pas de néceſſité de la jouer, qu'il n'y auroit pas de mal à ne la pas donner, & l'on n'a jamais pu le tirer de là.

11 *Mars*. Le *Muſée de Paris* a tenu lundi 6 une aſſemblée publique & générale, plus ſolem-nelle que toutes celles qui ont eu lieu juſqu'à préſent; & cela devoit être, puiſque la paix en étoit l'objet. Il étoit queſtion en conſéquence de célébrer la naiſſance de la nouvelle république des Etats-Unis, hommage qui lui a été rendu en la perſonne de M. *Franklin*, ſon repréſentant. Ce grand homme étoit là au milieu des mem-bres de la ſociété; il a conſtamment écouté les divers ouvrages en vers & en proſe qui ont été lus ſur cette matiere. On a fait l'inauguration de

fon bufte , préfenté par M. *Houdon* , aux acclamations de tous les fpectateurs, & le tout a été
terminé par un concert & par un fouper que lui
a donné M. *Court de Gebelin* , le principal fondateur de l'affemblée , fon préfident jufqu'à préfent , mais qui , remplacé par M. *Cailhava d'Ef-
tandoux*, n'eft plus que préfident honoraire. Là
inter fcyphos & pocula , dans une aimable délire ,
on a couronné de lauriers & de myrtes la tête
même de M. *Franklin*. Ce n'eft pas un fpectacle
peu philofophique fans doute de voir un perfonnage grave comme M. *Franklin* , accablé des affaires les plus importantes fur-tout en ce moment,
s'occuper de pareilles niaiferies littéraires, affifter
à fes jeux enfantins & s'en amufer.

11 *Mars*. C'eft dans les premiers mois de 1777
que M. *de Mirabeau* , après avoir été détenu
précédemment huit mois dans un fort , fut enfermé
au donjon de Vincennes , où par la bienveillance de M. le Noir ayant obtenu à difcrétion
de l'encre , du papier , des livres & la jouif-
fance d'une partie de fes manufcrits faifis , il écrivoit fon livre en 1778 : il fe reffent de la patience incroyable qu'exigeoit fon entreprife. On
ne peut concevoir qu'en le lifant la quantité
d'ouvrages, très-favants la plupart , & en différentes langues , qu'il a étudié, approfondis , tra-
duits , & s'eft ainfi rendus propres , car fon érudition n'eft pas pefante, ni ennuyeufe ; elle eft
très-bien fondue dans fon traité , & y ajoute feulement de la force & du poids.

On voit en lifant un difcours que M. *de Mirabeau* adreffe à fon fils dans fa péroraifon, qu'il
étoit pere lorfqu'il fut arrêté , qu'il lui deftinois
cet ouvrage , mais que cet enfant n'étoit déjà

plus, & que fa mort a été la premiere nouvelle
qu'il a apprife en fortant.

On voit encore dans le courant du livre, que
M. de *Mirabeau* eft l'auteur de *l'Effai fur le Defpotifme*, dont on a parlé dans le temps avec
les éloges qu'il méritoit : puiffe-t-il en donner,
comme il le fait efpérer, plufieurs autres dans
le même genre, & défendre, protéger, confo-
ler du moins par fa plume éloquente tant de mal-
heureufes victimes gémiffantes fous le fceptre de
du defpotifme.

12 *Mars.* La *fociété royale de médecine* a tenu
hier fon affemblée publique, mémorable par la
diftribution du prix dont le fujet propofé dès le
carême 1778, étoit de *déterminer le meilleur traitement de la rage.* Une fomme de 1,200 liv. avoit
été confacrée à cet effet par M. le Noir, lieutenant-général de police & membre de la compagnie. Il a eu la fatisfaction de voir cette queftion
fi utile à l'humanité, réfolue enfin après un fi
long temps dans plufieurs mémoires.

Celui de M. *le Roux*, chirurgien-major de
l'hôpital général de Dijon, a mérité la préférence ; cependant il n'a eu que la moitié du prix :
M. *Baudot*, docteur en médecine à la Charité
fur Loire, & M. Bouteille. à Manofque en Pro-
vence, ont partagé l'autre.

Le zele de M. *le Noir* pour les progrès de cette
compagnie, & fa bienfaifance pour le public, fe
font encore manifeftés par une fomme de 600 liv.
que ce magiftrat a donnée pour en former un
prix, dont le fujet eft de *déterminer quelles font
parmi les maladies, foit aiguës, foit chroniques,
celles qu'on doit regarder comme vraiment conta-
gieufes ; par quels moyens chacune de ces mala-*

*dies se communique d'un individu à un autre, &
quels sont les procédés les plus sûrs pour arrêter les
progrès de ces différentes contagions.* Ce prix sera
décerné dans la séance publique du carême de
1785.

12 *Mars.* La comédie de M. *le chevalier de
Langeac,* jouée hier, n'est pas tombée, a été
même assez applaudie, graces aux nombreux partisans qu'il avoit dans le parterre. On l'a déja dit:
ce sujet n'est rien moins que neuf; on a vu qu'il
étoit tiré d'un conte de *Marmontel.* En outre,
il a été mis en opéra comique au même théatre
en 1771, & depuis réduit de deux actes en un,
en 1776. Assurément l'auteur actuel n'y a rien
ajouté capable de l'améliorer. Le fonds est toujours
monotone, triste, larmoyant & fade; les mots
d'amour, d'amitié & de cœur y sont répétés
jusqu'à la satiété. Les acteurs restent, depuis l'ex-
position jusqu'au dénouement, dans la même
situation: on ne voit qu'une versification assez
douce, quelques vers bien tournés, quelques-uns
de sentiment, qui aient pu mériter au poëte de
l'indulgence auprès des spectateurs impartiaux.

Cependant, après la piece, on a demandé l'auteur avec instance. Les comédiens, ne tenant
compte de ces clameurs, avoient fait tomber la
toile & se mettoient peu en devoir de satisfaire
le public. Le parterre alors n'a pas voulu en
démordre, les clameurs sont devenues si fortes
& si générales, que la toile s'est relevée, & le
sieur *Raymond* est venu dire qu'on ne connoissoit
pas l'auteur: alors quelqu'un a crié: *N'est-il pas
chevalier de Malte?* L'acteur a répliqué qu'il n'en
savoit rien, & s'est retiré.

M. le chevalier de Langeac, en effet chevalier

de Malte, avoit été durant toute la piece à une loge des troifiemes avec la demoifelle Adeline, actrice de ce fpectacle, à laquelle il eft attaché; & par les applaudiffements nombreux qui partoient de la loge, il étoit aifé de juger de l'intérêt qu'on y prenoit au fuccès de la piece. Le chevalier, dès la fin, avoit eu la prudence de fe retirer promptement.

12 *Mars*. Extrait d'une lettre de Befançon, du 3 mars 1783..... Meffieurs, mortifiés du filence de la cour, laiffent enfin percer des copies de leur arrêté, qui eft fort long ; ils rendent compte de ce qui s'eft paffé dans leur affemblée, & en voici les circonftances intéreffantes.

L'affemblée, pour délibérer fur le travail des commiffaires, fixée au 12 février, avoit été renvoyée à huitaine: en conféquence, les chambres fe font affemblées le 19. M. le premier préfident y a prononcé d'adord la déclaration fuivante.

« Meffieurs —— il me revient de toutes parts ,, qu'on me fait l'injure de me foupçonner d'être ,, l'auteur, le confeil, le rédacteur des ordres ,, que le roi a fait exécuter le 6 feptembre ,, dernier.

,, Je déclare que je n'y ai d'autre part que ,, d'avoir fait tout ce qui dépendoit de moi pour ,, l'empêcher, en repréfentant fortement qu'il ne ,, falloit ni prorogation, ni enrégiftrement avant ,, la levée des féances du parlement, pour un ,, impôt qui ne devoit avoir lieu qu'à com- ,, mencer du 1 janvier fuivant. »

Jaloux, comme je dois l'être, Meffieurs, de conferver votre eftime dans tous les temps, c'eft à vous-mêmes que je me plains de cet injurieux

soupçon , & je dépose au greffe ma préfente
déclaration.....

Ce qui a été fait, & n'a détrompé perfonne.

Enfuite, M. le premier préfident a dit que
meffieurs les commiffaires étoient prêts de rendre
compte à la cour de l'exécution de fes ordres;
fur quoi tous meffieurs les commiffaires ont été
entendus fucceffivement , & la matiere mife en
délibération. On a formé un arrêté très-long,
mais haché, mutilé , parce que celui des commiffaires infiniment plus fort, a trouvé des con-
tradicteurs dans plufieurs membres pufillanimes
& gagnés par la cour , ou par le premier
préfident. Au refte, en voici le réfultat.

La cour perfiftant dans fes proteftations du 5
feptembre 1782 & en celles qui ont fuivi,
protefte de nouveau contre tout ce qui a été fait
au préjudice de l'autorité du roi , des loix de la
monarchie , des droits de la nation , de l'honneur & de la dignité de la magiftrature , fe ré-
fervant de ftatuer fur l'effet defdits arrêtés &
proteftations.

A délibéré de faire au roi de très-humbles
& très-refpectueufes remontrances fur tous
les objets dont mention eft faite au préfent
arrêté.

Suit une longue énumération de doléances
& de griefs fur lefquels la cour fupplie S. M. de
faire droit.

Arrêté de plus , que le feigneur roi fera
fupplié de permettre que lefdites remontrances
lui feroient portées par une grande députation
de fon parlement.

En outre , pour donner plus de poids à cette
démarche , plufieurs membres , inftruits de l'in-

térêt que le parlement de Paris prenoit à cette affaire , d'une dénonciation relative entamée par M. *Robert* à la troisieme chambre des enquêtes , qui attendoit les pieces juridiques pour y donner suite & la former en regle à l'assemblée des chambres , avoient ouvert l'avis d'ordonner que , vu la difficulté de faire parvenir la vérité aux pieds du trône, il seroit envoyé expédition de tous les arrêts , arrêtés & remontrances de la cour , aux princes , aux pairs & aux divers parlements du royaume , & qu'ils seroient enga. gés d'interposer leurs bons offices auprès du roi , afin d'éclairer sa religion surprise.

Cette délibération , dont les ministres redou-toient les suites , a été vivement combattue par leurs créatures , en sorte qu'elle n'a eu que vingt-trois voix à l'affirmative contre vingt-huit pour la négative , & ce coup de parti a manqué.

13 *Mars.* Le procès des *Montesquiou* s'accusant réciproquement d'être de faux *Montesquiou* , se plaide constamment aux requêtes de l'hôtel avec la plus grande solemnité. Il attire plus de monde aux audiences que le procès des *Crequi.* Toute la noblesse s'y intéresse encore plus vivement , en ce que le *Montesquiou*, premier écuyer de *Monsieur,* ayant voulu s'élever infiniment au dessus d'elle par la prétention de venir de la premiere race des rois de France , elle ne seroit pas fâchée de le voir humilié & rabaissé au niveau des gentils-hommes ordinaires. On rappelle à cette occasion le mot du comte de *Maurepas,* lorsqu'il remit à monsieur de *Montesquiou* les lettres-patentes de *Louis XVI,* qui lui accorde sa demande. « Avant, „ lui dit-il , il faut que vous me donniez votre „ parole d'honneur sur un point que le roi exige,

,, & qu'au surplus vous lui devez par reconnoif-
,, fance. Voilà l'acte authentique fuivant lequel
,, vous êtes *Fezenzac*, conféquemment defcendant
,, de *clovis*.....mais au moins laiffez-nous trôner. ,,

En outre M. *de Montefquiou* paffe pour fort
altier , fort infolent ; ce qui révolte tous ceux
qui ont affaire à lui , & même les courtifans qui
font dans le cas d'y avoir rapport. On affure que
la reine ne peut pas le fouffrir , que S. M. ne
feroit pas fâchée de le voir fuccomber & puni de
fon impudence. On raconte à cette occafion qu'un
inconnu vint, il y a quelque temps , offrir à
l'abbé de la *Boulbenne*, qui fuit le procès au nom de
fa famille, une fomme de 14,000 liv. ce dont fa
délicateffe fut d'abord offenfée; mais que l'autre
infifta en lui difant ; " Monfieur , ces fonds
,, vous viennent d'une main dont il n'eft point de
,, gentilhomme dans le royaume qui ne puiffe
,, accepter les fecours, fans rougir. ,,

Quoi qu'il en foit , il tombe à ces meffieurs
de l'argent de toutes parts ; &, malgré leur
détreffe, ils ont abondamment de quoi fuffire aux
frais immenfes du procès.

Ce qui achéve d'aliéner à M. *de Montefquiou*
tous les gens honnêtes & fenfibles, c'eft fa dureté
envers ces meffieurs *de la Boulbenne*, qu'il ne peut
s'empêcher de reconnoître pour fes parents au
moins du côté des femmes. On a déja dit comment il avoit empêché l'abbé , en le reniant,
d'obtenir les faveurs du miniftre de la feuille :
il a également empêché un autre frere d'être
reçu garde-du-corps dans la compagnie de Beau-
veau ; heureufement que le *duc de Villeroy* l'ac-
cueillit, malgré le défaveu de M. *de Montefquiou*;
enfin , il ne voulut s'intéreffer à faire obtenir une

compagnie de cavalerie à un troifieme frere, qu'à condition qu'il figneroit un acte par lequel il fe défifteroit d'être *Montefquiou*; démarche dont fes freres le blâmerent beaucoup , & dont il fe rétracta bien vîte.

C'eft M. *Polverel*, avocat fameux du parlement de Bordeaux , paffé & fixé à Paris, qui plaide pour les *la Boulbenne* ; il ne s'eft décidé à les défendre qu'après avoir été fur les lieux prendre tous les renfeignements néceffaires , & s'être convaincu par lui-même de la légitimité de leur réclamation. On ajoute qu'il a découvert que M. *de Montefquiou* fe nommoit *Civet* de fon vrai nom , fur quoi un calembour. *C'eft un animal*, fait-on dire à cet avocat , *que je ne rendrai fupportable qu'en en faifant un civet.* Au refte, toutes les fois que cet orateur plaide , il eft applaudi à tout rompre ; mais aujourd'hui il s'eft furpaffé au point que ceux qui en defirant que fes parties gagnaffent, regardoient intérieurement leurs titres comme très-mauvais , font fortis convaincus , & trouvent leur caufe excellente.

Au contraire , toutes les fois que M. *Treillard* parle pour M. *de Montefquiou* , il regne un filence morne parmi les auditeurs. Celui-ci s'eft apperçu de cette défaveur & s'eft écrié :. *Je favois b.en que j'avois beaucoup de jaloux & d'envieux ; mais je ne croyois pas avoir autant d'ennemis.*

14 *Mars.* Les *Faftes de Louis XV*, fous ce titre magnifique, cachent une ftérilité , une mifere bien réelle. C'eft une rapfodie véritable, fans goût, fans choix , fans méthode. L'auteur commence par décrier celui de la *Vie privée* , & il en copie quelquefois huit à dix pages de fuite ; il en prend des paragraphes entiers , les portraits , les opinions :

il pille également l'*Efpion Anglois*, les *Anecdotes de madame Dubarri*, & plufieurs autres ouvrages, qu'il gâte fouvent par des interpollations ridicules, par quelques expreffions de fon cru, triviales ou groffieres. Au milieu de fa narration, il la coupe par des vaudevilles du temps, par des bons mots pris dans les *ana*, par d'autres citations qui font perdre de vue l'objet principal... Sans doute l'hiftoire n'eft pas un roman, un ouvrage d'imagination, les faits en font communs à tout le monde ; mais c'eft la maniere de les rendre, de les placer, de les difcuter ; c'eft la façon de peindre, de donner de l'intérêt & du piquant, une tournure philo-fophique aux moindres chofes ; c'eft le ftyle conve-nable à la nature de la narration, qui en font le mérite & qui diftinguent le véritable hiftorien du compilateur ou du rapfodifte. Ce qui paroît ap-partenir fans conteftation à l'auteur des faftes, ce font des lettres impertinentes qu'il a compofées & qu'il attribue à différents perfonnages impor-tants bien étonnés, s'ils vivoient, du langage qu'on leur fait tenir.

15 *Mars*. Il perce ici des copies de l'arrêté du parlement de Befançon, du 19 février, qui eft en effet très-long. On eft effrayé de la quantité d'abus contre lefquels il réclame. Il fupplie le roi,

1°. D'abréger la durée des vingtiemes, de fupprimer 255,000 liv. ajoutées en 1772 & 1781 à l'abonnement des premier & fecond vingtiemes, & de retrancher le tiers du troifieme à raifon de l'exemption de l'induftrie.

2°. De maintenir l'exécution des loix qui dé-fendent la perception d'aucuns impôts qui ne feroient pas établis par édit vérifié dans les cours ; en conféquence, de défendre la levée d'une

fomme de 60,000 liv. ordonnée par arrêt du
confeil du 28 mars 1782, en fus du taux de
l'abonnement des vingtiemes.

3°. D'ordonner que la déclaration du 13 février
1780 foit exécutée en conformité de fon enrégiftrement, & que le montant de la capitation
porté à 1,023,000 liv. fera réduit à 700,000 liv.
de principal, avec les quatre fous pour livre pour
le temps qu'ils doivent durer, & les frais de
perception en conformité des édits concernant les
receveurs généraux & particuliers.

4°. De diminuer le nombre des bataillons de
milice de la province, à proportion de fon étendue
& de fa population ; de réduire l'entretenement de
la milice à la fomme de 102,636 liv. comme il
étoit fixé avant la guerre, au lieu de celle
de 334,050 liv. à laquelle il a été porté depuis
1780.

5°. De proportionner les frais du tirage &
petit équipement de la milice à la dépenfe effective, fans qu'elle puiffe être augmentée pour
quelque prétexte que ce foit.

6°. De régler l'impôt connu fous le nom
d'excédent des fourrages, fuivant le nombre des
troupes de cavalerie ou de dragons qui font en
quartier dans la Franche-Comté ; d'en fupprimer
toutes dépenfes étrangeres, & d'en affurer la
comptabilité.

7°. De ne pas multiplier les charges locales,
de n'en ordonner que de néceffaires ; de fixer la
dépenfe de chacune d'elles, fans pouvoir l'augmenter ni l'étendre.

8°. De ne comprendre dans la lifte des logements dont les villes font chargées, que les
officiers

officiers employés , & pour le temps de leur
service.

9°. D'ordonner que le sol par pain de sel
Roziere destiné au remboursement des charges de
la chambre des comptes & autres dépenses d'utilité publique , détourné de sa destination, soit
distrait du bail des fermes , pour être rendu à
son premier emploi.

10°. De rembourser lesdites charges de la
chambre des comptes avec les sommes perçues
jusqu'à présent: & comme elles sont suffisantes
pour effectuer ce remboursement , de supprimer
après qu'il sera fait, l'imposition des 35,000 liv.
levées pour cet objet.

11°. De rendre à l'ôpital des mendiants les
trois deniers pour livre de l'imposition ordinaire
qui lui étoient affectés par l'édit du mois de juillet
1724. De supprimer les trois deniers pour liv.
des impositions extraordinaires qui les ont rem-
placés, & d'assurer la comptabilité des deniers de
l'administration de cet hôpital.

12°. De ne pas permettre la multiplication
des chemins inutiles au public , de défendre
l'adjudication des corvées à prix d'argent, contre
le gré des corvéables, & d'empêcher les vexations
des commis aux ponts & chaussées.

13°. Que tous les impôts, ainsi que ses différentes dépenses d'administration , soient connus
& désignés dans les mandements par leur nom ,
sans être déguisés & confondus dans une imposition générale.

14°. Que les retranchements faits sur les taxa-
tions des receveurs généraux & particuliers, par
édit des mois d'octobre 1781 & janvier 1782,

profitent aux contribuables , & ne soient plus compris dans la masse des impositions.

15°. De maintenir l'exécution de différents rachats faits par la province, d'offices & autres droits, & de réparer les atteintes qui y ont été portées.

Enfin, d'accorder au peuple tous les soulagements qu'il espere de la bonté de sa majesté & qu'il attend du retour de la paix.

15 *Mars*. M. de *Ragny*, enfermé depuis quarante ans, & peut-être plus, vient de terminer ses jours à Pierre-Scize ; il laisse par sa mort 60,000 liv. de rentes de biens substitués à monsieur de Montigny, trésorier des états de Bourgogne.

Le crime de ce gentilhomme étoit d'avoir assassiné par jalousie un M. *de Jaucourt*.

Il jouissoit de sa fortune dans sa prison, avoit une sorte de liberté de voir & de recevoir du monde ; il donnoit à manger, &c.

16 *Mars*. Outre les pieces énoncées déja concernant la législation de la comédie italienne, il y en a d'autres concernant son régime, non moins bonnes à connoître.

1°. Un plan d'administration intérieure du 6 mars 1780, concernant la recette journaliere; la recette des loges à l'année, la dépense, les opérations annuelles, les réglements pour les habits que les acteurs doivent se fournir, & pour ceux que la comédie doit leur procurer.

2°. Réglement signé par les premiers gentilshommes de la chambre, relativement au comité, aux semainiers, aux assemblées, aux délibérations, aux débats, aux pieces nouvelles, aux droits des auteurs , & à divers autres objets de police intérieure.

3°. Réglement concernant l'orcheftre , & un autre pour la danfe.

Voici les articles les plus effentiels & les plus à connoître de tout ceci, relativement aux droits des auteurs. Les repréfentations des pieces à ariettes feront libres tous les jours de la femaine, excepté le mardi & le vendredi, fuivant l'accord fait avec l'opéra.

Les repréfentations des opéra comiques en vau- devilles & des comédies françoifes , feront libres quelque jour de la femaine que ce foit ; mais les pieces de ces deux genres ne pourront être jouées la premiere fois que les mardi & vendredi.

La part des auteurs des pieces à ariettes , fera d'un neuvieme pour les pieces en trois actes & plus ; d'un douzieme pour les pieces en deux actes , & d'un dix-huitieme pour les pieces en un acte.

Cette part d'auteur fera partagée en deux moitiés ; l'une pour le poëte , l'autre pour le muficien.

Les parodies , de tel nombre d'actes qu'elles foient compofées , feront toujours regardées comme pieces d'un acte , & leur honoraire fera fixé au dix-huitieme , quelque jour de la femaine qu'elles foient données.

La part d'auteur d'une comédie françoife , ou opéra comique , vaudeville , variera fuivant les jours où la piece fera jouée. Les mardi & ven- dredi , cette part fera d'un neuvieme pour les pieces en trois actes & plus , d'un douzieme pour les pieces en deux actes , & d'un dix - huitieme pour les pieces en un acte. Les autres jours de

la femaine , lorfqu'on jouera quelqu'une de ces
fortes de pieces , avec ou fans une autre à ariettes ,
quelconque , la part d'auteur fera réduite à moitié ,
fuivant le nombre des actes déja défignés.

Ces parts feront prifes fur la recette journaliere
à la porte , & non fur le produit des loges à
l'année ; fur cette recette on prélevera le quart
franc pour les pauvres & 350 livres pour les frais
journaliers.

Les auteurs enfin jouiront de leurs honoraires
toute leur vie , excepté des repréfentations où la
recette fera au deffous de 600 livres l'été , c'eft-
à-dire , à compter depuis le 15 mai jufqu'au 25
novembre , & de 1,000 livres l'hiver , depuis le
25 novembre jufqu'au 15 mai.

16 *Mars.* Il paffe pour conftant que M. le duc
de Chartres fe propofoit d'aller habiter Londres
pendant quelques années , avec madame la ducheffe & fes enfants , qu'il avoit même déja fait
louer un hôtel à cet effet ; mais qu'ayant été
demander la permiffion au roi , S. M. lui avoit
témoigné le peu de regret qu'elle avoit de lui
voir quitter la France , que madame la ducheffe
de Chartres étoit fort libre d'y aller , fi ce féjour
lui convenoit ; quant aux enfants , il lui a demandé qu'elle étoit fon idée à cet égard , &
M. le duc de Chartres ayant répondu que c'étoit
pour les élever à l'angloife , le roi , indigné de
ce propos indécent , lui a répliqué *qu'ils étoient*
à l'état , & qu'il s'oppofoit à ce qu'on les con-
duifît en pays étranger.

16 *Mars.* Les comédiens italiens annonçoient
depuis long-temps un opéra comique , à ariettes
en trois actes , intitulé : *le Corfaire* , dont les
paroles font de M. *de la Chabauffiere* , & la mu

lique de M. *Daleyrac* ; une incommodité sur-
venue à Mlle. *Colombe* , le jour même de la
repréſentation , l'avoit fait différer. Il doit avoir
lieu demain ; il a été joué à la cour avec beaucoup de ſuccès. On dit cependant la piece pleine
de gravelures. On trouve la muſique d'un excellent genre.

17 *Mars.* On a prétendu que *les Faſtes de
Louis XV* avoient été compoſés par un partiſan
des *Choiſeul* , & à leur inſtigation pour contrebalancer dans le public les fâcheuſes impreſſions
qui pourroient réſulter de l'anecdote grave , déja
inſinuée dans la *Vie privée de Louis XV* , & rapportée comme certaine dans l'*Eſpion dévaliſé* ; mais
les faſtes ont paru avant celui - ci , & d'ailleurs
les Choiſeul euſſent choiſi un défenſeur plus
digne du héros. On trouve bien en effet dans
le livre en queſtion un éloge pompeux de l'ex-
miniſtre, mais ſi fade & ſi outré , qu'on doute
qu'il en ſoit fort content lui-même , & dans
cette occaſion on pourroit lui dire, comme *Rouſ-
ſeau* à *Catinat* :

O grand Choiſeul ! quelle voix enrhumée
De te louer oſe uſurper l'emploi !
Mieux te vaudroit perdre ta renommée ,
Que l'or cueillir de ſi chétif aloi.

17 *Mars.* M. *Freteau* , conſeiller au parlement ,
juſqu'ici bien honnête, très - eſtimé , s'eſt laiſſé
dit-on, tourner la tête par l'ambition : à l'occaſion de ſon beau-frere M. *Dupaty* , ayant eu lieu
de voir beaucoup M. le garde-des-ſceaux , il s'eſt
fait connoître des miniſtres , & auroit le projet

G 3

d'être lieutenant de police. Du moins tel est l'objet, suivant le bruit général du palais, qu'il a eu
en vue en dénonçant à sa compagnie des maisons
de santé établies par ce magistrat aux quatre extrêmités de la ville, comme autant de prisons privées où il receloit les victimes du despotisme des
divers ministres. Il a même articulé aux chambres assemblées le fait d'un captif de cette espece,
dont le hasard lui avoit fait tomber entre les
mains la réclamation.

Quoi qu'il en soit, le roi a justifié lui-même
le lieutenant de police à cet égard, en déclarant
qu'il avoit une parfaite connoissance de ce prisonnier coupable envers sa personne. On veut que
ce soit un homme véhémentement soupçonné de
placards injurieux contre S. M., qu'elle a eu l'indulgence de ne pas vouloir mettre aux mains de
la justice, & de punir ainsi.

17 Mars. La piece du *Déjeûner interrompu*, en
prose & en deux actes, jouée aujourd'hui pour
la premiere fois, dont les comédiens n'avoient
pas une grande opinion, a été assez bien accueillie, sur-tout le second acte, où l'auteur femelle
a porté toute l'intrigue & tout le comique de
cette bagatelle. Du reste, le fonds en est peu
neuf, même très-usé; & il n'est pas relevé par
des détails assez piquants, assez frais, assez agréables pour mériter à l'auteur autre chose que l'indulgence due à son sexe, qu'on avoit réclamée
indirectement en faisant mettre sur l'affiche, *par
une dame.*

Cette dame est madame de *Montanclos*, ci-
devant la baronne de Princen, qui a eu pendant
quelque temps le privilege du *Journal des Dames*:
elle a épousé en secondes noces un brigadier des

gardes-du-corps ; elle a la protection de la reine, dont elle s'est fait connoître comme allemande, & a mérité ses bontés au point que S. M. a daigné tenir sur les fonds de baptême un fils qu'elle a eu de son second mariage. Elle étoit très-brillante du temps de son premier mari ; mais par défaut de conduite, ils ont tout mangé, & elle s'est trouvée réduite à vivre de ses ouvrages. Elle avoit composé une piece à l'occasion de la naissance de monseigneur le dauphin ; mais le roi n'ayant pas voulu permettre qu'on jouât rien à ce sujet sur aucun théatre, elle n'a pu être exécutée.

18 *Mars.* Le parlement depuis quelques temps est en fermentation ; mais, par sa mollesse, il ne produit rien, & ne reçoit sur les divers objets qui l'occupent, que des mortifications de la cour.

L'article des cabriolets, sur lequel l'on ne l'eût peut-être pas arrêté, n'a paru susceptible d'aucun réglement. On a senti qu'il n'étoit pas possible de les supprimer, en forçant d'aller à pied ceux qui ne pourroient avoir deux chevaux ; qu'il seroit illusoire d'un autre côté de menacer d'une amende ceux qui n'iroient pas au pas : comment constater le fait ? Faut-il punir de son impéritie un homme qui n'aura pas l'adresse de contenir son cheval & de le réduire au pas, lorsqu'il voudra prendre une autre allure ? Messieurs se sont contentés de se promettre de ne point donner de mauvais exemple à cet égard, & d'en faire un du premier étourdi qui se trouveroit mis en justice pour semblable délit.

L'article des prisons privées ou bourgeoises a paru mériter une toute autre considération. C'est

M. *d'Epremefnil* qui en a d'abord fait une dénonciation générale , qui a fait un difcours touchant fur cette maniere illégale d'attenter à la liberté des citoyens , & fur la néceffite de réprimer l'excès de la tyrannie fous un prince qui ne veut régner que par les loix , qui aime fincérement la juftice , qui defire le bonheur de fes fujets & s'en occupe effentiellement. Il a fait frémir les auditeurs en articulant , qu'il y avoit dans Paris & les environs vingt-deux maifons de cette efpece ; qu'il avoit fait le relevé des malheureux punis de cette forte de captivité durant l'année 1777 , & qu'il avoit trouvé que le nombre en étoit égal à celui des prifonniers conduits & arrêtés dans le même efpace de temps , dans les prifons de la cour & autres judiciaires.

Il a été enfuite articulé deux faits, celui dont a rendu compte M. Freteau : d'un nommé *Merlincourt* , dont, par un hafard heureux, il avoit eu le renfeignement dans un papier foulé aux pieds ; ce qui l'avoit mis fur la voie , & dans le cas de remonter à la fource des plaintes de ce malheureux ; que par les notions qu'il avoit acquifes à fon fujet , il fe trouvoit détenu depuis quarante-trois mois , fans avoir été interrogé ; qu'il convenoit à la vérité, qu'après avoir été déja en chartre privée de la même maniere, & en être forti , on l'avoit accufé d'avoir, pour premier ufage de fa liberté, affiché dans le fauxbourg Saint-Antoine des placards contre le roi ; mais qu'il falloit d'abord conftater s'il y avoit eu réellement des placards de cette efpece, & à cette époque, & que, y en eût-il eu, il défioit qui que ce foit de prouver qu'il fût coupable de ce crime de lefe-majefté ; que dans tous les cas il deman-

doit que son procès lui fût fait en justice pour
être puni suivant la rigueur des loix, s'il se trouvoit réellement atteint & convaincu de ce crime,
ou élargi, s'il étoit innocent.

L'autre fait concerne un nommé *Minguet*,
détenu d'abord dans une prison de cette espece,
& transféré depuis plus d'un an à bicêtre, sans
que sa femme ni son fils aient pu le voir. Ils
savent bien qu'en général il est accusé d'avoir fait
la contrebande ; mais ils le regardent comme
innocent. En un mot, on a péché également à
son égard, en ne constatant pas le corps du
délit, en ne l'interrogeant pas, en ne le mettant
pas en justice réglée.

La cour, en se réservant de faire au roi des
remontrances plus étendues sur le fonds, a arrêté
toujours que, provisoirement & attendu l'urgence
du cas, le premier président seroit chargé de se
retirer pardevers le roi, pour lui donner connoissance de ces deux faits, lui exposer l'illégalité de pareilles détentions, & la nécessité que
des commissaires de la cour puissent visiter ces
maisons, comme les autres prisons, & en avoir
l'inspection ; enfin, demander que les deux accu-
sés, s'ils sont prévenus de quelque délit, soient
remis aux mains de la justice.

Le roi a répondu sur le premier chef qu'il
désapprouvoit fort que son parlement voulût mettre des bornes à sa bienfaisance à l'égard du prisonnier qui s'étoit rendu coupable envers lui ;
que ce n'étoit point au parlement à s'immiscer
dans les secrets de sa justice, & a fini par ces
paroles dures & remarquables : *Que cela ne vous
arrive plus.*

Sur le second chef le roi a dit au parlement

G 5.

que ce *Minguet* étoit un contrebandier , que l'affaire regardoit la cour des aides.

. Enfin , le roi en reconnoiffant le droit qu'a
le parlement de vifiter les prifons , & fans lui
ôter tout-à-fait celui de prendre connoiffance de
ces nouvelles , l'a reftreint au premier préfident
& au procureur-général qu'on inftruiroit du nombre des prifonniers , de leur qualité , de leur délit & circonftances , & dont ils rendroient compte
à la compagnie , lorfqu'ils en feroient requis ;
mais cependant avec la circonfpection que méri-
teroient les différents cas.

Ces divers articles de la réponfe ont donné
lieu à une grande affemblée , où , fans acquiefcer à la reftriction mife par le roi , l'on a pris
acte de l'éfpece de reconnoiffance qu'il faifoit du
droit du parlement , & l'on a arrêté que les
deux magiftrats fe mettroient inceffamment en état
d'inftruire la compagnie.

L'affemblée remife à la femaine prochaine.

1 8 *Mars.* Hier l'opéra comique du *Corfaire* ,
joué aux Italiens , a eu un plein fuccès.

On doit donner aujourd'hui au même théatre
la premiere repréfentation *des Aveux difficiles* de
M. le baron d'Eftat , comédie en un acte & en
vers.

19 *Mars.* M. *Franklin* , aujourd'hui que l'indépendance , déja acquife de fait des états-unis,
eft confirmée de droit par la paix , fait frapper
une médaille relative à ce grand événement. Elle
repréfente Hercule au berceau étouffant deux fer-
pents : un léopard furpris de fa force veut fe
jeter fur lui : il eft repouffé par la France qui,
fous la figure de Minerve , lui préfente fon égide
où font trois fleurs de lis : au bas font les an-

nées 1777 & 1781 , époques des capitulations des armées de *Burgoyne* & de *Cornwalis* , figurées par les deux serpents. Au revers est la Liberté , sous l'emblême d'une belle femme & dans l'exergue *Libertas americana.*

Il est également question d'ériger à *Louis XVI* sur la place principale de Philadelphie , en face du palais du congrès , une statue de bronze , avec cette inscription.

POST DEUM
DILIGENDA ET SERVANDA EST LIBERTAS
MAXIMIS EMPTA LABORIBUS
HUMANIQUE SANGUINIS FLUMINE IRRIGATA
PER IMMINENTIA BELLI PERICULA ;
JUVANTE
OPTIMO GALLIARUM PRINCIPE REGE
LUDOVICO XVI.
HANC STATUAM PRINCIPI AUGUSTISSIMO
CONSECRAVIT ,
ET ÆTERNAM PRETIOSAMQUE BENEFICII
MEMORIAM GRATA REIPUBLICÆ VENERATIO
ULTIMIS TRADIT NEPOTIBUS.

19 Mars. Monsieur songe très-sérieusement à tirer parti du terrein qu'on lui a fait détacher de son jardin du Luxembourg ; il est question d'y établir la foire Saint-Germain ; mais un projet plus vaste a été aussi adopté par son altesse royale , comme très-propre à embellir son palais & à donner plus de valeur aux bâtiments qu'il se propose d'y faire construire.

M. *de Fer* , membre de l'académie de Di-

jon , ancien capitaine d'artillerie au service des
colonies, l'auteur du mémoire lu à l'académie
des sciences contre le pont de Neuilly , a présenté à *Monsieur* un projet , où , réformant celui
de MM. *de Parcieux* & *Peronnet* pour amener
les eaux de l'Yvette à Paris , il en change la
route , ainsi que les moyens indiqués , & sur-
tout diminue la dépense au point que portée par
les académiciens à huit millions, il l'a réduit à
moins d'un million. C'est ce projet qu'il est question d'exécuter aux frais de son altesse royale ,
& dont il veut avoir la gloire. En conséquence ,
il ouvrira un emprunt , ou du moins l'on en parle
déja.

M. *de Fer* est auteur d'un livre en trois volumes in-4°. intitulé : *Théorie générale des canaux de
navigation.*

Il prétend avoir trouvé les moyens de conduire
la Loire & la riviere d'Eure à Versailles , & de
substituer à la Seine un canal de navigation depuis Paris jusqu'à Rouen , canal qui passeroit
par Versailles & seroit alimenté par les mêmes
eaux qui auroient décoré les jardins de ce palais
& ceux de *Trianon.*

Ce projet effrayant par son étendue , jugé
en partie physiquement impossible sous Col-
bert , n'a point découragé M. *de Fer*; & il
en démontrera la possibilité sans de grandes dépenses.

Il a fixé l'attention du gouvernement sur un
autre projet de garantir des inondations de la
Saône, plus de cinq cents mille arpents de prai-
ries ; ce qui procureroit évidemment 15 millions
de revenu annuel & peut-être 45 , avec une premiere dépense de moins de 6 millions.

La Bresse, à ce qu'il nous apprend, s'occupe actuellement des moyens de faire exécuter son plan dans la partie qui la concerne.

Au surplus, M. *de Fer* n'est point un charlatan qui craigne le grand jour & les yeux des savants ; il n'a jamais proposé une idée au gouvernement sans l'avoir soumise au jugement de l'académie des sciences.

19 *Mars*. Depuis long-temps on crie contre le peu de soin des aménagements des forêts de sa majesté , contre l'énorme consommation de bois qui se fait à Paris ; on menace que le bois y manquera : on n'en a tenu compte. Le luxe n'a contribué qu'à faire croître cette dépense par la mollesse des grands seigneurs & des gens riches qui veulent des tuyaux de chaleur par-tout, des poëles jusques dans les escaliers ; enfin cette année , quoique l'hiver n'ait pas été rigoureux, on commence à s'appercevoir de la disette , tellement que le onze de ce mois le bureau de la ville a rendu une ordonnance qui défend aux marchands de bois de donner plus d'une demi-voie à la fois, & veut qu'il y en ait toujours 6,300 en réserve à l'usage des boulangers.

Le roi a ordonné sur le champ une coupe extraordinaire dans les bois de Vincennes & de Boulogne , & la ville a envoyé des échevins à la découverte pour faire arriver par terre, la rivière n'étant point navigable , le bois qui se rencontrera , suivant le droit qu'elle prétend avoir de s'emparer de tout ce qui se présente pour l'aprovisionnement de la capitale.

Les chantiers ne sont autorisés qu'à fournir l'intérieur de Paris , & les habitants de la banlieue ne peuvent s'y pourvoir.

Cet événement ne fait que redoubler les clameurs contre le prévôt des marchands. Ceux qui ne voient pas tout en noir, assurent que ce n'est pas le bois qui manque, & attribuent la disette actuelle à l'incurie du bureau de la ville, ou à son défaut de condescendance à des arrangements qu'on lui proposoit. On ajoute que S. M. a fait de vifs reproches à M. *de Caumartin*, & lui a dit qu'il vouloit que le réglement fût suivi, qui ordonne que Paris soit toujours approvisionné de bois pour deux ans.

19 *Mars*. Aujourd'hui devoit intervenir le jugement dans le procès de messieurs *de Montesquiou*. On assure que les conclusions étoient en faveur des Fezenzac ; cependant l'affaire a été appointée, tournure que les juges prennent lorsqu'ils ne veulent pas terminer.

10 *Mars*. Depuis les lettres-patentes du roi, enrégistrées en parlement le 31 décembre 1779, qui ont autorisé le grand-aumônier à aliéner l'hôpital, les terreins & biens des quinze-vingts, les administrateurs qui lui étoient associés à ce régime, ont donné leur démission combinée chez un notaire, suivant laquelle ils croyoient devoir renoncer à des fonctions qu'ils ne remplissoient point par le despotisme du chef, faisant tout sans les appeller.

Ces quatre administrateurs étoient monsieur l'abbé *Farjonel*, conseiller de grand'chambre ; M. *de Quincy*, correcteur des comptes ; monsieur *Henri*, secretaire du roi, & M. le procureur du roi du châtelet. Depuis ce temps ces places étoient restées vacantes.

Un sieur *Maynier*, maître & administrateur, ayant des provisions du roi, a été dé-

poſſédé par un ſieur *Prieur* , adminiſtrateur honoraire , & ne croyant pas que la nomination
du grand-aumônier pût prévaloir ſur celle de ſa
majeſté , il avoit fait aſſigner au châtelet ledit
Prieur , & la cauſe étoit en inſtance ; mais monſieur le lieutenant civil , comme on étoit ſur
le point de rendre une ſentence , reçut une lettre du garde-des-ſceaux , qui l'invitoit à ſurſeoir.

Tous ces faits & beaucoup d'autres ont été
dénoncés vendredi 14 à l'aſſemblée des chambres ,
dont l'abbé *Farjonel* a demandé à ſe retirer comme
partie intéreſſée. En conſéquence de la dénonciation , il a été rendu arrêt qui commet meſſieurs
de *Chavannes* , doyen , & *le Fevre d'Ammecourt* ,
conſeiller de grand'chambre , pour ſe tranſporter
le lendemain ſamedi à trois heures de relevée à
l'hôtel des quinze - vingts , s'y emparer de la
caiſſe & des regiſtres , recevoir toute plainte , y
interroger quiconque voudra parler , & prendre
tous les renſeignements qu'ils pourront ſur l'état
des lieux , des choſes & des perſonnes.

Quelqu'un obſerva que peut - être ſeroit - il
plus expédient d'ordonner ſur le champ la deſ-
cente de meſſieurs les commiſſaires , afin de prévenir les effets de l'intrigue & de l'obſeſſion où
ſembloit être le monarque. On ne croit pas devoir mettre tant de précipitation , & parce que
le parlement ne faiſoit rien que de très - ſage ,
n'outrepaſſoit en rien les limites de ſon pouvoir
& ſe renfermoit dans la grande police , dont il
eſt chargé par eſſence ; & parce que M. le cardinal *de Rohan* n'étoit pas dans des circonſtances aſſez favorables pour que la cour en dût re-
douter le crédit.

On avoit avant requis le miniſtere des gens

du roi & leurs conclusions ; ils avoient déclaré s'en rapporter à la prudence de la cour.

Dès le samedi matin, il y eut assemblée des chambres, où le premier président rendit compte qu'il étoit mandé à Versailles pour le lendemain dimanche, & M. *de Chavannes* portant la parole pour son confrere, déclara qu'ils avoient reçu chacun une lettre de cachet qui leur ordonnoit de surseoir jusqu'à nouvel ordre. Il dit que sachant que la cour n'avoit aucun égard aux lettres closes, peut-être devoit-il se dispenser de parler même de celle-ci, & n'en pas moins remplir sa mission ; mais que, puisque l'occasion se présentoit de rendre compte à la cour de ce fait & de consulter sa sagesse, il avoit cru plus expédient de lui en faire part.

Sur quoi, la matiere mise en délibération, il a été arrêté que pour ne pas compromettre deux de ses membres en les mettant dans le cas de désobéir personnellement aux ordres du roi, la cour approuvoit leur réserve, & que cependant le premier président seroit chargé de représenter au roi combien cette interruption fréquente de la justice nuisoit au bien public.

Le dimanche, M. le premier président s'étant rendu à Versailles, le roi lui a dit que l'administration des quinze-vingts ne regardoit pas le parlement, qu'il lui défendoit d'en connoître, & qu'il venoit de casser son arrêt par un arrêt de son conseil.

Le lundi matin 17, le premier président ayant rendu compte aux chambres assemblées de son entrevue avec le roi, il a été arrêté de faire des remontrances.

30 *Mars.* Il est aisé de juger par les *Aveux diffi-*

aux Italiens, qu'il y a un plagiat viſible quant
au fonds du ſujet, quant à l'intrigue & au dénouement : comme M. Vigée ne nie pas auſſi
formellement qu'il le faudroit, avoir eu directement ou indirectement connoiſſance de la piece
de ſon ami, qu'il eſt conſtaté que celle-ci eſt
de beaucoup antérieure à l'autre, il eſt reconnu
que M. Vigée eſt le coupable. Beaucoup de gens
aiment mieux ſa comédie ; & en effet les détails en ſont plus agréables, l'expoſition plus nette,
la marche moins compliquée, & la fin plus ſa-
tisfaiſante ; du moins le jeu ſupérieur des comédiens françois le fait croire ; malgré cela,
l'on trouve une tête plus dramatique dans M. le
baron d'Eſtat ; il entend mieux l'imbroglio ; il
intrigue plus fortement, trop fortement même
pour une piece en un acte, ce qui l'a forcé de
bruſquer le dénouement. Enfin, ſi l'on a été obligé
de donner gain de cauſe, quant à la forme, à ſon
rival, on a jugé le fonds en faveur du baron,
& il eût fallu que ſa cauſe eût été bien mau-
vaiſe pour ne pas triompher, tant le public étoit
indigné contre l'un & prévenu pour l'autre. Le
mauvais jeu des acteurs auroit à coup ſûr nui à
ſon ſuccès, ſi l'on n'eût été diſpoſé auſſi favora-
blement.

20 Mars. Depuis long-temps on ſe plaint des
brigandages du palais, & pluſieurs fois meſſieurs des enquêtes & requêtes ſe ſont efforcés
de les dénoncer. Meſſieurs de grand'chambre in-
téreſſés à les ſoutenir, puiſqu'ils y participent
en grande partie, avoient arrêté juſqu'ici l'effet du zele des jeunes gens. Enfin ils viennent
de faire une nouvelle tentative. M. d'Epremeſnil,

de la premiere des enquêtes, & M. *d'Outremeñt*
de la troisieme, ayant échauffé leur chambre
respectivement, il s'est fait une explosion si violente, elle a été si fortement secondée par deux
présidents à mortier pleins de nerf & d'honnêteté,
messieurs *de Lamoignon* & *de Rozambo*, qu'on
est entré en matiere, & qu'il a été convenu de
tenir à ce sujet des conférences qui auront lieu
tous les lundis, & dont la premiere a commencé
lundi 17.

Ces conférences sont composées de dix présidents à mortier, de quatre conseillers de
grand'chambre, d'un conseiller de chaque chambre des enquêtes & requêtes, & des gens du
roi.

Le motif qui a déterminé les vieux grands
chambriers, sur - tout les *gens à sac*, à entrer
en pourparler, c'est l'assurance que leur a donné
M. *de Lamoignon*, que la cour songeoit à s'occuper de cet objet ; il leur a fait sentir que le
parlement n'étant pas bien venu en cour, n'ayant
aucun crédit, aucune consistance sous ce regne,
se trouveroit fort mal de la besogne, s'il la laisse-
foit faire par les ministres ; qu'il feroit beaucoup
plus sage de la faire & de se réformer soi-même
que de l'être.

On a commencé par exposer quels étoient les
abus : on en a trouvé de toute espece ; les premiers de la part du roi qui levoient des droits
énormes, incroyables sur les malheureux plaideurs, en sorte que depuis l'abbé *Terrai* les huit
sous pour livre étoient montés à douze. On est
bien convenu de faire des représentations à cet
égard ; mais on a dit qu'il ne seroit pas décent
de les présenter avant d'avoir donné l'exemple :

c'eft donc de meffieurs dont il eft queftion, des épices, des vacations, des fecretaires. Enfuite on paffera aux greffiers, aux procureurs & autres fubalternes.

Les quatre commiffaires de la grand'chambre, font MM. *de Chavannes*, *le Fevre d'Ammecourt*, l'abbé *Sommyer* & *Nouette*. Le plus récalcitrant de ceux-ci eft l'abbé, qui, ayant l'oreille du premier préfident & n'étant pas content de cinquante mille livres en bénéfices, fe fait plus de trente mille livres de rentes de fon cabinet.

Tous les commiffaires honnêtes ont été indignés quand ils lui ont entendu dire qu'il ne voyoit rien à diminuer fur les épices & vacations ; qu'il faudroit plutôt les augmenter, parce que le nombre des affaires diminuoit, & que l'année derniere n'ayant eu que cinq cents inftances de jugées au lieu de quinze cents, il en réfultoit pour meffieurs un *déficit* des deux tiers.

21 *Mars*. Le fieur *Defparda* eft forti de la baftille le lundi 15, gros & gras, très-gai, & fe louant beaucoup du gouverneur & de l'état-major, qui paroiffent avoir eu pour lui toutes fortes de foins & d'égards. Ainfi tout ce qu'on avoit dit du courroux du roi & du deffein de S. M. de faire un exemple fur ce coupable, fe trouve faux, ou du moins fans effet.

21 *Mars*. Ce qui fait préfumer que le bois commence à manquer réellement, ou du moins qu'on en a des craintes fondées, c'eft le projet manifefte du gouvernement d'amener & de favorifer l'ufage du charbon de terre à Paris ; c'eft ce qu'on voit dans un arrêt du confeil en date du 16 mars 1783, qui réduit prefque de deux

tiers les droits fur le charbon entrant dans cette capitale, & de beaucoup plus celui entrant dans la banlieue.

Comme cette diminution eft au préjudice tant de la ville que de l'hôpital général & des fermes, S. M. fe réferve de leur accorder une indemnité & de la fixer.

On calcule que par l'emploi du charbon de terre pour les manufactures, pour différents commerces & métiers, on peut économifer cent mille voies de bois dans un an.

Enfin, on parle de mettre en coupe les réferves des communautés religieufes, ce qui, fuivant le calcul, peut fournir à l'approvifionnement de bois pour douze ans; mais il faut bien employer cet intervalle, fans quoi ce feroit la derniere reffource.

22 *Mars*. On ne fait trop comment M. le cárdinal *de Rohan*, moins agréable au roi que jamais depuis la banqueroute du prince *de Guimené*, a trouvé une protection affez forte pour arrêter & auffi promptement l'agreffion vigoureufe des magiftrats. On prétend qu'inftruit fur le champ par un faux frere de la compagnie, il a eu recours à la reine, & a follicité fon augufte médiation. Quoi qu'il en foit, il a préfenté fa caufe fous un très-beau jour; puifque, fuivant un arrêt du confeil du 14 mars, c'eft-à-dire, rendu le même jour où l'on le peignoit aux chambres affemblées comme un defpote & un déprédateur, en fe conformant au plan qu'il avoit préfenté à fa majefté & approuvé par elle, il a fait des biens infinis à l'hôpital des quinze-vingts, dont voici les articles principaux.

1°. Par l'emploi des revenus ordinaires il a

trouvé de quoi améliorer le fort des trois cents aveugles ; en fupprimant la quête & la mendicité.

2°. Par l'accroiffement des revenus qu'ont procuré les revirements avantageux, il leur a fourni un traitement beaucoup plus confidérable dans l'intérieur, & gradué felon les befoins. Les garçons & les veufs, outre les autres douceurs en denrées, ont vingt fous par jour, les perfonnes mariées à des étrangers, vingt-fix fous, & celles mariées à des aveugles de l'hôpital, trente-fix fous.

3°. Il a deftiné des fonds pour contribuer à élever les enfants des aveugles mariés jufqu'à l'âge de feize ans, & leur faire apprendre des métiers, & enfuite pour l'établiffement d'une infirmerie dans l'intérieur de l'enclos pour les aveugles domiciliés & malades, ci-devant obligés de folliciter leur tranfport à l'hôtel-dieu.

4°. Il a créé vingt-cinq places pour des gentils-hommes & huit pour des eccléfiaftiques pauvres & aveugles ; en outre des penfions alimentaires de 100 livres, de 150 livres pour trois cents pauvres aveugles de province, enfin de quoi fournir le pain à cent cinquante aveugles choifis parmi les pauvres afpirants.

5°. Il a fondé vingt-cinq lits pour des pauvres de province qui, affligés de la maladie des yeux, y feront reçus, nourris & traités gratuitement, jufqu'à leur guérifon, ou jufqu'à ce que la cécité parfaite foit décidée.

6°. Il attachera au fervice de l'hôpital d'habiles oculiftes, lefquels donneront deux fois par femaine gratuitement leur temps, leurs foins

& les secours de leur art à tous ceux qui viendront les consulter.

7°. Enfin, il doit être décerné un prix annuel de 400 liv. au meilleur mémoire dont le sujet aura été proposé sur les maladies des yeux, sur la maniere de les prévenir & de les guérir, avec le prix des remedes à employer.

22 Mars. L'*Avis aux soufcripteurs des Annales politiques, civiles, &c.* de M. Linguet, est daté de Londres le 1 janvier 1783, & ouvre son numéro 72. Ce qu'il contient de remarquable, c'est l'abjuration qu'il fait de son correspondant qu'il appelloit autrefois *l'honnête Lequesne.* Il l'accuse de l'avoir trompé, volé depuis cinq ans, d'avoir été depuis sa premiere sortie de France jusqu'au 27 septembre 1780, l'espion de la police auprès de lui ; d'en avoir été l'agent pour sa détention, instruit depuis six mois de l'existence de la lettre de cachet décernée contre le journaliste ; de n'avoir été occupé qu'à écarter de son esprit les terreurs dont il etoit frappé ; de l'avoir attiré à Paris ; de l'avoir forcé d'y venir par des ruses multipliées ; de l'avoir fait prendre dans ses bras ; & l'escortant jusques dans l'intérieur du château, d'être devenu ainsi le dépositaire forcé de ses dernieres volontés ; d'avoir volé à Bruxelles en cette qualité pour y seconder un exempt de police & le chargé d'affaires de France : il ajoute que la tradition des papiers & des effets du prisonnier éprouvant des obstacles des loix du pays, le sieur *Lequesne* étoit revenu pour lui demander une procuration que monsieur Linguet n'avoit pu remplir que du nom de cet agent ; qu'armé de cette piece, il s'est emparé de ce qu'il a voulu que madame *Bulté*, sa

maîtreffe , alors à la tête de fa maifon , refu-
fant de lui livrer l'argent , il lui avoit fait accroire que cet argent ferviroit à tirer fon amant
de *Pierre-Scize*, où il étoit transféré ; qu'heureufement cette femme courageufe ayant fouftrait
les papiers les plus importants du prifonnier , &
s'étant tranfportée à Londres avec ce dépôt précieux, avoit contenu par-là les ennemis de M. Linguet , & le fieur *le Quefne* lui - même. Il infi-
nue que fans cela il ne doute pas que le bruit
de fa mort , femé d'avance à deffein , ne fe fût
réalifé , & que le traître n'eût joui de la forte
impunément des dépouilles de fon ami prétendu
& du fruit de fes perfidies.

23 *Mars.* Mad. *Poitrine* , avant qu'on fevrât
M. le dauphin & qu'il fût hors de fes mains,
avoit imaginé de faire venir pour amufer ce
jeune prince, un de fes nourriffons, fils du docteur *le Tenneur* , profeffeur de chirurgie latine.
Cet enfant, âgé de quatre ans environ, a fi fort
amufé M. le dauphin , que, lorfqu'on a voulu le
faire retirer, il s'eft mis à pleurer, à crier, à fe
dépiter , & qu'il a fallu référer au roi : S. M. a
dit qu'il n'y avoit qu'à laiffer cet enfant auprès
de lui , & afin qu'il n'y fût pas inutilement,
elle l'a nommé fur le champ valet de chambre
de fon fils.

23 *Mars.* Les charades, après les calembours,
font fort à la mode aujourd'hui ; & , pour en
amufer les oififs , à la fuite des énigmes & des
logogryphes, le Mercure depuis quelque temps a
foin d'en inférer, que des faifeurs ingénieux lui four-
niffent périodiquement. En voici une de cour qu'on
répand dans les fociétés. *Ma premiere partie eft le
nom d'un animal rampant , ma feconde eft celui*

d'une superbe capitale, & mon tout le nom d'un grand ministre.

Sans chercher beaucoup , on trouve que le mot est *Vergennes*.

23 *Mars*. C'est un substitut du procureur général , nommé *Langlard*, qui a porté la parole aux requêtes du palais dans l'affaire des *Montesquiou*, & qui , ayant paru absolument partial en faveur du marquis , non-seulement dans ses conclusions , mais dans tout le courant de son plaidoyer , a été fort hué du public.

Ce jugement , dont le marquis *de Montesquiou* a appellé sur le champ , ne fait que confirmer la mauvaise opinion de sa cause , dont toute la faveur dont il jouit n'a pu qu'empêcher la perte absolue.

Ce jugement a dû lui persuader aussi encore plus combien il est détesté.

On a oublié de citer une anecdote du bal de l'opéra à son sujet, qui a dû le piquer singuliérement. Il y étoit en habit bourgeois ; un masque le rencontre & lui dit : bon jour, beau masque. Beau masque , reprend-il : ce discours ne peut s'adresser à moi dans le costume où je suis. *Si fait , si fait , c'est à toi qu'il s'adresse ; car , malgré cela , tu es bien masqué ; mais prends garde qu'on ne t'arrache ton masque.*

23 *Mars*. Le parlement de Besançon , dans son arrêté mémorable du 17 février , s'éleve contre l'audace des ministres qui ne contestent plus même l'infidélité commise dans l'expédition des lettres-patentes, objet principal de la querelle ; contre le silence qu'on a imposé en présence du roi à ses députés , pour qu'ils ne pussent éclairer sa religion surprise ; contre l'ordonnance de son rétablissement

du

du mois de mars 1775 , que ces miniſtres mettent en avant pour juſtifier leur conduite , comme ſi elle étoit en vigueur & n'avoit pas été rejetée par toutes les cours , en ce que ſon exécution transformeroit la monarchie en gouvernement arbitraire.

Le parlement dévoile dans la caſſation de ſon arrêt les manœuvres de l'eſprit d'intérêt & de fiſcalité , qui feroit d'abolir le droit de l'enrégiſtrement , de le transférer au miniſtre des finances , ſeul ordonnateur en cette partie , aux intendants dans les provinces , à leurs commis même ; enfin , de livrer aux traitants les peuples qui reſteroient ſans ſecours & ſans interpretes.

Il repouſſe certaines maximes erronées, miſes en avant par les miniſtres, qui diſent *que la promeſſe de Louis XIV n'a pas pu engager à cet égard ſes ſucceſſeurs* , qui font dépendre de l'obéiſſance aveugle des magiſtrats les actes de juſtice & de bienfaiſance du roi ; qui font déclarer à S. M. *que tout ce qui ſe fait en ſon nom, ſe fait par ſes ordres* ; ce qui empêcheroit de diſtinguer à l'avenir la volonté directe de l'énoncé ſeul de ſon nom ; ſes ordres exprès, des volontés miniſtérielles ; celles des miniſtres , des volontés de leurs commis , & préſente une foule de dangers pour les droits de la couronne & pour ceux de la nation.

Le parlement ſe juſtifie vigoureuſement ſur l'accuſation *d'inexactitude dans les faits qu'il expoſe.* Sans le ſilence impoſé à ſes députés qui avoient de quoi répondre à des inculpations auſſi injuſtes que téméraires , la religion de S. M. auroit été éclairée.

Dans cette extrêmité , dans le renverfement général de toutes les loix & de toutes les formes, l'affemblée des états de la province , confirmée par les capitulations , demandée en plufieurs occafions par le parlement , & la convocation des états-généraux du royaume , lui paroiffent auffi avantageufes qu'indifpenfables pour le maintien de l'autorité royale & de la liberté légitime des fujets.

On juge , fur-tout par ce paragraphe , combien l'arrêté a été atténué , puifque le parlement n'y ofe propofer que comme un bien , ce qu'il devroit demander comme un droit inhérent à la conftitution du royaume , & fpécialement aux capitulations de la province.

Malgré cet affoibliffement, en général cet arrêté eft fuperbe , plein d'une excellente logique , & d'une éloquence fenfible & vigoureufe.

24 *Mars.* Le *Corfaire,* dont le fuccès croît, s'il eft poffible, & a attiré aujourd'hui à la quatrieme repréfentation , autant de monde qu'à la premiere, eft très-mal-à-propos intitulé comédie; c'eft un drame tout-à-fait noir ; on pourroit dire une tragédie , puifqu'il y a une confpiration , un combat & beaucoup de fang répandu ; ce qui eft affez ridicule fur la fcene italienne : l'intrigue, d'ailleurs , en eft très-compliquée , furchargée d'incidents bizarres , multipliés, pricipités au point qu'ils deviennent abfurdes, incroyables & perdent tout leur intérêt : malgré ces défauts, il y a des détails charmants , & fur-tout deux perfonnages épifodiques & une foubrette qui jettent beaucoup de gaieté & de piquant au premier & au fecond actes : la derniere devient amoureufe du caftrat ; de-là quantité de gravelures ingénieufes & fines

que le public faifit avec avidité , & dont s'amu-
fent même les femmes , & rient avec le fecours
de l'éventail.

Quant à la mufique de M. *d'Aleyrac* , on a
trouvé qu'il avoit fait beaucoup de progrès depuis fon effai de *l'Eclipfe totale* , & qu'il s'étoit
furpaffé. Tous les motifs font naturels , bien fen-
tis & finguliérement diverfifiés ; mais il a trop
prodigué les cris ; il y en a de douleur , de reconnoiffance , de furprife , de joie , de toutes les
efpeces, en un mot , & ils en deviennent fatigants pour les oreilles des fpectateurs. D'ailleurs ,
les acteurs , & fur-tout les actrices , font obligés
de forcer leur voix , qui fe gâteroit à la longue ,
s'ils jouoient fouvent cette piece.

24 *Mars.* Les généalogiftes & gens qui fe pi-
quent de connoître les anciennes maifons de
France , confervent précieufement le billet d'enterrement du marquis du Guefclin , brigadier des
armées du roi , décédé le 20 mars , & le dernier
du nom , a-t-on foin d'y remarquer.

24 Mars. *Monfieur* devoit partir inceffamment
pour l'Italie ; mais les défaftres arrivés dans cette
partie du monde le font fufpendre jufqu'à ce
qu'on fache bien au jufte quelles ont été les fuites & les caufes de l'épouvantable tremblement de
terre du 5 février , qui a défolé toute la Calabre ,
& donné pour Meffine des craintes qui fe font
heureufement trouvées mal-fondées , du moins à
un certain point.

25 *Mars.* Ce qui fait efpérer que cette fois le
parlement s'occupera férieufement de fe réformer
fur fes épices , vacations , fur les fecretaires &
autres *mangeries* du palais , comme les appellent
énergiquement les plaideurs , c'eft un coup de

fouet qu'il a reçu de la cour. Cette compagnie
ayant fait des représentations à l'occasion d'évocations fréquentes qui diminuent de plus en plus les
affaires au palais, S. M. a répondu par une lettre,
où elle dit qu'elle s'y porte sur-tout pour épargner
les frais trop considérables en certains cas.

25 *Mars.* Le roi de Suède, l'exemple de ses pareils, si précieux à l'humanité, à la philosophie
& aux lettres, vient de donner une preuve combien il honore les talents : il a gratifié le sieur
Valade, son imprimeur à Paris, d'une médaille
d'or, représentant la Liberté, & frappée à l'occasion de la dernière révolution.

26 *Mars.* M. *Amelot*, secretaire d'état au
département de Paris, vient de perdre sa mere,
qui, veuve d'un ministre, avoit épousé en secondes noces M. *d'Amezaga*, gentilhomme Espagnol, major de régiment, ayant 3,000 liv. de
rentes.

En conséquence d'un usage très-honorable
sans doute pour la place de ce ministre, comme
chargé du département de Paris & de la maison
du roi, S. M. l'a envoyé complimenter à Paris
par un gentilhomme ordinaire, que M. *Amelot*,
suivant l'étiquette, a conduit jusqu'à son carrosse.
Les princes & princesses sont venus faire leur
visite en personne.

Madame la comtesse de Maurepas étoit si attachée à madame la Marquise *d'Amezaga*, que,
malade elle-même & mourante dans son lit, elle
envoyoit savoir de ses nouvelles d'abord toutes
les heures, & ensuite toutes les demi-heures.

M. le prince *de Condé* fait tant de cas du marquis *d'Amezaga*, que, quoiqu'il ne soit attaché
par aucune fonction à son altesse sérénissime,

elle lui a écrit qu'elle comptoit que libre défor-
mais, il pourroit venir loger dans son palais,
& qu'en conséquence elle lui faisoit meubler un
appartement.

26 *Mars.* On parle toujours d'un mémoire
imprimé du comte *de Graffe*, mais qu'il lit dans
les sociétés & qui ne perce point : il y a apparence
que celui qu'on avoit annoncé depuis long-temps,
comme devant être vendu, est autre chose, quoique forti de la même source & concourant au
même but; mais la forme en est différente. Il est
encore d'une excessive rareté, & a pour titre :
Journal d'un officier de l'armée navale en Amé-
rique en 1781 & 1782, avec cette épigraphe
fastueuse : *Magnus fœclorum nascitur ordo.* Il est
tout entier à la louange de ce général, à qui
seul, si l'on en croit l'historien, les Américains
doivent leur indépendance reconnue aussi promptement, & l'heureuse paix dont ils vont jouir.

27 *Mars.* Les amateurs de la danse à l'opéra,
& ils font en grand nombre parmi les hommes,
& sur-tout parmi les femmes, font partagés entre deux jeunes sujets qui y débutent depuis
peu.

La premiere est Mlle. *Zacharie*, de treize à
quatorze ans, qui a paru pour la premiere fois le
dimanche 16 dans l'opéra de *Renaud*. Elle est
éleve du sieur *Vestris* pere, & proche parente de
Mlle. *Guimard*, qui lui donne ses soins. Elle a
une figure agréable & une taille avantageuse,
elle est remplie de graces & de sensibilité; mais
sa timidité & une complexion foible nuisent aujourd'hui à son talent ; on n'y feroit aucune attention sans les coryphées qui s'intéressent à elle
& la font prôner par leurs partisans.

Mlle. *Bassy*, âgée de dix-sept ans, est la seconde ; celle-ci est de l'école du sieur *Dauberval*.
Cependant son genre est le noble & le gracieux.
Elle a fixé l'attention du public le mercredi dix-
neuf ; où l'on jouoit *Thésée* pour la capitation des
acteurs. Elle a de la grace, de la précision , & ce
qu'on appelle de *l'élévation* , en terme de l'art ;
mais elle est gênée , & ses mouvements sont encore loin de cette souplesse & de ce moëlleux
qui font le principal mérite de la danse. Il y a
rivalité entre les deux sujets , & l'on se partage
pour ou contre , suivant qu'on aime plus ou moins
le maître de chacune.

28 *Mars*. En lisant le journal dont ont a parlé,
on voit clairement qu'il a été composé non sous
la dictée du comte *de Grasse* , incapable de l'avoir
fait , mais sur les matériaux qu'il a fournis à
une plume exercée. C'est sa justification la plus
adroitement tournée qu'il est possible , ou plutôt
c'est un éloge magnifique de sa campagne. A en
croire son panégyriste, le comte de Grasse a accepté le généralat malgré lui , & pour obéir au
roi. Tout ce qui s'est fait de bien pendant qu'il
a été chargé est dû à ses talents, à son activité,
à sa bravoure ; s'il n'a pas complétement réussi
dans quelques occasions, c'est la faute des instruments & des agents qu'on lui a donnés , ou quelquefois il a été obligé par prudence de sacrifier
des succès plus brillants , mais incertains , à des
avantages solides & durables.

C'est sur-tout dans l'expédition de *la Chesapeak*.
qu'il a déployé sa capacité ; s'il n'a pas eu le
mérite de l'avoir imaginée, il a du moins celui
d'avoir senti combien ce projet étoit préférable à
l'autre , qui étoit d'entreprendre le siege *de New-*

York ; mais les moyens de l'exécution lui font
dus tout entiers ; font zele infatigable les a fait
réuffir avec l'intelligence , la précifion & la rapidité néceffaires ; en forte que c'eft à lui que les
Américains doivent leur indépendance , qui étoit
encore fort incertaine , & par contre-coup la paix
dont ils jouiffent aujourd'hui.

Cet étalage de louanges eft très-propre à jeter
de la poudre aux yeux des fots, des ignorants,
des gens crédules , qui prennent pour vrai tout
ce qui eft moulé ; mais les connoiffeurs , ou les
gens un peu au fait , trouvent qu'il réfulte feulement de la narration de l'hiftorien , que le
comte de Graffe , toujours fupérieur en force aux
Anglois , leur a toujours été inférieur en manœuvres ; de maniere que , fans examiner quelles
ont été les caufes fecondes , quelque belles occafions qu'il en ait eues , il n'a jamais pu les défaire ou les entamer ; & qu'au contraire la feule
fois où les ennemis ont eu la fupériorité du nombre , ils en ont profité , & ont battu complétement le comte de Graffe.

Du refte , le journal n'eft point mal écrit : il
y a peu d'anecdotes ; mais la narration en eft
affez piquante , fur - tout par une diatribe des
plus véhémentes contre le comte d'Eftaing qu'il
ne nomme pas , mais qu'il défigne de façon que
l'on ne peut le méconnoître.

29 Mars. Louis XVI, qui veille avec un foin
paternel fur fon frere naturel, M. l'abbé *de Bourbon*,
jeune homme de grande efpérance , pour mieux
le former à l'état eccléfiaftique , aux exercices religieux & aux dignités dont ce prince eft fufceptible par fa naiffance , a defiré qu'il entrât dans
le chapitre de l'églife de Paris. S. M. en a fait

écrire en conséquence à M. l'archevêque. Le prélat a répondu au roi que l'admission ne dépendoit pas de lui, mais du chapitre. Sur la connoissance que celui-ci a reçue des intentions du roi, il s'est assemblé. Le doyen, pour faire sa cour, a proposé d'accorder une distinction à ce candidat en faveur du nom auguste qu'il porte, & comme par acclamation on est convenu que M. l'abbé de Bourbon, sans avoir fait de stage, seroit reçu chanoine honoraire, ce qui a été fait. Il quitte la maison de Saint-Magloire, va loger dans le cloître, se propose d'assister réguliérement aux offices; & il aura des lettres de grand-vicaire, dès que son âge le lui permettra; il n'est pas encore prêtre, & n'a que vingt-deux ans.

29 *Mars.* Les couplets criminels dont on a parlé sont au nombre de sept: ils ne partent vrai-semblablement pas de la même main qui a composé les précédents: ils sont mieux faits; on y respecte le roi; on y en fait même l'éloge, & la satire qu'ils contiennent porte principalement sur la dépravation des mœurs de la cour, sur les *Polignac*, les *Polastron*; & Mad. la princesse *de Lamballe* n'y est pas non plus épargnée, sous la qualité de surintendante.

On a fait aussi une chanson sur Mad. la comtesse de Châlons, née d'Andlau par son pere, & Polastron par sa mere. C'est une des plus jolies femmes de la cour, adorée autrefois par le duc de Coigny; ce qui faisoit dire dans la *lettre du marquis de Caraccioli: l'idolâtrée comtesse de Châlons traîne après elle son captif...* Ce seigneur s'en est dégoûté, l'a quittée, & il paroît qu'elle n'a point manqué d'amants depuis, ce qui fait le

sujet du vaudeville, sur l'air à la mode, *Marl-*
borough s'en va-t-en guerre. Celle-ci a treize couplets, dont quelques-uns assez joliment tournés.

29. *Mars.* Le bruit court ce soir que M. de
Fleuri, qui de temps en temps offre sa démission
au roi, a renouvellé le jeu aujourd'hui, mais a
été pris au mot. On ajoute que S. M. a dit à
M. de Vergennes : Puisque le ministere des finances lui est si à charge, j'accepte sa démission,
& je donne la place à M. d'Ormesson. C'est un
intendant des finances supprimé par M. Necker,
qui n'a que trente-deux ans.

29. *Mars.* M. de Jean est un petit-maître, un
agréable débauché, tel qu'on en trouve beaucoup
parmis nos jeunes gens d'aujourd'hui : il est
abymé de dettes & ne sachant de quel bois faire
fleche : en attendant les bienfaits de deux oncles
fermiers généraux qu'il a, il s'est imaginé de
jouer une farce dont il a trouvé le modele dans
le Légataire universel.

M. de Chalut, un de ses oncles, a une campagne à Saint-Cloud, limitrophe de Surene ; pendant cette saison où son oncle n'y va point,
M. de Jean ayant arrangé sa comédie avec des
libertins comme lui, chacun fait son rôle ; les
uns de domestiques, les autres de médecins, de
garde-malades, un plus hardi, celui du malade
même, qui avoit fait venir des notaires de Paris
par l'entremise de son neveu : ces messieurs arrivés, il dicta un testament, par lequel il léguoit
2c0,0c0 liv. à M de Jean ; il déclara ne pouvoir signer. Le Neveu régala magnifiquement les
officiers de justice, suivant les ordres de son oncle, & l'on se sera fort content.

Quelques jours après, M. de Jean presse sua

H 5

chez le notaire qui devoit être dépofitaire du teſtament, lui emprunter une fomme à compte des
200,000 liv. dont il ne pouvoit ignorer que fon
oncle, qui alloit de plus mal en plus mal, le
faiſoit légataire. Le notaire, amorcé par le gros
intérêt que le jeune homme lui offrit, lui prêta la
ſomme. Au bout de quelque temps ne voyant point
mourir l'oncle, il s'impatiente, il s'informe de la demeure de M. de Chalut, & va le trouver... il lui
témoigne ſa ſatisfaction de le voir auſſi bien revenu de la cruelle maladie qu'il a eue.... Celui-ci
ne ſait ce que cela veut dire, lui déclare qu'il
ſe porte à merveille depuis long-temps.... Embarras de ces deux hommes, qui ne s'entendent
point; le notaire proteſte à M. de Chalut qu'il
a reçu ſon teſtament avec un de ſes confreres,
qu'il l'a chez lui; il lui en détaille toutes les
circonſtances; bref, l'on reconnoît la fourberie
de M. de Jean. Il eſt arrêté par lettre de cachet
& conduit dans une maiſon de force pour écono-
miſer, en attendant qu'il puiſſe jouir de la fuc-
ceſſion de ſes deux oncles.

30 *Mars.* Tout le monde eſt révolté de la fortie de l'apologiſte du comte de Graſſe contre le
comte d'Eſtaing. Il le repréſente d'abord « comme
» déshonoré dès ſa jeuneſſe; comme chaſſé par
» le mépris public de ſon pays, & obligé d'aller
» pirater ſur des côtes lointaines, comme n'é-
» chappant enſuite que par une main royale au
» ſalaire légitime dont les Anglois ſavent payer
» l'infidélité à ſa parole. »

Il lui reproche enſuite « des accès de baſſeſſe
» & de hauteur, de timidité & de rodomon-
» tade, de familiarité & d'indiſcrétion avec les
» ſubalternes, de diſſimulation & de jalouſie pué-

» rile avec les chefs. Il a , suivant le satirique ,
« des moments lucides de conseil & de raison
» avec les plus rares incohérences , quelques idées
» au premier coup d'œil , hardies & lumineuses ,
» toujours incompletes ou avortées dans l'ensem-
» ble ou dans l'exécution .... une disposition
» ancienne & de naissance à supposer des avan-
» tures fabuleuses , des combats imaginaires , des
» visions nocturnes & en plein jour. »

Il entre ensuite dans l'énumération des fautes
du *comte d'Estaing* durant sa campagne de Toulon , qui sont : « d'être parti du port sans avoir
» voulu seulement assurer sa mâture ; de s'être
» exposé à périr dans un golfe voisin ; d'avoir
» perdu un temps précieux à passer le détroit ,
» par son obstination à ranger des côtes con-
» traires ; de s'être jeté de là dans des calmes ,
» pour ne pas suivre une des deux routes com-
» munes ; enfin , d'avoir montré par-tout un
» amour constant pour une tactique bizarre &
» périlleuse , la cause de tous ses désastres. »

M. le *comte d'Estaing* , suivant son détracteur ,
« avançoit ou reculoit toujours à contre-temps ,
» a fait tuer huit cents hommes dans une atta-
» que impossible , au lieu de détruire facilement
» une escadre à la rade. S'il a pris une isle mal
» défendue , cette victoire même est punissable ,
» puisqu'il l'a préférée à la belle occasion de saisir
» plusieurs vaisseaux & un convoi entier ; enfin ,
» il a fini par sacrifier gratuitement quinze cents
» hommes , & par déserter sa flotte.... »

30 *Mars.* Tout le monde paroît assez content
du choix que S. M. a fait de M. *d'Ormesson.* Il
étoit connu personnellement du roi à l'occasion
de la maison de Saint-Cyr , dont il avoit l'admi-

H 6

niſtration ; eſpece de petit miniſtere qui le mettoit
dans le cas de travailler directement avec S. M.
Cependant on ne doute pas que M. *de Vergennes*
n'ait merveilleuſement influé dans ce choix. On
ne ſait point encore quel titre aura M. *d'ormeſſon*,
ſi l'on rétablira pour lui la charge de contrôleur-
général , ou s'il ſera directeur , ou miniſtre des
finances , &c....

31 *Mars*. Depuis que le traité des lettres de
cachet & des priſons d'état fait grand bruit, &
qu'on dit aſſez généralement qu'il eſt de M. *de*
Mirabeau , on aime à ſavoir les aventures de
l'auteur , qui n'eſt âgé que de trente-quatre ans ,
& dont la vie eſt déja un roman.

Tout jeune il étoit à Aix , lorſque ſes camarades lui mirent dans la tête d'épouſer une jeune
héritiere de cette ville , devant avoir un million
de bien , mais déja promiſe & dont le mariage
alloit ſe conclure. Il adopte cette bizarre entrepriſe , il parvient d'abord à empêcher & à faire
rompre l'hymen projeté ; il gagne enſuite l'eſprit
des parents au point que ceux-ci écrivent au
marquis *de Mirabeau* pour lui demander ſon fils
en mariage. Le pere répond très-ſagement qu'il
ignore ſi ſon fils a la tête aſſez mûre pour l'hymen ; que , puiſqu'ils l'ont ſous leurs yeux , ils
peuvent l'éprouver & en juger. Les parents per-
ſiſtent dans leurs engouement ; le mariage ſe fait.
Peu après , le nouvel époux ſe dérange ſi fort ,
qu'il eſt endetté de 300,000 liv. On veut aſ-
ſurer la dot de la demoiſelle , & arrêter les écarts
du jeune homme ; on le fait interdire ; on ob-
tient une lettre de cachet contre lui .... il rede-
vient libre ; il fait d'autres fraîques avec ſa ſœur
madame de *Cabris*. On le fait enfermer dans la

H

citadelle de Dijon ; on l'élargit encore ; & afin
de juger de sa réfipifcence, on lui donne la ville
pour prifon ; il devient amoureux de la femme
d'un préfident, qui confent à fe laiffer enlever....
Le mari lui intente un procès en crime de rapt,
& il eft condamné à avoir la tête tranchée : on
le fait arrêter ; il va en Hollande ; on l'y pourfuit ; le fieur *Jacquet de la Douey*, déja voué à
la police, s'offre d'aller arrêter M. *de Mirabeau*.
Il prend une croix de Saint Louis ; il fe rend fur
les lieux, il fe fuppofe un officier obligé de s'ex-
patrier pour des perfécutions ; il fe lie avec M. *de
Mirabeau* & fait fi bien qu'il gagne fa confiance,
l'entraîne à l'écart, s'empare de fa perfonne & le
ramene en France en 1777. C'eft alors que M. *de
Mirabeau* a été enfermé au Donjon de Vincennes.
On ne l'en a laiffé fortir que pour faire juger fa
contumace & le blanchir, ce qui a eu lieu. Cependant M. *de Mirabeau* s'eft expatrié encore,
s'eft refugié pendant quelque temps à *Neuchâtel*,
où il a fait imprimer *le gazetier dévalifé*.

Enfin on le dit aujourd'hui à Aix, où, à l'inftigation du bailli *de Mirabeau*, fon oncle, qui
l'aime, il va intenter un procès à fa femme pour
l'obliger à revenir avec lui. Telle eft la maniere
dont fes parents racontent fon hiftoire, & l'on
fent qu'il ne faut y croire qu'avec précaution.

31 *Mars.* Extrait d'une lettre de Bordeaux,
du 25 mars... M. *Duparty* fe trouve aujourd'hui
préfident de tournelle en chef, par l'abfence du
préfident *de Levi* ; la plupart des membres font
affez de fes amis, & il a rendu depuis peu un
arrêt mémorable qui va lui concilier plus que jamais le cœur de fes concitoyens. Un particulier
ayant été arrêté par un ordre d'un grand prévôt

pendances, & au cas de mort de fon frere
fans poftérité, elle avoit mis en fon lieu & place,
aux mêmes conditions , M. Poiffon de Malvoifin.

En 1766, M. de Marigny , quoiqu'il eût reconnu la fubftitution , trouvant qu'elle le gênoit,
étoit revenu contre, & avoit profité de fon crédit auprès de M. de Maupeou , pour faire déclarer par le parlement cette fubftitution , une
fubftitution vulgaire.

On entend par fubftitution vulgaire , une
fubftitution caduque au décès du teftateur , qui
n'eft faite que pour raffembler tous fes biens fur
une feule & même perfonne. Elle étoit fort en
ufage chez les Romains , extrêmement impé-
rieux & jaloux de dominer jufqu'après leur
mort.

Non - feulement le droit romain n'a pas force
de loi en France , mais l'édit des fubftitutions
profcrit pofitivement les fubftitutions vulgaires.

M. de Malvoifin , ou plutôt fes enfants , revenus comme mineurs, n'ont donc pas eu de peine
de rappeller le parlement à la regle & à la véritable interprétation du teftament.

Mad. de Marigny ou Mad. de Menars , dernier
nom qu'avoit pris fon mari , avoit le plus grand
intérêt de faire tomber la fubftitution , en ce que
fon contrat de mariage en acquéroit beaucoup plus
d'étendue dans les difpofitions utiles , & les autres
héritiers faifoient caufe commune avec elle , en
ce qu'ils fe trouvoient par-là rentrer dans la fuc-
ceffion pour leur part ; ils s'étoient donc pourvus
en caffation.

Au bureau compofé de fix confeillers d'état &
du rapporteur M. *de Bertrand*, celui-ci & trois

conseillers d'état étoient pour la caſſation. Il
a donc fallu aſſembler le conſeil à Verſailles,
que de long-temps ou peut-être jamais on n'avoit
vu ſi nombreux ; il s'eſt trouvé ſoixante - trois
opinants.

Ce n'a pas été un ſpectacle peu agréable pour
meſſieurs du conſeil de ſe voir ſollicités, preſſés,
cajolés par deux jolies femmes, Mad. *de Menars*
d'un côté ; & Mad. *de la Galiſſonniere* de l'autre,
(en ſa qualité de fille de M. Poiſſon de Mal-
voiſin) ; mais l'embarras étoit de ſe déterminer.
Les barbons étoient pour la premiere ; les jeunes
gens pour la ſeconde ; enfin ceux-ci l'ont emporté. Elle a eu quarante - deux voix contre
vingt-une.

Mad. *de ſaint - Aulaire*, jeune femme très-
liée avec Mad. *de la Galiſſonniere*, s'eſt tenue dans
l'antichambre du conſeil, conſtamment pendant
la ſéance, qui a duré pluſieurs heures. Sur les trois
heures un jeune maître des requêtes eſt venu lui
dire que Mad. *de la Galiſſonniere* avoit gagné :
elle avoit ſon valet de chambre tout prêt, qui
n'a mis que trois quarts d'heures à venir apporter
à Paris cette bonne nouvelle, & elle - même l'a
ſuivi peu après dans ſa chaiſe de poſte pour féliciter
& embraſſer ſon amie.

17 *Mai.* Extrait d'une lettre de Bordeaux, du
13 mai. . . . La paix nous a été infiniment plus
funeſte que la guerre, & depuis cet événement,
ſi heureux pour les autres, nous comptons ici
ſoixante-dix banqueroutes, ſans le courant. Ces
banqueroutes ſont dues en partie au manque de
parole du gouvernement, qui, n'ayant plus beſoin
de nous, ne ſe preſſe pas de tenir ſes engagements,
& de payer le fret qui nous eſt dû.

Il est aisé de conclure de cette tournure étu-
diée, que M. de Fleuri, quoique ministre, a
véritablement déplu & n'entrera plus au conseil.

Le 29, M. d'Ormesson, conseiller d'état, a
été nommé pour le remplacer avec le titre de
contrôleur-général des finances, qu'on rétablit
en sa faveur.

On rapporte qu'ayant objecté modestement au
roi sa jeunesse, S. M. lui avoit répondu en riant :
« mais c'est me faire indirectement un mauvais
» compliment, car je suis plus jeune que vous. »

2 Avril. L'historique concernant la petite pièce
de vers intitulée la Nymphe du Spa à l'abbé Raynal,
qui se trouve dans sa réponse à la censure de la
faculté de théologie, en est le seul morceau vraiment neuf, curieux & intéressant. On a déja annoncé cette anecdote vaguement ; en voici les détails. Il faut se rappeler que M. l'abbé Raynal,
obligé de quitter la France par le décret du parlement, fut d'abord à Spa, dans la saison des
eaux, qu'il y fut très-accueilli de l'empereur &
du prince Henri, frere du roi de Prusse, qui s'y
trouverent. Un jeune homme, dont on ne met que
la lettre initiale de son nom, M. B********,
âgé de vingt-deux à vingt-trois ans, de mœurs
irréprochables, plein de franchise, vif, aimant
la poésie & faisant quelquefois d'assez jolis vers,
essaya de profiter de son talent pour se ménager
une introduction auprès de l'illustre proscrit : il
lui adressa l'épître dont il s'agit, & qu'il faut lire
pour juger jusqu'à quel point de démence peut
se porter le fanatisme persécuteur.

Cette pièce de vers manuscrite & très-inno-
cente, tomba aux mains d'un M. Ghisels, chanoine
trefoncier de Liege, membre du synode de cette

ville , dont *spa* reſſortit , & qui y préſide en l'abſence du vicaire-général. Il la déféra au ſynode , & malgré la recommandation de M. l'évêque prince de Liege, qui daigna écrire au ſynode que cette affaire n'eût point de ſuite , on paſſa outre , & l'on rendit en ſon nom le mandement du 17 octobre 1781.

Cependant l'auteur , M. B✳✳✳✳✳✳✳ , qui n'avouoit point la piece , qui n'y avoit pas mis ſon nom , & ne l'avoit point fait imprimer , fut ſommé par trois fois à comparoir devant le ſynode. Il fut obligé d'inſinuer au conſiſtoire une proteſtation appellatoire , en forme de plainte à S. M. impériale , conſervatrice des privileges & libertés des citoyens de Liege. Cette affaire pouvoit aller loin , & le prince évêque témoigna ſon deſir qu'elle fût aſſoupie. Le jeune homme demanda une conférence dans le palais de Seraing, en préſence de *ſon Alteſſe Celſiſſime* , (qualification du prince évêque). Quatre membres du ſynode s'y rendirent par ordre de l'évêque , le poëte s'y expliqua avec beaucoup de nobleſſe & de fermeté ; mais pour prouver à S. A. C. combien il la reſpectoit , il renonça à ſon droit de recours. Meſſieurs du conſiſtoire ſe retirerent fort contents. Il n'auroit plus été queſtion de ce ſingulier procès, ſi le gazetier de Cologne , ex-jéſuite , dans ſon numéro 90 de 1781 , n'eût rallumé la fermentation.

Cette agreſſion nouvelle que l'abbé *Raynal* a ſentie dirigée encore plus contre lui que contre ſon panégyriſte , a provoqué de ſa part une *Lettre à l'auteur de la Nymphe de Spa* contre ces *Buſiris en ſoutane* ; ainſi qu'il les appelle , très-véhé-

mente, où il fait fentir le ridicule, l'abfurdité
l'horreur, l'abomination de leur conduite.

Il paroît que la jaloufie prife contre l'abbé
Raynal, eft entrée pour beaucoup dans toute
cette perfécution. Au mois de juin précédent,
cet écrivain avoit paffé à Liege ; il y avoit été
reçu avec diftinction par M. *Sabathier*, miniftre
plénipotentiaire de France. Il fut préfenté au
prince-évêque ; il mangea plufieurs fois avec
lui .... *Inde ira.*

2 *Avril*. Le goût des charades continue : en
voici une finguliere, qui même en fachant le
mot, laiffe encore beaucoup de chofes à deviner,
tant elle eft fcientifique. Ce mot eft *Angleterre.*

Mon premier peut former tiers ou quart à fouhait.
Mon fecond que jadis par tiers on divifoit,
  Par quart aujourd'hui fe partage.
Et mon tout qui par tiers à fa divifion ,
  Grace à l'habileté d'un fage ,
Perd moitié dans le quart dont s'accroît fon fecond;

2 *Avril*. M. *Clément de Boiffi* , maître des
comptes , frere du *Clément* dont la réputation
fouffre beaucoup aujourd'hui des bruits de fa
banqueroute, a cru devoir affembler les femeftres
de fa compagnie, & leur rendre un compte détaillé
de l'état des affaires de fon frere, fuivant lequel
il n'y auroit qu'un engorgement. Il a fini par
fupplier meffieurs de vouloir lui conferver la bonne
opinion & l'eftime qu'ils s'efforceroit toujours de
mériter d'eux.

3 *Avril*. On a dit comment le bois étoit à la
veille de manquer : à la fin du mois dernier ,

il n'y en avoit plus que pour une femaine, & la crue des eaux faifoit craindre que les bateaux ne puffent arriver, en forte que, pour exciter le zele des fournifleurs, on avoit propofé pour les dix premiers qui déchargeroient, la remife des deux tiers du droit.

On n'a pas manqué de configner cet événement fingulier & mémorable dans un vaudeville affez malin, en ce qu'il embrafle avec le préfent, le paffé & l'avenir, en ce qu'il frappe fur trois prévôts des marchands à la fois.

Sur l'air : *le Prévôt des marchands.*

Meffieurs les prévôts des marchands,
Chacun bénit vos foins touchants :
Près d'un grand feu, le bon Jérôme (1)
Nous fait étouffer au printemps.
Caumartin, non moins habile homme,
L'hiver, nous laiffe grelotants.
Le fucceffeur (2) de celui-ci
N'aura pas un pareil fouci ;
Car pour cette place éminente
Briguant depuis long-temps le choix,
Il a pris femme intelligente,
Qui l'a déja fourni de bois.

---

(1) M. Bignon.
(2) M. Pelletier de Morfontaine.

4 *Avril.* Ce qui prévient en faveur de monfieur
d'Ormeffon, c'eft qu'on le regarde au moins
comme honnête homme, comme ayant de la
bonne volonté, comme aimant le travail. D'ailleurs, on eft fort aife d'être débarraffé de monfieur *de Fleuri*, qui n'a fait que du mal & point
de bien, même à fes parents & amis. On lui
reproche feulement de s'être enrichi lui & fa
maîtreffe ancienne, Mad. *de Font-Pertuis*, par les
gros pots de vin qu'il s'eft fait donner, & à elle
fur plufieurs affaires, & fur-tout à l'occafion du
rétabliffement des receveurs généraux des finances,
dont chacun a dû fe cotifer de 40,000 liv. C'eft
ce qui a fait dire au roi, lorfqu'il a annoncé fon
choix à la reine : Madame, *c'eft un homme qui
a des mœurs.*

M. *d'Ormeffon* eft chef du confeil pour l'adminiftration du temporel de la maifon royale de
Saint-Cyr, & en cette qualité, chargé de ce petit
miniftere, travailloit directement avec le roi,
ce qui l'en a fait connoître. On raconte un trait
récent qui lui en a donné la meilleure idée, & a
peut-être déterminé le choix de S. M. dans cette
circonftance.

Il vaquoit plufieurs places très-follicitées fuivant
l'ufage par la reine & la famille royale d'un côté.
Il préfenta le nom des protégés apoftillés de leurs
auguftes protecteurs, & mit d'un autre côté les
noms des demoifelles qui n'en avoient point,
mais dont les peres étoient morts au fervice de
l'état dans cette guerre, & dit qu'il croyoit que
celles-ci méritoient la préférence. Ce courage a
plu beaucoup au jeune monarque.

M. *d'Ormeffon* n'eft pas d'une figure agréable,
il a la vue très-baffe ; il ne paffe pas pour un

aigle ; mais il a une mémoire locale qui le fert très-bien , & qu'il applique à propos ; il eft homme de loi , & cite toujours l'ordonnance à côté de fon opinion.

On raconte que dimanche, quoique nommé de la veille contrôleur-général , M. *d'Ormeſſon*, en qualité de confeiller d'état , affiftoit pour la premiere fois au bureau de la commiffion pour l'examen des demandes en fuppreffion & union ou tranflation de bénéfices & biens eccléfiaftiques ; il y reçut des compliments bien propres à l'enivrer : cependant il n'y perdit point la tête , & monfieur l'archevêque de Toulouse , le grand faifeur, ayant ouvert un avis fur quelque deftruction , avoit déja emporté toutes les voix, lorfque monfieur *d'ormeſſon* vint à opiner comme le dernier ; & après un petit préambule oratoire fur le malheur qu'il avoit de différer d'avis avec tous meffieurs la premiere fois qu'il étoit dans le cas de fiéger avec eux, il réfuma le dire du prélat, il difcuta fes raifonnements, il les détruifit, il établit les fiens d'une façon fi victorieufe que tout le monde revint & fe rangea de fon côté.

Cela prouve ce qu'on accorde au nouveau contrôleur-général , qu'il fera excellent pour le contentieux ; mais on doute qu'il ait dans le génie les reffources néceffaires en finance aux maux de l'état, qui ont fait jufqu'ici le défefpoir de tous ceux qui l'ont précédé , fauf du charlatan Necker.

5 *Avril.* On parle beaucoup d'une *Vie de monfieur Turgot*, par l'ami *Dupont.* Ce *Dupont* étoit à la tête du journal des éphémérides, depuis que l'abbé *Baudeau* l'avoit quitté. C'eft un grand économifte que M. *Turgot* avoit appellé auprès de

lui lorfqu'il fut nommé au contrôle-général, qu'il y avoit même logé. Il donne aujourd'hui cette marque de reconnoiffance au miniftre défunt qu'il exalte beaucoup. Il fait voir, dit-on, que M. *Necker* n'a fait que fuivre les plans de ce prédéceffeur, qu'il a même morcelés & gâtés. On ajoute que l'ouvrage eft plein d'intérêt & fort bien écrit.

6 Avril. Les *mémoires fur la Baftille*, & la détention de l'auteur dans ce château royal depuis le 27 feptembre 1780, jufqu'au 19 mai 1782, fe répandent enfin : chacun s'empreffe de fe les procurer. On les lit avec avidité, & l'on eft tout furpris après avoir lu, de ne rien favoir. Il en eft des fecrets que M. Linguet promettoit à cet égard, à peu près comme de celui de fa pofte occulaire, auquel il doit fa fortie, dont on n'eft pas plus inftruit qu'auparavant.

Ces mémoires font datés de Londres du 5 décembre 1782, & divifés en paragraphes.

Dans le premier il établit qu'on lui a fait une néceffité de revenir en Angleterre.

Dans le fecond que fa détention n'a eu aucun motif fondé.

Le troifieme traite du régime de la Baftille.

Le tout eft fuivi de longues notes, & embraffe à peu près trois de fes numéros.

L'eftampe du frontifpice de l'ouvrage eft curieufe & piquante. M. Linguet avertit que l'idée en eft due au *Courier du Bas-Rhin*, c'eft-à-dire à la feuille périodique la plus eftimée des hommes honnêtes & éclairés, des vrais philofophes. Cette imagination fe trouve dans le N°. 1, 1783, de cette gazette, où l'on annonce ces mémoires.

On voit la ftatue de *Louis XVI*, avec les

attributs de la royauté , élevée au milieu des débris d'un château renversé , qui est censé *la Bastille.*

Ce prince tend les mains avec bonté vers les prisonniers qu'il vient de délivrer ; Me. Linguet est à la tête comme l'auteur indirect de leur délivrance ; il est à genoux , & se distingue par une plus profonde reconnoissance.

Le geste du monarque , majestueux & doux tout à la fois , répond au demi-vers *d'Alzire*, placé au bas de la gravure : *soyez libres , vivez.*

Sur le piédestal on lit l'inscription très-noble indiquée par le *Courier du Bas-Rhin.*

A Louis XVI.

Sur l'emplacement de la Bastille.

Dans le lointain & au haut de l'estampe on apperçoit un cadran figuré sur celui de la Bastille, c'est-à-dire , supporté par deux figures d'homme & de femme enchaînées par le col, par les mains, par les pieds , par le milieu du corps , & dont les chaînes forment une espece de cartel au tour du cadran , & reviennent sur le devant se rassembler en un nœud énorme : il est frappé de la foudre, & au lieu de l'inscription gravée en lettres d'or , sur un marbre noir qui apprend qu'on est redevable de ce cadran à M. *de Sartines,* on a placé celle-ci relative à cet événement, tirée de la déclaration du 30 août 1780 , sur les nouvelles prisons : " Ces souffrances inconnues, „ & ces peines obscures , du moment qu'elles ne „ contribuent point au maintien de l'ordre par

„ la publicité & par l'exemple, deviennent inutiles
„ à notre justice.... „

6 *Avril*. La clôture des grands théatres s'eſt
faite hier. Il n'y a rien eu de remarquable au
diſcours du théatre françois aſſez plat: on n'y a
obſervé qu'un ſeul fait, c'eſt l'accroiſſement du
zele des comédiens au point d'avoir joué ou
remis vingt-deux piéces dans le cours de cette
année dramatique, ce dont il n'y avoit peut-être
pas d'exemple.

Il s'eſt paſſé quelque choſe de plus piquant
aux Italiens, où l'affluence a été plus grande:
auſſi le ſieur *Favart*, le fils, a ſaiſi l'à-propos de
la circonſtance de leur tranſlation. Il a fait une
petite piece intitulée le *Déménagement d'Arlequin* :
ce qui amene d'une façon aſſez neuve la récapitulation ſeche ordinairement, des acquiſitions
de l'année. Il l'a même varié en parlant généralement des pieces données depuis la refonte de ce
théatre, & propres à former le répertoire de la
nouvelle troupe, ſuivant le plan ſur lequel elle
eſt établie aujourd'hui. Une partie de ces ouvrages
amene des couplets très-agréables, & dont
quelques-uns ont été redemandés.

La dame Desforges, femme du ſieur Desforges, auteur de *Tom-Jones*, qui devoit naturellement faire les honneurs de la piece de ſon mari,
a annoncé au public par une tournure piquante
une autre production du même auteur.

7 *Avril*. Voici le peu de faits qu'on peut
extraire du volumineux ouvrage de M. Linguet;
encore ne doit-on y ajouter qu'une confiance
médiocre, par l'habitude invétérée qu'on lui
fait de mentir, & de mentir ſouvent avec une
impudence qui en impoſeroit à ceux qui ne le
connoîtroient

connoîtroient pas. On suivra l'ordre dans lequel il les reconte, qui est un véritable désordre, se ressentant toujours de la fougue de son imagination.

A l'approche de la rupture entre la France & l'Angleterre où résidoit M. Linguet en mars 1778, il écrivit à M. le comte de Vergennes, malgré sa répugnance à s'adresser à un ministre qu'il avoit si cruellement outragé, afin de savoir s'il y auroit sûreté pour lui à quitter un pays ennemi de sa patrie.

Le 20 mars le comte de Vergennes approuva la résolution de M. Linguet ; il lui ajouta que le comte de Maurepas l'approuvoit aussi ; qu'il pouvoit bannir toute inquiétude & prendre le parti qu'il voudroit.

Le 7 avril suivant M. Linguet demande de nouveaux éclaircissements ; il fait un sacrifice plus pénible & plus noble que celui de son séjour. Il ne le révèle pas ici parce qu'il a donné sa parole de ne le pas révéler ; mais il en a été question dans le temps, & il portoit, à ce qu'il insinue, sur des offres séduisantes de la part de l'Angleterre, s'il vouloit se mettre à sa solde durant la guerre.

Le 23 avril il reçoit une réponse qui lui annonce, tant de la part du comte de Vergennes que de celle du comte de Maurepas, une sûreté entiere pour sa personne, & la liberté de continuer ses travaux littéraires.

Sous cette sauve-garde, M. Linguet s'est établi à Bruxelles. Il a fait plusieurs voyages en France en 1778 & 1779 ; il a vu les ministres, les *Annales* ont eu un libre cours ; cependant le 27 septembre il a été arrêté.

Sa captivité a paru finir le 19 mai 1782.
M. le lieutenant général de police eſt venu en
robe lui annoncer qu'il n'étoit plus priſonnier,
qu'il étoit exilé, en vertu d'un ordre remis à
M. Linguet qui le réléguoit dans un petit bourg
à quarante lieues de Paris, avec défenſe de dé-
ſemparer, *à peine de déſobéiſſance.*

M. Linguet s'eſt ſoumis : il a demandé deux
graces, l'une de reſter à Paris pour réparer ſa
ſanté & faire ſes affaires; l'autre d'aller à Bruxelles
pour y arranger ſa maiſon de commerce. Il a
offert, du reſte, de quitter la plume. Il a obtenu la premiere grace, il n'a pu avoir la ſeconde; on lui a dit : *Partez pour Rhétel, &*
n'en déſemparez pas. Il s'eſt rendu à Bruxelles
ſecrétement. Il comptoit encore compoſer de là
avec le gouvernement : il a continué ſes offres
de ne pas reprendre la plume: il méditoit un
voyage de pluſieurs années : après avoir été à
Vienne, il vouloit paſſer en Italie, lorſque des
amis fideles l'ont averti qu'on ne lui pardonne-
roit pas ſon évaſion, & qu'il n'étoit pas ſûr
pour lui de continuer ſa route. Il a eu peur, &
alors s'eſt déterminé à ſe retirer en Angleterre.
Il a renoncé à la grace qu'on lui avoit promiſe,
d'apprendre un jour, s'il étoit bien obéiſſant, le
véritable motif de ſa détention, & il a cru ne
pas devoir ſuivre le conſeil d'un homme en place
qui lui a dit: *Si vous voulez vivre ici, tâchez de*
vous faire oub ier.

M. Linguet affecte donc d'ignorer pourquoi
on l'a arrêté. On lui a dit que la lettre de cachet étoit émanée de la volonté directe du roi.
A ſa ſortie, il a ſu les bruits qui couroient ſur
les raiſons politiques données de ſa punition,

comme criminel d'état ; il les nie toutes. Il ne
nie pas la lettre au maréchal *duc de Duras*,
qu'il reconnoît très-offensante & très-coupable.
Il rapporte une lettre qu'il écrivit au roi de sa
prison à ce sujet, où il demandoit grace & im-
ploroit la générosité du maréchal ; ce qui fit
dire au sieur *Moreau*, secretaire du comte de Vergennes: *Ha ! ha ! il fait donc le capon ?* Il s'ex-
cuse, au reste, auprès de S. M. sur ce que sa
lettre étoit une lettre particuliere, l'effet d'un
premier mouvement, & qu'il ne l'avoit pas publiée :
il a cette sagesse même aujourd'hui. Personne ne la
connoît que le maréchal qui l'a toujours niée, &
la police dont le secret est sûr.

M. Linguet parle d'une autre du 8 avril 1780,
le lendemain de celle au duc de Duras, adressée à M. le lieutenant de police pour les ministres au sujet de la suppression de ses Nᵒ. 59
& 60 en mars, à la sollicitation du maréchal
& du parlement de Paris.

C'est à cette seule lettre contenant des menaces qu'il rapporte la cause de ses infortunes,
parce que la lettre de cachet, en vertu de laquelle
il a été arrêté, étoit déja décernée le 16 avril 1780.
Au reste, on ne l'a gardé si long-temps en prison que parce qu'on le craignoit.

On lui a dit au bout de quinze jours : « Il ne
» s'agit plus de votre détention; mais ils craignent
» que vous ne cherchiez à vous venger. »

M. Linguet passe ensuite à sa captivité ; il
avoit rendez-vous, le soir même où il fut arrêté,
avec M. le lieutenant-général de police qu'il
alloit toujours voir le premier en arrivant à
Paris.

A peine arrêté, le sieur de Bruignieres, exempt

I 2

de police , le même défendu par M. Linguet
dans l'affaire du comte de Morangiès , fut à
Bruxelles : alors M. *la Greze*, fecrétaire en cette
ville de M. d'Adhemard, chargé des affaires de
France , qui étoit chez M. Linguet tous les jours,
vint trouver madame *Bulté* fa maîtreffe. Il lui
fit offre de fes fervices ; il voulut emballer lui-
même les papiers les plus précieux de M. Linguet
dans la vache du carroffe de celui-ci, pour aller
les cacher dans fa maifon de campagne à quelques lieues de la ville ; il répéta plufieurs fois
en travaillant au déménagement : *Si l'on favoit cela , je perdrois ma place.* C'étoit un traître.
A peine arrivé au lieu du dépôt , il ouvrit la
vache & fut bien fot de n'y trouver que de la
paille. Pendant qu'il étoit allé fouper, madame
Bulté avoit eu l'adreffe de faire la fouftraction.
On fait ce qui s'eft paffé enfuite. Une chofe fort
extraordinaire , incroyable de la part même de
quelqu'un qu'on connoîtroit pour véridique , c'eft
que M. Linguet affure n'avoir fubi aucun interrogatoire durant tout le cours de fa détention.
Et cependant , au milieu de fon bavardage , il
lui échappe des chofes qui indiquent parfaitement qu'il a été interrogé.

Dans le récit que M. Linguet fait des mauvais traitements qu'il a éprouvés , on ne trouve
rien d'important. C'eft une infinité de petits détails qu'il exagere à fa maniere ; bien plus , des
fauffetés avérées pour telles au fu & au vu de
tous ceux qui ont été à la baftille. Du refte, il
prétend que ce n'eft qu'à la fin de novembre
1781 qu'il a pu avoir quelque vêtement , qu'il a
été huit mois fans aucune correfpondance, même
avec le fieur *le Quefne*; qu'après avoir été long-

temps malade à la fin de 1781 , perdant le peu d'espoir qu'il avoit eu de sa liberté lors de l'accouchement de la reine , par l'entremise de M. *de Maurepas* bien disposé , mais qui vint à mourir , il avoit desiré faire son testament & voir un notaire , ce qu'il n'avoit jamais pû obtenir ; de-là l'augmentation du soupçon que l'on favorisoit *le Quesne* pour lui faire échoir toutes les dépouilles du prisonnier en cas de décès.

Quelques anécdotes sur M. & Madame de Launay , tout-à-fait contraires au caractere connu d'honnêteté , de douceur , d'humanité de l'un & de l'autre , achevent de décréditer auprès de ceux qui ne se laissent pas toucher par une fausse commisération , la relation d'un historien qui , pour pallier tous ses torts , tous ses mensonges , toutes ses calomnies , s'est souvent rejeté sur son imagination qu'il ne pouvoit maîtriser.

8 *Avril.* M. *Linguet* avoue assez franchement aujourd'hui que l'argent de sa poste oculaire est *la lumiere.* Il confirme dans ses mémoires que l'essai en a été tenté avec succès , & que la seule objection qu'on lui eut faite , c'est que cet agent ne pourroit être utile pendant un temps de neige ou de brouillard.

8 *Avril.* Extrait d'une lettre de Bordeaux, du premier avril.... Voici plus de détails sur l'affaire qui a si fort scandalisé le maréchal de Mouchy. Il étoit question d'un procès entre deux particuliers que M. de Beaumont , commandant pour le roi dans une partie de l'Angoumois , avoit remis à l'arbitrage du grand prévôt de la maréchaussée & du subdélégué. Les plaidants y avoient acquiescé. Les juges , après avoir terminé la question civile , ont condamné une des parties à un

I 3

mois de prison. Celle - ci qui avoit bien voulu
mettre en compromis devant des étrangers, ses
intérêts civils, mais non sa liberté, s'est pourvû
au parlement de Bordeaux, qui a cassé la prétendue
sentence de ces arbitres, les a décrétés, &c. On
prétend cependant qu'il n'y a point dans l'arrêt
l'injonction même aux gouverneurs dont je vous
ai fait mention dans ma derniere lettre, assez naturelle cependant.

Le maréchal de Mouchy dont s'étoit sans
doute autorisé M. de Beaumont, n'en est pas
moins furieux. On ne croit pas que légalement
l'arrêt puisse être cassé.

8 *Avril.* Une mulâtresse, dimanche dernier,
a attiré à Versailles dans la galerie l'attention de
tous les courtisans & même de la famille royale.
Elle est du Cap, & libre, étant de l'accouplement d'une blanche avec un negre. Elle a gagné
beaucoup à plusieurs métiers, & arrive ici chargée
des dépouilles des riches Américains, & même
de nos jeunes seigneurs françois qui ont été sur
les lieux durant la guerre. C'est la *Duthé* & la
Gourdan de Saint-Domingue. On la qualifie de
la *Belle Ysabeau*. Elle ne paroît point telle à Paris ; elle n'a pour elle que la taille, elle est vê-
tue avec la derniere élégance comme nos petites
maîtresses ; ce qui la rend encore plus ridicule,
au point que la reine, quoiqu'habituée à voir
des negres & négresses, à son aspect n'a pu s'empêcher de s'écrier dans un mouvement de répugnance involontaire: *Ah! que c'est laid.*

9 *Avril.* Si l'on en croit M. Linguet dans
ses *Mémoires sur la Bastille*, M. Pelisseri, Genevois,
dont le crime unique est d'avoir fait quelques
remarques sur les opérations financieres de mon-

fieur Necker, étoit depuis trois ans à la baftille, ce dont il a été inftruit.

9 *Avril*. M. de Fleuri non-feulement n'a pas donné fa démiffion volontairement, mais n'a pu contenir fon humeur, au point que le dimanche 30 mars, jour où M. d'Ormeffon lui avoit donné rendez-vous au contrôle général pour lui prendre le porte-feuille, & en recevoir les papiers effentiels, le nouveau contrôleur-général l'ayant un peu fait attendre, il l'a traité fort durement, lorfqu'il eft arrivé : il lui a dit qu'il n'avoit pas le temps d'entrer dans de plus grands détails, & lui a jeté les clefs fur la table.

M. de Fleuri quitte toutes fes places ; il donne même fa démiffion de celle de confeiller d'état. Le roi lui conferve environ trente-quatre mille livres de bureaux qu'il avoit avant d'être miniftre des finances ; il y joint la penfion de vingt mille livres, ce qui fait un fort fort agréable. Il va vivre dans la retraite & en philofophe, autant que le peut un ambitieux.

10 *Avril*. Depuis dix à douze jours il eft queftion d'une découverte finguliere dont on ne peut plus douter par l'aveu de perfonnages qui y figurent & y ont eu quelque part.

Voltaire n'avoit point oublié les mauvais traitements qu'il avoit éprouvés du roi de Pruffe, fon enlevement à Francfort, &c. &, quoiqu'il parût réconcilié avec ce prince qui lui avoit rendu depuis fes bonnes graces, & qu'il encenfoit encore de temps en temps par politique, il en confervoit un reffentiment profond. Il avoit configné tout cela dans un manufcrit auquel il avoit joint les anecdotes particulieres qu'il

I 4

avoit pu recueillir , ou comme témoin , ou comme à portée de fouiller mieux qu'un autre dans la vie privée de ce prince.

Ce manuscrit s'eſt trouvé dans les papiers de Voltaire ; il étoit ſous enveloppe , cacheté, & dans la ſuſcription le défunt vouloit qu'il ne fût ouvert qu'à la mort du roi de Pruſſe. Madame Denis , qui auroit dû ſe rendre dépoſitaire d'un tel ſecret , & conſerver le paquet , par inadvertence , par bonne foi ou par ignorance, l'a livré au ſieur Pankouke avec le reſte, lors de la vente qui lui en a été faite , & ce libraire fort étourdi , dans ſa rétroceſſion au ſieur de Beaumarchais , n'a pas eu plus de réſerve.

Celui-ci ayant flairé le paquet , a jugé que ce pouvoit être du bon , & ſans ſcrupule ni pudeur , a enfreint les volontés du teſtateur & l'a ouvert. Il a été enchanté de ſon treſor ; mais s'eſt trouvé embarraſſé de l'uſage qu'il en feroit. Ne pouvant ſe flatter que le roi de Pruſſe mourût avant l'impreſſion de l'édition qu'il a entrepriſe des œuvres de Voltaire , il a ſenti l'impoſſibilité de l'inſérer dans le recueil; d'ailleurs, par une infidélité envers ſes ſouſcripteurs , il a conçu qu'il en tireroit un excellent parti en le réſervant pour une meilleure occaſion ; mais il n'auroit pas été ſûr de le faire imprimer même clandeſtinement. 1°. Il falloit trouver un imprimeur aſſez hardi pour cette entrepriſe , & aſſez ſûr pour garder le ſecret. 2°. On auroit même enfin découvert le myſtere en remontant à la ſource, & en interrogeant le ſieur Pankouke & Mad. Denis. Il a craint le reſſentiment du roi de Pruſſe , & a imaginé de ruſer d'une autre maniere. C'a été de lire ce manu ſ-

crit confidemment à quelques amis, de le communiquer de même à quelques grands feigneurs.
Il s'eft flatté que la nouvelle en parviendroit
ainfi indirectement au roi de Pruffe, & que ce
monarque intéreffé à la fouftraction de l'ouvrage,
en folliciteroit la remife, & le paieroit au poids
de l'or.

Voilà très-vraifemblablement la vraie caufe de
la publicité que reçoit aujourd'hui cette anecdote,
& de la fermentation qu'elle excite dans tous les
bureaux littéraires.

11 *Avril.* Les affemblées du palais continuent
pour procéder à la réforme des abus de la juftice ; elles font chaudes, parce que beaucoup de
grands chambriers ont peine à fe départir de
leurs bénéfices. Ce qui donne de l'efpoir aux
récalcitrants, c'eft que le premier préfident en
retire encore de plus gros que les autres, que
celui-ci aime finguliérement l'argent, & qu'il ne
renoncera que forcément au lucre de ce genre,
qui eft immenfe dans fa place : en voici un petit
échantillon.

Tous les bureaux fe tiennent chez le premier
préfident, & il eft paffé toujours préfent pour
fes vacations, qu'il y affifte ou n'y affifte pas ;
il ne pourroit d'ailleurs fe trouver phyfiquement
à tous, puifque plufieurs ont lieu en même
temps.

En outre, ces vacations s'eftiment par heure, non fuivant la durée phyfique du temps,
mais fuivant celui qu'il plaît à meffieurs d'évaluer
à raifon de la difficulté de l'examen qui exigeroit deux heures d'un juge borné ou qui a le
travail difficile, & ne coûte qu'un demi-

I 5

quart d'heure à un magiftrat intelligent & lu-
mineux.

Quelqu'un a fait ainfi le relevé des heures
que le premier préfident a touchées pour fes vacations depuis qu'il eft en place, & l'on a trouvé
qu'en ne faifant pas autre chofe, il avoit déja
vécu quatre cents ans.

Comme il eft à craindre pour les pauvres plái-
deurs que la ténacité de meffieurs de grand'chambre ne laffe la conftance de meffieurs des enquêtes
& requêtes, dont les zele éphémere pourroit fe
rallentir, on a cru devoir les réchauffer par un
petit pamphlet qui fe répand très-clandeftine-
ment depuis quelques jours dans le public, mais
qu'on a eu foin de faire parvenir en même temps
à tous meffieurs; il a pour titre : *Converfation fa-
miliere de M. l'abbé Sauveur, confeiller de grand'-
chambre du parlement de Paris, avec Mlle. Sauveur, fa très-honorée fœur, & l'avocat P***,
ancien ami de la maifon.*

11 *Avril.* On s'entretien encore du nouveau
contrôleur-général. On recherche fon origine,
& l'on raconte une anecdote que peu de gens
favoient, c'eft que les d'Ormeffon prétendent def-
cendre de Saint François de Paule, le fondateur des
Lazariftes, & en conféquence n'ont pour livrée
que des habits bruns.

M. d'Ormeffon, le contrôleur-général, eft riche, mais ne fait point l'hypocrite comme fes
prédéceffeurs. Il prend les émoluments de fa place.
Dès le trente mars il a fait rendre des lettres-
patentes, enrégiftrées en la chambre des comptes le premier avril, qui ordonnent que le contrôle des expéditions de finances qui y font fujet-
tes, fera fait à l'avenir par le contrôleur-général

des finances, comme avant les lettres - patentes
de 1777.

Le charlatan Necker avoit affiché le désinté-
ressement jusqu'à refuser ce droit de signature.
M. de Fleuri lui succédant immédiatement n'avoit
osé le faire revivre.

Le traitement d'un contrôleur - général pour
l'objet de représentation est de 200,000 livres.
M. de Fleuri n'y avoit pas renoncé tout - à - fait,
d'autant qu'il ne falloit aucun acte d'éclat pour
en jouir ; mais il s'étoit fait valoir auprès du
jeune monarque, ami de l'ordre & de l'économie, & avoit déclaré pouvoir se tirer d'affaire
avec 160,000. On ne sait pas si pour ne point
laisser perdre le droit de ses successeurs moins riches que lui, M. d'Ormesson ne sera pas conseillé
de réclamer la somme entiere annexée à l'honorifique de sa place.

12 *Avril.* Entre les choses curieuses qui se
trouvent dans le manuscrit de Voltaire sur le
roi de Prusse, on parle d'une Ode que ce monarque, en guerre avec la France en 1758, com-
posa après la bataille de Crevelt. On assure que
dans cette philippique véhémente, le monarque
poëte y peint des couleurs les plus fortes & les
plus vraies l'apathie de Louis XV, sa maîtresse,
sa luxure, tous les vices de sa cour & l'abâtar-
dissement entier de la nation.

Voltaire eut de bonne heure une copie de
l'ode : il y auroit volontiers répondu ; mais,
craignant de se compromettre, il la fit parvenir
indirectement au duc de Choiseul. Ce ministre
frémit de rage en la lisant ; il fait appeller le
sieur Palissot ; il lui donne la clef de l'anecdote
& le charge de répondre ; ce que fit celui-ci de

I 6

maniere à contenter le duc de Choiseul, qui, craignant que Frédéric ne fît paroître son ode, pour le contenir, lui fit parvenir celle du sieur Palissot. Tout cela étoit resté dans le silence depuis cette époque, & est aujourd'hui révélé par l'indiscrétion du sieur de Beaumarchais.

On a interrogé le sieur *Palissot*, qui certifie l'anecdote, mais jette les hauts cris & contre le duc *de Choiseul* qui l'a compromis en laissant connoître son nom à *Voltaire*, & contre la méchanceté de *Voltaire* qui l'articule tout au long, & contre l'infidélité encore plus grande du sieur *Caron*, qui expose ainsi le vengeur de *Louis XV* & de la nation, au ressentiment d'un souverain outragé.

Du reste, on a par-là la clef de la haute protection que le sieur *Palissot* trouva dans le même temps auprès du gouvernement. On lui avoit promis une récompense qu'il n'eut point. Mais on lui donna la permission de faire jouer ses *Philosophes*, & de donner un libre cours à beaucoup de méchancetés qu'on n'auroit pas tolérées de sa part dans toute autre circonstance.

Quant à l'ouvrage même de *Voltaire*, ceux qui l'ont entendu lire, disent qu'il est divisé en deux parties, que la premiere est charmante, que la seconde n'est pas aussi bien faite.

12 *Avril.* Le pamphlet dont on a parlé, fait un bruit du diable au palais, parce qu'il révele une foule d'anecdotes malheureusement trop vraies, à ce qu'on assure, & qui ne font pas honneur à quantité de messieurs les grands-chambriers.

L'auteur suppose que l'abbé *Sauveur* revient du palais, de la premiere assemblée où messieurs *d'Epremesnil* & *d'Outremont* ont fait la fameuse dénonciation des abus à réformer dans la juſtice : il eſt tout eſſouflé & dans une colere affreuſe ; ſa ſœur qui paſſe pour ſa confidente & qui le mene à la liſiere, eſt alarmée de ſon état & veut en ſavoir le ſujet. Il le conte avec beau-coup de peine ; elle le calme & lui dit qu'il ne faut pas perdre la tête ; que ce projet de réfor-me, tant de fois annoncé, n'a jamais eu lieu, & qu'il pourroit bien encore échouer cette fois. Elle veut diſcuter avec lui la matiere, calculer les formes qu'on peut oppoſer aux réformateurs ; elle paſſe en conſéquence en revue tous les membres accrédités du parlement depuis le garde-des-ſceaux, qui en eſt le chef ; ce qui donne lieu de donner le coup de patte à chacun ſuivant ſes talents & ſon mérite, & il en réſulte qu'il n'y a point d'inquiétude à avoir ; que, malgré la bonne vo-lonté du monarque, malgré le zele de quelques préſidents, & la chaleur des enquêtes & requêtes, les vieux routiers de la grand'chambre, plus fins & plus expérimentés, mettront en défaut l'activité de ces jeunes limiers.

L'avocat qui eſt en tiers, joue un grand rôle, & c'eſt lui qui eſt l'hiſtorien des vexations de meſſieurs, dont il choiſit les plus criantes & les plus connues. Il eſt à ſouhaiter, ſi les faits ſont vrais, que ce pamphlet puiſſe être aſſez répandu, pour démaſquer tant de magiſtrats pervers, & les obliger au moins à ſe défaire de leurs charges.

Il paroît que l'auteur a choiſi l'abbé *Sauveur* pour le premier de ſes interlocuteurs, comme un bon homme ſans malice, qui ſe laiſſe aller ſeu-lement à l'exemple, & qui feroit honnête, s'il vivoit avec des confreres qui le fuſſent.

12 *Avril.* Meſſieurs de la chambre des comptes

ont rempli aujourd'hui la religieuse cérémonie annuelle qui a lieu conftamment à pareil jour. Le famedi, veille du dimanche des rameaux, ils fe tranfportent en corps à la Sainte-Chapelle : on y chante une grand'meffe en mufique, & à la fin meffieurs vont après trois génuflexions baifer la vraie croix : c'eft le nouveau tréforier qui la leur a préfentée cette fois.

Le fieur *le Gros*, qui n'avoit point voulu chanter à l'opéra fur la fin, a retrouvé fa voix pour cet acte de piété, & a brillé durant la meffe.

On a remarqué avec douleur que les membres de la chambre qui affiftoient autrefois en foule à cette adoration périodique, s'en exemptent affez légérement depuis quelques années, & fur-tout qu'à celle-ci il y avoit très-peu d'adorateurs.

12 *Avril*. M. *Jolas*, avocat aux confeils, peu connu, vient d'être interdit & d'acquérir tout-à-coup une grande célébrité. Il eft queftion de mémoires qu'il a faits pour un fieur *Defaftre* paffé en Pruffe, y ayant obtenu la confiance de ce fouverain, & qu'il avoit mis à la tête de fes finances, enfuite chaffé, &c. Il y a dit des chofes qui ont paru indirectement injurieufes à S. M. Pruffienne.

Fenouillet de Clofey, fon avocat adverfe, a relevé ces paragraphes, les a raffemblés, & a fait voir combien ils bleffoient la majefté du trône, & les magiftrats les ont fans doute regardés comme tels, quoique M. *Jolas* prétendit qu'ils étoient inféparables de fa caufe, & que c'étoit fon adverfaire qu'on devoit regarder comme le vrai coupable, puifque, par la méchanceté avec laquelle il les avoit réunis & présentés , il leur donnoit une exiftence nouvelle & les divulguoit.

13 *Avril.* On peut fe rappeller la rixe du fieur *Neuville*, directeur de la comédie de Rouen, avec un perruquier. Comme celui-ci n'eft pas mort de fes bleffures, l'hiftrion n'avoit été condamné qu'à — un banniffement perpétuel , à trente mille francs de dommages envers le roi, &c.

Il faut fe rappeller auffi qu'un M. *Couronne*, le magiftrat qui auroit dû informer le premier du délit , avoit été interdit pour fa négligence.

Quant à celui-ci , le confeil ayant demandé les motifs de l'arrêt du parlement de Rouen , ils ont été trouvés infuffifants , & l'arrêt a été caffé comme rendu *ab irato* , par humeur.

A l'égard du fieur *Neuville*, il pourfuit auffi la caffation de fon arrêt au confeil , & vient de fe conftituer prifonnier.

14 *Avril. Monfieur* vient de donner une marque de fon goût pour les lettres , en commandant au fieur *Didot* , renommé pour fes chef-d'œuvres typographiques , une nouvelle édition de la *Jerufalem délivrée du Taffe* , contenant feulement le texte original en deux volumes in-4°. L'ouvrage fera orné de quarante eftampes , & d'un frontifpice dont ce prince a défigné lui - même les fujets. Les deffins en feront faits par M. *Cochin* , & la gravure par M. *Tilliard* , qui promet de fe rendre févere fur le choix de fes coopérateurs. La réunion de talents auffi diftingués promet au public une édition digne à tous égards de paffer à la poftérité.

Monfieur , après en avoir retenu cinquante exemplaires pour lui & pour la famille royale , a permis qu'on reçût des foufcriptions pour cent cinquante exemplaires feulement , qui coûteront douze louis chaque.

14 *Avril.* Le mercure de France eft comme ces monftres voraces , qui ne groffiffent que par la dévaftation & le carnage : on a vu combien ce journal deftructeur a déja abforbé de fes fem- blables. Aujourd'hui que par la paix il manque d'aliments , il menace d'en engloutir encore deux autres. L'un eft le *Journal de la librairie* , qui contient la notice exacte des livres nouveaux , de la mufique , des eftampes & des arrêts ; de l'invention du fieur D. *Pierres* , imprimeur or- dinaire du roi : afin de ne point perdre de ter- rein , le Mercure charge fa couverture, qui eft aujourd'hui d'un gris fale , de ce journal.

L'autre eft la *Gazette des Tribunaux* de M. *Mars*, avocat : celui-ci lui fert à remplir le vuide de la politique.

Enrichi de toutes ces dépouilles , le Mercure n'en eft pas moins fec , moins aride , moins monotone, moins ennuyeux, qualités qui , malgré les formes de toute efpece qu'on lui a fait prendre depuis plus d'un fiecle qu'il exifte , tiennent fans doute tellement à fon effence qu'il ne peut les perdre.

14 *Avril. Actions furvivancieres inftituées avec l'agrément du roi , par leurs alteffes férénif fimes monfeigneur le duc & madame la ducheffe de Chartres* , en faveur des officiers , employés , ren- tiers viagers, grevés de fubftitutions, douairiers & fimples ufufruitiers qui defireroient affurer , après leur décès , un capital difponible , pour fervir de gage à leurs créanciers , de legs à des parents , amis , ou domeftiques , & en cas de mariage ,

de douaire à leurs femmes , de patrimoine à leurs enfants.

Tel eft le *profpectus* d'un emprunt indéfini , imaginé par leurs alteffes , extrêmement compliqué , & qui exige une longue méditation avant d'être compris.

15 *Avril.* On commence à s'entretenir de la nouvelle falle de la comédie italienne , du moins quant aux entours & à l'extérieur ; car les dedans n'ont pas encore été vus par beaucoup de monde.

On s'apperçoit d'abord du premier défaut fenfible aux plus ignorants , c'eft que la façade auroit été infiniment mieux préfentée du côté du boulevard , & que c'eft une mal-adreffe impardonnable d'avoir eu égard à la délicateffe des hiftrions qui ne vouloient , difoient-ils , avoir rien de commun avec les fpectacles forains établis dans cette partie de Paris.

Un fecond défaut , c'eft d'avoir laiffé ce monument à la difpofition d'un particulier qui , travaillant pour fon compte & fans aucun égard aux grandes vues qui doivent diriger en pareil cas l'adminiftration , n'a fongé qu'à l'édifice , fans s'occuper des acceffoires & des avenues.

De là point de rue en face du périftille ; de là nul point d'optique , la place qu'on y a conftruite n'ayant pas l'étendue qu'il lui faudroit , & n'étant guere plus grande que la cour d'un grand hôtel particulier.

On n'entre dans cette place que par deux rues latérales , courtes & étroites , de forte que le fpectateur ne peut faifir au premier coup d'œil l'enfemble du bâtiment , d'ailleurs enterré par l'excef-

théatre , & en recherchant des aplaudissements prématurés , se mette dans le cas de n'en pas obtenir plus tard. Son instrument est le violon. Il y hasarde des difficultés dont la recherche pénible pourroit lui gâter la main , au gré des experts.

On a beaucoup admiré M. *Murgeon*, qui a débuté d'une maniere très-heureuse dans le *stabat* de *Pergoleze*. Il a rendu plusieurs morceaux de chant avec beaucoup de justesse & de précision. Il a été fort applaudi.

21 *Avril.* Il paroît constant que le cocher mutilé par le jeune *Choiseul-Meuze* est mort de ses blessures ; que la famille , pour éviter les poursuites de la justice contre lui , a eu recours au roi, qui a ordonné qu'il seroit mis pour vingt ans en prison. On le dit à Pierre-Scize. On veut en outre que la famille ait fait une pension à la veuve & aux enfants.

22 *Avril.* L'art de découvrir & d'exploiter les mines , n'ayant pas en effet acquis en France la perfection dont il étoit susceptible , on a déterminé S. M. à faire examiner dans son conseil les causes de ce défaut de progrès , & les moyens de les accélérer.

On a trouvé que dans le nombre de ceux qui ont obtenu de concessions en ce genre , les uns n'en ont fait aucun usage , d'autres y ont employé sans fruit des fonds considérables ; & que ceux qui ont réussi n'en ont pas tiré tout le profit qu'ils devoient en attendre , par la difficulté de rencontrer des directeurs intelligents. On a rapporté qu'au contraire les états voisins retiroient un grand avantage de cette espece d'industrie.

On a reconnu que ce n'étoit pas assez de donner des encouragements à ceux qui voudroient se livrer à la recherche & exploitation des minéraux, qu'il falloit encore former des sujets pour conduire des ouvrages avec autant de sûreté que d'économie, & que le seul moyen d'y parvenir étoit de créer une *école des mines*.

En conséquence il a été ordonné de nommer deux professeurs pour enseigner les sciences relatives aux mines & à l'art de les exploiter. Les éleves qui auront suivi pendant un temps déterminé ces professeurs & subi les examens prescrits, & auront été reconnus pourvus de la capacité nécessaire, auront un brevet de *sous-ingénieur des mines*.

S. M. destine chaque année une somme de 3,000 mille livres pour douze places d'éleves, à raison de 200 livres chacune, en faveur des enfants des directeurs & des principaux officiers des mines, qui n'auroient pas assez de fortune pour les envoyer étudier à Paris. Le surplus sera distribué en prix.

La nouvelle école sera sous l'inspection de monsieur *Douet de la Boullay*, intendant-général des mines, minieres & substances terrestres de France.

22 *Avril.* Par le décompte fait à l'académie royale de musique de la dépense & recette de l'année dramatique, il se trouve que, quoique l'administration n'en ait pas été à beaucoup près aussi parfaite qu'elle pourroit l'être, le gouvernement, toujours obligé de venir à son secours de 50,000 écus au moins, en sera quitte à moins de 50,000 livres, économie dont il n'y avoit pas encore d'exemples dans les fastes de l'opéra. Cependant, malgré le succès du régime actuel, on

K 3

vrages de cet excellent artiste, qui a beaucoup travaillé.

L'académie a perdu presque en même temps un autre membre en la personne d'André Bardon, peintre, directeur perpétuel de l'académie de Marseille, membre de celle des belles-lettres, sciences & arts de la même ville. Celui-ci étoit plus pour la théorie que pour la pratique; il a écrit sur son art sinon avec goût, au moins savamment & avec intelligence : il a composé aussi des ouvrages de littérature, & même de vers.

17 *Avril.* Les personnages qui figurent dans la nouvelle correspondance au sujet des épices, des secretaires & autres brigandages du palais, sont M. le garde-des-sceaux , dont l'auteur disposé à tout voir en mal , représente la Finesse, comme fausseté; la Patience , comme pusillanimité; la Douceur, comme foiblesse.

Vient ensuite le premier président d'Aligre , qu'il peint comme un vilain, un avare , un homme sans mœurs , joignant à l'indécence l'incapacité ; se laissant mener par son secretaire Dufour , dont il tolere & autorise les friponneries qu'il ne peut ignorer.

Presque tout le grand banc est passé en revue. On reproche à M. d'Ormesson sa lâcheté d'avoir accepté le partage des fonctions de la première présidence , sans en avoir aucun honorifique , de n'être que l'homme de peine de M. d'Aligre.

M. Saron est un académicien qui lit dans les astres, & ne sait pas ce qui se passe à ses pieds. M. de Fleuri est le plus faux de la famille , & c'est beaucoup dire.

M. Gilbert est une bonne dupe qui donne dans

tous les panneaux qu'on lui tend, & redoute sa femme comme son précepteur.

M. Pinon est un homme foible qui craint le bruit.

M. de Rozambo, gendre de M. de Malesherbes, n'a qu'un feu de mousquetaire (il s'étoit fait militaire durant la suppreffion) : il aime bien mieux les foyers des spectacles, les habits gris & les boudoirs, que la robe & les fleurs de lis du palais.

M. de Lamoignon même, dont on loue le zele & le désintéreffement, n'est pas épargné fur les menées de son ambition sourde & active.

Le président de Guibeville, honoraire des requêtes, qui pourroit se difpenfer de venir au palais, est la petite pofte du préfident d'Ormeffon, comme l'abbé Sabbathier est l'efpion des enquêtes.

M. le Fevre d'Ammecourt est le major de la compagnie. C'eft le plus intrigant perfonnage du parlement ; c'eft un prothée qui tourne à tout vent, qui change cent fois de forme, & n'en conferve aucune.

Meffieurs Chouart, Titon, Nouet, l'abbé de l'Attaignant, l'abbé Tandeau, l'abbé Pommier, tiennent auffi leur rang dans ce tableau, & l'on révele des anecdotes concernant chacun d'eux qui ne leur feroient pas honneur fi elles étoient bien avérées.

M. de Chavanne, le doyen, est le seul épargné, le seul exalté pour son honnêteté & son fincere amour de la juftice.

Une anecdote bien finguliere, dont on parle depuis long-temps, & qu'on donne ici comme très-conftante, c'eft que le premier préfident touche tous les ans 150,000 liv. de la cour pour dif-

tribuer dans la grand'chambre à son gré, suivant
qu'il juge néceslaire de se concilier certains membres, & de les attacher à son parti. Il s'ensuivroit
à peu près la même corruption que dans le parlement d'Angleterre.

Le résultat est qu'au moyen de tous ces arcs-
boutans, de tous ces bastionnaires de la grande
chambre, les efforts des enquêtes & requêtes
seront vains ; qu'on surprendra la religion du roi ;
qu'on lui fera entendre que tout est au mieux pos-
fible ; qu'il n'y a point d'abus au palais ; que c'est
une vision creuse des jeunes gens, & que dans le
fait tout restera comme il est, ou plutôt ira de
plus mal en plus mal.

17 *Avril.* Il a été question dans les papiers
étrangers d'un *automate, joueur d'échecs* ; on n'en
parloit plus depuis long-temps. Il vient d'arriver
à Paris, digne théatre où il pourra s'exercer devant les connoiffeurs.

C'est un M. *Anthon* qui l'a conduit de Vienne
ici, & le public pourra commencer à le voir pour
la premiere fois lundi 21.

Cet *automate* représente une figure d'homme
de grandeur naturelle, habillée à la turque, &
affise derriere une commode, sur laquelle est
placé l'échiquier ; il joue une partie aux échecs
avec la premiere personne de la compagnie qui
se présente. Avant que de commencer la partie,
M. *Anthon* ouvre toutes les portes de la commode pour en faire voir l'intérieur, dont la plus
grande partie est composée de rouages, leviers,
cylindres, cadrans, refforts, &c. ; les portes re-
fermées, l'automate commence sa partie.

Ce spectacle paroît bien supérieur aux autres
méchaniques déja connues, au *canard qui digere*,

au flûteur &c. en ce qu'il s'agit ici non-feulement d'opérations phyfiques , mais d'opérations intel-lectuelles foutenues.

17 *Avril.* Meffieurs *Piis & Barré* depuis fix mois étoient chargés de faire le compliment d'ou-verture de la nouvelle falle du théatre italien ; mais ils annoncent que ce ne feront plus eux, tant ils redoutent la critique. On dit que c'eft le fieur *Sedaine* qui les remplace.

18 *Avril.* Depuis qu'on s'occupe de la réforme du palais & fur-tout depuis la brochure dont on a parlé, il eft finguliérement queftion du fieur *Dufour* , l'un des fecretaires du premier préfi-dent , qu'on appelle plaifamment dans ce pam-phlet *le premier préfident des fecretaires.* Les fri-ponneries qu'on en révele ont tellement indigné les clercs du palais & autres jeunes gens , que dimanche dernier , comme le fieur Dufour fe promenoit , on fe le montroit au doigt & l'on difoit..... *Ah ! le voilà , le voilà....* Il a voulu faire bonne contenance; mais la foule groffiffant & le pourfuivant , il a été obligé de gagner la porte & de s'échapper , ce qui a fait courir le bruit que fon maître avoit reçu ordre du roi de le chaffer.

18 *Avril.* Comme M. *le Fevre* a l'honneur d'appartenir à M. le duc *d'orléans* ou du moins à madame *de Monteffon* , en qualité de fecretaire de fes commandements ; qu'il préfide aux fpec-tacles de cette dame , & vraifemblablement lui donne fes confeils fur les divers ouvrages qu'elle compofe ; que d'ailleurs elle s'intéreffe forte-ment à lui; qu'elle l'a marié & lui a procuré une fortune , elle a été fort touchée des tergi-verfations de l'ambaffadeur d'Efpagne , & de la

comte *de Vergennes* avoit propofé à fa majefté d'abord M. *le Fevre d'Ammecourt*, enfuite monfieur *de Calonne*, d'autres ajoutent M. *Foulon*, & que le roi n'ait voulu d'aucun de ces meffieurs comme notés dans le public & lui étant défagréables.

Quoi qu'il en foit, *Louis XVI* en efpere mieux fans doute que ces partifans fi zélés de la gloire de M. *d'ormeffon*. Il continue à fe féliciter de l'avoir choifi. *Pour le coup*, s'eft écrié fa majefté, *on ne dira pas que ce foit la cabale qui ait fait nommer celui-ci.*

19 *Avril.* Le fieur de *Beaumarchais*, qui aime à entretenir toujours le public de lui, ne pouvant obtenir de faire jouer à la comédie françoife fon *mariage de Figaro*, comme une piece trop orduriere, a imaginé de folliciter madame la duchefle *Jules* de vouloir bien permettre qu'on l'exécute devant elle, afin d'en juger. Il fe flatte que toutes ces vilainies pourront paffer à la faveur du jeu brillant des acteurs, & que fi cette favorite de la reine lui accorde fa protection, le crédit de cette dame l'emportera fur les magiftrats trop féveres.

20 *Avril.* Il eft queftion d'établir une *Ecole des mines*, à l'inftar de celles qui ont été fondées avec beaucoup de fuccès fous le feu roi pour les ponts & chauffées. On parle d'un arret du confeil rendu à cet effet le 19 mars. Cette inftitution, imaginée fous le miniftere de M. de *Fleuri*, eft fans doute une des meilleures qu'il ait formées, & lui doit faire honneur.

21 *Avril.* Les débouchés de la nouvelle falle du théatre italien étant étroits, le bureau des finances de la généralité de Paris a cru, pour la

fûreté publique, devoir rendre une ordonnance le 21 du mois dernier, concernant le placement des bornes dans les rues adjacentes.

21 *Avril*. Il continue à débuter au concert spirituel différents virtuoses qui viennent tous les ans faire l'admiration du public. Beaucoup de cette espece y ont paru depuis peu.

M. *Ficher* a chanté plusieurs morceaux de basse; l'étendue de sa voix a causé un étonnement général : il descend jusqu'au *ré*. Malgré ce tour de force, il n'a pas brillé dans ces deux morceaux : on a trouvé sa voix quelquefois un peu sourde, principalement dans les passages où il se rencontroit des roulades. Peut-être auroit-elle mieux convenu à quelque air d'un tout autre caractere.

M. *Pin* le fils, qui a été page de la musique du roi, a touché avec assez de précision, sur le forte-piano, un concerto de sa composition ; mais il ne fait qu'annoncer d'heureuses dispositions, & il doit regarder comme de simples encouragements les battements de main qu'on lui a prodigués.

M. *Michault*, âgé au plus de dix-huit ans, ayant joué un concerto de violon avec beaucoup de justesse, a été très-bien accueilli, mais toujours à raison d'espérances flatteuses qu'on en a conçues.

C'est ainsi que M. *de Vienne*, déja goûté il y a un an, par la belle qualité de son qu'il tire de sa flûte & par la netteté de son embouchure, a paru avoir fait des progrès considérables qui lui ont valu de nouveau le suffrage des amateurs.

On a été fâché que M. *corkh*, pour ainsi dire encore enfant, paroisse trop tôt sur ce brillant

K 2

n'a pas été trouvé une chose triste , mais une
triste chose : il n'étoit pas besoin d'une cabale
pour faire tomber ce morceau de musique, très-
plat en lui-même, & incapable de se soutenir.

26 *Avril*. M. le duc *de Choiseul* avant de livrer
aux comédiens italiens la nouvelle salle , a voulu
y faire faire une répétition de la piece qu'on doit
y jouer pour l'ouverture , intitulée : *Thalie à la
nouvelle salle* , dont on a dit que les paroles
étoient du sieur *Sedaine* , & la musique du sieur
Gretry. C'est jeudi que la fête devoit avoir lieu ;
mais, comme il n'avoit pas fait au maréchal duc
de Richelieu , le supérieur en exercice de ce spectacle , la politesse convenable , celui-ci leur a
défendu de se rendre au désir de l'ex-ministre. Il
y a eu des lettres vives écrites de part & d'autre,
à ce qu'on assure , & le duc de Choiseul a été
obligé de s'en tenir à un simple concert; ce qui
a singuliérement mortifié ce magnifique seigneur,
qui avoit invité beaucoup de monde. Il a été
si piqué , qu'il n'a pas voulu que les acteurs y
fissent aucune répétition particuliere , & qu'il ne
leur livrera les clefs que la nuit du dimanche au
lundi, à minuit, rigoureusement aux termes du
traité.

26 *Avril*. On raconte à l'occasion de la mort
de Mad. *d'Epinay* , une anecdote peu connue ,
& qui indiqueroit dans *Rousseau* un esprit de
vengeance, de méchanceté , de noirceur, dont
sans doute il sera accusé dans ses confessions à
l'époque où il parle de cette dame. On a dit
qu'il en avoit été très-amoureux : lors de leur
rupture , fondée sur un motif assez léger, & injuste de la part de celui-ci , il affecta de renvoyer
à Mad. d'Epinay quelques meubles qu'elle lui

avoit prêtés, & de mettre au cul de la charrette
le portrait de cette amante, la face tournée du
côté de tous les paſſants, afin que perſonne ne
l'ignorât.

27 *Avril.* La nouvelle ſalle de la comédie
italienne, préſente un bâtiment iſolé ſur trois
faces ; la principale donne au midi, ſur une place,
& les deux autres ſur les nouvelles rues de *Favart*
& de *Marivaux* ; il y a auſſi une rue de *Gretry* :
honneur diſtingué accordé à ce muſicien.

Depuis l'ordonnance du bureau des finances on
a proviſoirement poſé des barrieres, en attendant
un trotoir ou parapet, lequel doit être établi pour
les gens de pied aux deux côtés latéraux du bâtiment dans les rues de *Favart* & de *Marivaux.*

L'intérieur en paroît aſſez bien pour le coup
d'œil à ceux qui l'ont vu. La ſalle eſt extrêmement dorée, & peut-être trop. Les clabauderies
élevées contre le parterre aſſis des françois, ont
fait qu'on ſera debout à celui des italiens.

Par un nouveau réglement, on ne laiſſera
placer à l'orcheſtre perſonne, dont la coëffure
ou le vêtement pourroit gêner la vue des ſpectateurs.

Il y a trois rangs de loges ſeulement, les premieres & les ſecondes conſacrées au public, les
autres ſeront à l'année.

On comptoit former un quatrieme rang de
loges ; mais une corniche énorme, qui termine
le pourtour de la ſalle dans ſon ceintre, les eût
tellement maſquées, qu'on a pris le parti d'en
faire une ſimple galerie tournante à très-bas prix ;
il y en a cependant quelques - unes encore près
le théatre pour ceux qui ne veulent point être vus,

théatre , & en recherchant des aplaudiſſemens prématurés , ſe mette dans le cas de n'en pas obtenir plus tard. Son inſtrument eſt le violon. Il y haſarde des difficultés dont la recherche pénible pourroit lui gâter la main , au gré des experts.

On a beaucoup admiré M. *Murgeon*, qui a débuté d'une maniere très-heureuſe dans le *ſtabat* de *Per-goleze*. Il a rendu pluſieurs morceaux de chant avec beaucoup de juſteſſe & de préciſion. Il a été fort applaudi.

21 *Avril*. Il paroît conſtant que le cocher mutilé par le jeune *Choiſeul-Meuze* eſt mort de ſes bleſſures ; que la famille , pour éviter les pourſuites de la juſtice contre lui , a eu recours au roi, qui a ordonné qu'il ſeroit mis pour vingt ans en priſon. On le dit à Pierre-Scize. On veut en outre que la famille ait fait une penſion à la veuve & aux enfants.

22 *Avril*. L'art de découvrir & d'exploiter les mines , n'ayant pas en effet acquis en France la perfection dont il étoit ſuſceptible , on a déter-miné S. M. à faire examiner dans ſon conſeil les cauſes de ce défaut de progrès , & les moyens de les accélérer.

On a trouvé que dans le nombre de ceux qui ont obtenu de conceſſions en ce genre , les uns n'en ont fait aucun uſage , d'autres y ont em-ployé ſans fruit des fonds conſidérables ; & que ceux qui ont réuſſi n'en ont pas tiré tout le profit qu'ils devoient en attendre , par la dif-ficulté de rencontrer des directeurs intelligents. On a rapporté qu'au contraire les états voiſins retiroient un grand avantage de cette eſpece d'in-duſtrie.

On a reconnu que ce n'étoit pas affez de donner des encouragements à ceux qui voudroient fe livrer à la recherche & exploitation des minéraux, qu'il falloit encore former des fujets pour conduire les ouvrages avec autant de fûreté que d'économie, & que le feul moyen d'y parvenir étoit de créer une *école des mines.*

En conféquence il a été ordonné de nommer deux profeffeurs pour enfeigner les fciences relatives aux mines & à l'art de les exploiter. Les éleves qui auront fuivi pendant un temps déterminé ces profeffeurs & fubi les examens prefcrits, & auront été reconnus pourvus de la capacité néceffaire, auront un brevet de *fous-ingénieur des mines.*

S. M. deftine chaque année une fomme de 3,000 mille livres pour douze places d'éleves, à raifon de 200 livres chacune, en faveur des enfants des directeurs & des principaux officiers des mines, qui n'auroient pas affez de fortune pour les envoyer étudier à Paris. Le furplus fera diftribué en prix.

La nouvelle école fera fous l'infpection de monfieur *Douei de la Boullay*, intendant-général des mines, minieres & fubftances terreftres de France.

22 Avril. Par le décompte fait à l'académie royale de mufique de la dépenfe & recette de l'année dramatique, il fé trouve que, quoique l'adminiftration n'en ait pas été à beaucoup près auffi parfaite qu'elle pourroit l'être, le gouvernement, toujours obligé de venir à fon fecours de 50,000 écus au moins, en fera quitte à moins de 50,000 livres, économie dont il n'y avoit pas encore d'exemples dans les faftes de l'opéra. Cependant, malgré le fuccès du régime actuel, on doute qu'on le conserve tel long-temps. Il ne paroît pas que la forme puisse en être changée cependant à cette époque , & il va reprendre comme ci-devant.

Mais il y a une grande fermentation entre les sujets. Le sieur *le Gros* dégoûté , desireroit sa retraite. La cour voudroit qu'il restât , & ses camarades ne peuvent le souffrir ; ils lui reprochent de la dureté , du despotisme. Il joue un grand rôle dans le *comité* , & est le premier des deux représentant les acteurs copartageants.

Le sieur *Dauberval*, le second des représentants les premiers sujets & le corps de la danse, qui ne se soucieroit pas de quitter , est au contraire en butte à une cabale formée par la Dlle. *Peslin*, qu'il a voulu faire expulser comme trop vieille , ou du moins mettre à la pension comme émérite. Celle-ci a beaucoup de partisans parmi ses camarades , & remue ciel & terre contre le sieur *Dauberval.*

22 *Avril* Le premier emprunt du duc *de chartres* n'embrasse que les prêteurs depuis l'âge de huit ans jusqu'à celui de soixante. Il a voulu donner aussi une amorce aux enfants au dessous, & aux vieillards au dessus par des *sociétés d'actions survivancieres* en leur faveur.

Cet autre *prospectus* concernant cette espece de tontine est encore plus compliqué & plus savant que le premier ; il présente même des difficultés qui ne peuvent guere se résoudre que par les gens de l'art.

23 *Avril.* On voit ici depuis peu un abbé *della Roca* , vicaire-général de l'évêque de l'isle de *Syra* , l'une des Cyclades dans la mer Egée, (une des mers du levant) qui est autorisé par le

gouvernement à faire une quête en faveur des insulaires du diocese.

Ces insulaires, tous catholiques romains, sont très-attachés à la France ; ils en ont donné des preuves, soit dans les temps de peste ou de naufrage, soit dans le cours de différentes guerres qu'elle a eu à soutenir, & sur-tout durant les deux dernieres, en prenant les armes pour défendre & délivrer nos vaisseaux attaqués & poursuivis jusque dans les ports par les pirates ou corsaires ennemis.

Ceux-ci se sont vengés par le ravage des campagnes, l'enlevement des troupeaux, le pillage des habitations, & la dévastation des vignes, seule richesse du pays.

L'excès de la misere a déja déterminé plus de cent familles à se réfugier parmi les Turcs, & les autres feront obligées d'en faire autant, si l'on ne vient à leurs secours.

Le corps des négociants & capitaines de Marseille, s'est empressé d'offrir un témoignage public de leur reconnoissance pour les services qu'ils ont reçus de ces malheureux habitants, & notre ambassadeur à la Porte a certifié les faits aux ministres du roi. En conséquence, S. M. a déja donné l'exemple en étendant ses libéralités sur ce peuple infortuné.

23 *Avril*. Mad. *d'Epinay* vient de mourir. C'est cette femme rendue célebre par *Rousseau*, qui en étoit devenu amoureux, qu'elle logeoit dans son château en un petit bâtiment du jardin destiné pour lui seul, & qu'elle appelloit son *ours*. C'est celle aussi qui tout récemment a été couronnée par l'académie françoise, comme auteur du livre des *Conversations d'Emilie*, à cause de la

K 4

bonne morale qu'il contient, mais au demeurant d'un ennui mortel.

Elle n'avoit jamais été jolie; elle n'étoit plus jeune, & au défaut des aventures galantes sur lesquelles elle avoit peu à compter par sa figure, elle avoit donné dans le bel esprit.

24 *Avril.* Deux nations rivales de notre industrie ont une main-d'œuvre plus chere que la nôtre, & cependant vendent plusieurs de leurs marchandises en concurrence avec les nôtres, ou même obtiennent la préférence; une des raisons principales de ce phénomene de commerce, est que chez ces nations la fabrique est plus simple. A *Amsterdam* & à *Birmingham*, un grand nombre d'instruments, peu connus ou peu communs en France, remplacent les opérations manuelles, & on a observé qu'en Hollande & en Angleterre, à mesure que la main-d'œuvre enchérit, les manufactures & les artisans inventent des machines, des instruments, des procédés qui diminuent le nombre des agents, & en faisant baisser le prix, facilitent le débit.

La nation françoise crée moins en général qu'elle ne perfectionne; elle a enlevé à *Venise* ses glaces, à *l'Italie* ses étoffes de soie. Le Languedoc pourvoit le levant de draps nommés *Londrins*; les étoffes nommées *Velours d'Utrecht*, se fabriquent par nos artisans, tandis qu'on trouve peu d'exemples d'arts inventés en France, & perfectionnés par l'étranger. Il ne faut pas croire cependant que notre nation ait moins d'imagination que d'adresse; mais on est rebuté de découvrir par un préjugé reçu chez nous, ou plutôt par une expérience trop fréquente, que l'on s'enrichit plus dans la pratique d'une méthode reçue qu'en l'imaginant. Il eſt donc utile au progrès des arts & du commerce , d'honorer & d'indemniſer l'auteur de toute invention, qui , en abrégeant le travail , en aſſure le rabais , & multiplie pour le pauvre les moyens de ſubſiſter & de jouir.

Tel eſt l'objet , ſuivant l'excellent mémoire envoyé à l'académie par l'anonyme , du nouveau prix propoſé en faveur d'un *mémoire ſoutenu d'expériences qui tiendra à ſimplifier les procédés de quelque art méchanique.*

24 Avril. Un des principaux griefs de la révolte ſéditieuſe des ſujets de l'opéra contre le ſieur *le Gros*, c'eſt que mécontent du ſieur *Rey*, maître de la muſique , chargé de diriger l'orcheſtre , avec lequel il avoit eu quelque querelle d'intérêt , il vouloit le déplacer pour lui ſubſtituer le ſieur *Beck*, arrivé ici depuis quelque temps de Bordeaux.

Ce *Beck* a compoſé un *ſtabat mater*, qui doit être exécuté demain au concert ſpirituel. Il y a une forte cabale des ſujets de l'opéra qui doivent ſe rendre en foule au concert pour en empêcher le ſuccès & le ſiffler.

25 Avril. M. *de la Borde* marie ſa fille au chevalier *d'Eſcars*, capitaine des gardes-du-corps en ſurvivance de M. le comte d'Artois. C'eſt un mariage de vanité de la part de ce banquier. M. le chevalier *d'Eſcars* eſt un cadet qui avoit la croix de malte & la quitta. Du reſte, il eſt ſans fortune, il n'a qu'une abbaye qu'il conſervera fort ſinguliérement. On a obtenu un bref du pape pour réunir ce bénéfice à l'évêché *de Quebec* ; & attendu que le Canada eſt aux Anglois, on ne ſnomme point à cet évêché, dont M. *d'Eſcars* eſt ſeulement établi par le roi adminiſtrateur tempo-el & ſéqueſtre ; ce qui lui donne la facilité d'en toucher les revenus & de les manger. On prétend que depuis *Louis XIII*, on ne s'étoit point aviſé de cette ſinguliere tournure.

25 Avril. La cour a voulu voir le ſieur *Anthon* & ſon automate, en ſorte qu'on ne peut encore en jouir à Paris.

M. le duc de *Bouillon* s'eſt préſenté pour jouer aux échecs contre lui. Voici le méchaniſme de cette figure. Elle porte la main ſur une des pieces, la ſaiſit des doigts, la tranſporte ſur une autre caſe, l'y lâche & retire ſa main pour la repoſer ſur un couſſin qui ſe trouve près de l'échiquier ; elle donne échec, & elle en avertit ſon adverſaire en faiſant ſigne de la tête trois fois, ſi c'eſt la reine. Si ſon adverſaire fait une fauſſe marche, elle ſecoue la tête, prend la piece mal jouée, & la remet à ſa place ; mais alors le coup de l'adver-ſaire eſt perdu, parce que l'automate joue ſon coup immédiatement après. Si de part ou d'autre l'on donne échec & mat, & qu'enſuite on voulût jouer encore un coup, il refuſe en ſecouant la tête.

La partie finie, il fait la marche du cavalier de la maniere ſuivante. Après que l'on a ôté toutes les figures de l'échiquier, quelqu'un des ſpectateurs prend un cavalier, le met ſur une caſe qu'il choiſit à ſon gré ; auſſi-tôt l'automate le prend & parcourt toutes les ſoixante-quatre caſes, en montrant chacune avec le cavalier, & ſautant du blanc au noir & du noir au blanc, ſans venir deux fois ſur la même caſe ; de quoi

l'on peut s'affurer , en marquant d'un jeton
chaque cafe fur laquelle il a été : revenu à la
premiere cafe dont il eft parti, il y lâche le cavalier & en retire fa main.

M. le duc de Bouillon a éprouvé tout cela ;
il a gagné l'automate moins par la force de fon
jeu que par la complaifance de l'adverfaire, qui
a montré de l'intelligence & des combinaifons
fupérieures dans le fien.

Après la partie , ce feigneur a demandé à l'automate s'il joueroit bien contre le fieur *Philidor*,
qui paffe pour le plus fameux joueur de l'Europe.
L'automate a répondu en montrant fur une table
d'alphabet fucceffivement , les lettres qui écrites
ont fait fa réponfe : *je ne fuis pas digne de me*
mefurer contre un fi habile joueur.

25 *Avril.* La piece de *Dom Carlos* , jouée
mardi chez Mad. *de Monteffon* avec une grande
affluence, n'a pas extrêmement réuffi. Les deux
premiers actes ont été plus applaudis que les trois
derniers , froids & languiffants : le dénouement
eft ce qu'on a trouvé de mieux. Du refte, point
d'intelligence de la fcene , une grande incorrec-
tion dans le ftyle, de petits moyens dans l'intrigue
& très-peu de vers faillants. Voilà comme s'ex-
priment aujourd'hui les amateurs qui n'ofoient
alors s'expliquer auffi ouvertement.

On n'a rien obfervé dans le cours de la piece
qui ait pu déplaire à M. l'ambaffadeur d'Efpagne
ou à fa cour. L'objet de cette repréfentation eft
fur-tout de forcer la main à ce miniftre, & de
l'obliger de s'expliquer cathégoriquement.

26 *Avril.* Le *ftabat* de M. *Beck* , dont une
partie a été exécutée hier & l'autre aujourd'hui,

n'a pas été trouvé une chose triste , mais une triste chose : il n'étoit pas besoin d'une cabale pour faire tomber ce morceau de musique, très-plat en lui-même, & incapable de se soutenir.

26 *Avril*. M. le duc *de Choiseul* avant de livrer aux comédiens italiens la nouvelle salle , a voulu y faire faire une répétition de la piece qu'on doit y jouer pour l'ouverture , intitulée : *Thalie à la nouvelle salle* , dont on a dit que les paroles étoient du sieur *Sedaine*, & la musique du sieur *Gretry*. C'est jeudi que la fête devoit avoir lieu ; mais , comme il n'avoit pas fait au maréchal duc *de Richelieu*, le supérieur en exercice de ce spectacle , la politesse convenable , celui-ci leur a défendu de se rendre au désir de l'ex-ministre. Il y a eu des lettres vives écrites de part & d'autre , à ce qu'on assure , & le duc de Choiseul a été obligé de s'en tenir à un simple concert ; ce qui a singuliérement mortifié ce magnifique seigneur, qui avoit invité beaucoup de monde. Il a été si piqué , qu'il n'a pas voulu que les acteurs y fissent aucune répétition particuliere , & qu'il ne leur livrera les clefs que la nuit du dimanche au lundi , à minuit , rigoureusement aux termes du traité.

26 *Avril*. On raconte à l'occasion de la mort de Mad. *d'Epinay*, une anecdote peu connue , & qui indiqueroit dans *Rousseau* un esprit de vengeance , de méchanceté , de noirceur, dont sans doute il sera accusé dans ses confessions à l'époque où il parle de cette dame. On a dit qu'il en avoit été très-amoureux : lors de leur rupture , fondée sur un motif assez léger, & injuste de la part de celui-ci , il affecta de renvoyer à Mad. d'Epinay quelques meubles qu'elle lui

avoit prêtés , & de mettre au cul de la charrette
le portrait de cette amante , la face tournée du
côté de tous les paffants ,, afin que perfonne ne
l'ignorât.

27 *Avril.* La nouvelle falle de la comédie
italienne , préfente un bâtiment ifolé fur trois
faces ; la principale donne au midi, fur une place,
& les deux autres fur les nouvelles rues de *Favart*
& de *Marivaux* ; il y a auffi une rue de *Gretry* :
honneur diftingué accordé à ce muficien.

Depuis l'ordonnance du bureau des finances on
a provifoirement pofé des barrieres , en attendant
un trotoir ou parapet , lequel doit être établi pour
les gens de pied aux deux côtés latéraux du bâtiment dans les rues de *Favart* & de *Marivaux.*

L'intérieur en paroît affez bien pour le coup
d'œil à ceux qui l'ont vu. La falle eft extrêmement dorée , & peut-être trop. Les clabauderies
élevées contre le parterre affis des françois, ont
fait qu'on fera debout à celui des italiens.

Par un nouveau réglement , on ne laiffera
placer à l'orcheftre perfonne , dont la coëffure
ou le vêtement pourroit gêner la vue des fpectateurs.

Il y a trois rangs de loges feulement , les premieres & les fecondes confacrées au public , les
autres feront à l'année.

On comptoit former un quatrieme rang de
loges ; mais une corniche énorme , qui termine
le pourtour de la falle dans fon ceintre , les eût
tellement mafquées , qu'on a pris le parti d'en
faire une fimple galerie tournante à très-bas prix ;
il y en a cependant quelques - unes encore près
le théatre pour ceux qui ne veulent point être vus,

Le total des spectateurs peut monter à dix-neuf cent trente, savoir :

	Places.	Prix.	Total.
Orchestre pour hommes & femmes au moins.	200 -	6 -	1200.
Balcons pour hommés.	36 -	6 -	216.
Amphithéatre	80 -	6 -	480.
Premieres loges.	168 -	6 -	1008.
Secondes loges	120 -	3 -	360.
Galerie tournante au 4e. pour hommes & femmes.	136 - 1 - 16 -		244.
Parterre, environ.	650 - 1 - 4 -		780.

1309.	4288.

Les petites loges donnent en-
viron. . . . . 540 places . . . . .

27 *Avril.* Les suicides continuent fréquemment. Les médecins & chirurgiens du châtelet,
chargés de l'emploi de visiter les cadavres, assurent qu'il n'y a pas de jour peut-être dans l'année où il n'arrive de ces sortes de malheurs ; mais
on n'en parle point par prudence, sur-tout de
ceux du peuple, à moins qu'ils ne se passent en
public, comme celui d'une femme qui s'est derniérement coupé le cou dans l'église des cé-
lestins.

Le suicide d'un M. de *Mobert*, conseiller de
l'élection, fait plus de bruit, & par son auteur,
& par sa singularité, & par la jurisdiction à laquelle il avoit l'honneur d'appartenir.

La fonction principale de ces conseillers est de
faire la répartition de ces impôts dans les villages.
On s'étoit plaint de celle faite par M. *Mobert* dans
une partie qui le concernoit ; les habitants vouloient même réclamer contre, & le procureur qui

en étoit chargé , l'en avoit prévenu. Il n'a pu ré-
fifter à l'idée de cette injuftice & aux reproches
qu'on lui faifoit. Il eft allé à Charenton, il s'y
eft foulé ivre mort , afin fans doute de fe mieux
monter la tête ; il a auparavant écrit plufieurs
lettres, dont entr'autres une à M. le lieutenant de
police ; il eft allé enfuite pour fe jeter par deffus
le pont : un charretier a penfé l'écrafer , l'a gour-
mandé fur ce qu'il s'étoit mis dans le cas d'être
roué. *Vous auriez bien fait , mon ami,* lui a-t-il
répondu. Enfin , une femme le voyant s'effayer à
fe jeter par deffus le pont , lui a crié de prendre
garde , que cet endroit étoit le plus périlleux de
la riviere , qu'on n'en pourroit échapper. Ces menaces l'ont encouragé & il a fait le faut périlleux.
Il a ôté fon habit noir , a mis dans fes poches
fa montre & fon argent avant de fauter : il laiffe
vingt mille livres de rentes. Il étoit garçon ;
pauvre tête il eft vrai.

27 *Avril.* M. *de la Borde* donne à fa fille , le
feul enfant de ce fexe qu'il ait & qu'il aime beaucoup , un million comptant ; il lui affure un million à fa mort , & loge , nourrit , &c. le mari &
la femme tant qu'ils voudront.

27 *Avril.* Quoique le régime de l'opéra refte
le même à l'extérieur, le fieur *Morel* en va dé-
formais être le directeur véritable , fans titre. Le
comité a ordre verbal de ne rien faire fans fes
confeils ; & quand il veut quelque chofe , il met
toujours en avant le miniftre. Ce *Morel* a d'ailleurs
la manie d'être auteur ; il a fait ou refait deux
ou trois poëmes , & par fon crédit les fera paffer
fans doute avant les autres. Le fieur *Goffec* eft fon
muficien attitré , & le fieur *Suard* fon blanchif-
feur.

28 *Avril.* Du 9 avril 1782 au 5 avril 1783, durée de la derniere année dramatique, les parts des comédiens françois ont été de vingt-deux mille trente livres & plus, ce qui est sans exemple à ce théatre. La nouvelle salle & plus de travail du côté des acteurs leur ont valu cette augmentation. En ouvrages neufs ils ont joué quatre tragédies en cinq actes, deux comédies en cinq actes, trois comédies en trois actes, une comédie en deux actes, quatre comédies en un acte. Ce qui fait quatorze nouveautés.

Ils ont remis en outre trois tragédies en cinq actes, une tragédie en trois actes, une comédie en cinq actes, une comédie en trois actes, une en deux actes, une en un acte, en tout huit pieces remises.

Outre ces ving-deux ouvrages, les comédiens ont représenté à la cour deux tragédies: l'une nouvelle, *Electre*, par M. *de Rochefort*, & l'autre ancienne, *Venise Sauvée*, par M. *de la Place*.

28 *Avril.* Tout devient épidémique dans ce pays-ci, les bonnes & mauvaises institutions, les bons & mauvais exemples. Le goût & la nouveauté font les grands mobiles de notre nation légere, qui fait le mal sans méchanceté, & le bien sans un cœur plus excellent que celui des autres.

La fureur est aujourd'hui de mettre tout en hôpital, depuis que madame *Necker*, à l'aide de son mari, a fait des prosélytes en ce genre de commisération.

Plusieurs paroisses, à l'instar de Saint-Sulpice, ont établi des hospices pour les malades & dernièrement celle de Saint-Médéric.

Quelques voisins du nouvel hospice ont cru devoir s'opposer par la voie juridique à son établissement, dans la crainte des maladies contagieuses qui pourroient résulter d'un pareil voisinage.

M. *Bosquillon*, docteur-régent de la faculté de médecine de Paris, lecteur du roi, professeur en langue grecque au college royal, invité vraisemblablement par le curé, les marguilliers, & autres fondateurs & coopérateurs de l'établissement, a fait un mémoire défensif, dont l'objet est de prouver que cet hospice, de la plus grande utilité pour les pauvres, ne peut nullement nuire à la salubrité de l'air.

29 Avril. Madame *Todi* & madame *Mara*, qui, pendant tout le temps qu'a duré le concert spirituel, ont chanté alternativement & quelquefois le même jour, se sont enfin livré dimanche un dernier assaut, où toutes deux ont été applaudies à tout rompre.

Il est certain que madame *Mara* a l'organe infiniment supérieur, que les connoisseurs les plus difficiles, les étrangers qui ont le plus voyagé, assurent qu'il n'y en a pas deux de cette espece; sûreté, netteté, pureté, aisance, étendue, elle a toutes ces qualités au suprême degré; elle se joue des difficultés, elle excelle dans les airs de bravoure; mais madame *Todi* a infiniment plus de sensibilité & la surpasse de beaucoup dans le *cantabile*; en un mot, la premiere n'est que cantatrice; c'est peut-être la plus parfaite qu'on ait entendu pour flatter l'oreille; la seconde remue le cœur & le pénetre. Une dame balançant

la couronne entre elles deux , a fait à cette occafion le madrigal fuivant.

Todi , par fa voix touchante
De doux pleurs mouille mes yeux ;
Mara , plus vive , plus brillante
M'étonne , me tranfporte aux cieux.
L'une & l'autre ravit , enchante ;
Et celle qui plaît le mieux ,
Eft toujours celle qui chante,

Ces deux chanteufes ont auffi donné lieu à un
calembour de la part d'un amateur à qui l'on demandoit celle qu'il aimoit le mieux ; il répondit :
Ah ! c'eft bientôt dit (c'eft bien Todi.)

29 Avril. La récapitulation des ouvrages donnés au théatre lyrique jufqu'à la vacance , annonce
auffi beaucoup de zele & d'activité de la part du
comité & des fujets exécutants , d'autant qu'il
y en a eu de tous les genres , allemands , françois , italiens. Le détail confifte en fix ouvrages
nouveaux , deux remis avec des changements
confidérables , dix autres enfin mis au courant
du répertoire.

On a fait en outre les répétitions de plufieurs ouvrages qu'on a effayés , acceptés ou
rejetés.

29 Avril. Relation de la féance de l'académie
royale des infcriptions & belles-lettres pour fa
rentrée publique d'après pâque , aujourd'hui mardi.

On a été furpris de voir à cette affemblée infiniment plus de monde que de coutume , beaucoup de femmes fur-tout , les tribunes prefque

toujours défertes en étoient garnies, quelques-
unes même s'étoient répandûes dans la falle, &
le cercle des étrangers de diftinction étoit confidérable.

Tel eft l'effet de la nouveauté & du zele d'un
homme intelligent. On étoit envieux d'entendre
le fecretaire qui a remplacé M. *Dupuy* ; & il a
fort à cœur d'imiter fes confreres des autres académies, & d'employer, s'il le faut, jufqu'à leur
charlatanerie pour affimiler fa compagnie aux
leurs & en rendre les féances aufli courues, aufli
fêtées ; en conféquence il a cherché à attirer le
fexe, bien fûr que les hommes ne manqueroient
pas d'arriver à fa fuite. Il a aufli introduit l'invitation par billet, qui ne s'eft pas encore trouvée
de rigueur cette fois, mais qui le deviendra fans
doute inceffamment.

Quoi qu'il en foit, ce nouveau fecretaire eft
M. *Dacier*, peu ancien & dont les talents ne
font pas encore bien établis ; cependant, la compagnie l'a préféré à d'autres membres plus connus ou plus méritants, mais dont elle craignoit
le crédit, l'efprit de domination & de defpotifme.

M. *Dacier*, fuivant l'ufage, a commencé par
dire que l'académie avoit propofé pour fujet du
prix à diftribuer dans cette féance, de déterminer :
*Quelle étoit l'étendue des domaines de la couronne
lors de l'avénement de Hugues-Capet au trône ;
quelles poffeffions ce prince y ajouta ; comment &
par quels moyens ces domaines s'accrurent jufqu'au
regne de Philippe-Augufte excluftvement.*

Il a continué : « Les mémoires n'ayant pas fa-
» tisfait pleinement aux vues de l'académie, elle
» propofe de nouveau le même fujet pour pâque

» 1785 , & invite les auteurs à se renfermer
» dans les bornes de la question, sans se livrer à
» des discussions qui ne tendent pas directement
» à l'éclaircir. »

Le secretaire a encore lu l'annonce du sujet
d'un autre prix à distribuer à la Saint-Martin
1784 , qui est d'examiner : *Quel fut l'état du
commerce chez les Romains ; depuis la premiere
guerre punique jusqu'à l'avénement de Constantin
à l'empire.*

Il est passé de suite à *l'éloge de M. Danville.*
Par un concours de circonstances fâcheuses il s'est
trouvé que le défunt étoit aussi membre de l'académie des sciences, & que son secretaire infiniment actif avoit déja rempli son ministere. Encore, si M. *Danville*, comme beaucoup d'autres
savants , eût eu plusieurs genres de travail qui
eussent laissé la liberté de le présenter sous des
aspects différents ! mais il n'avoit jamais été que
géographe ; il n'avoit jamais étudié que la géographie ; il ne s'étoit occupé que d'elle toute sa
vie ; & il falloit absolument revenir sur les mêmes
études , sur les mêmes ouvrages , sur les mêmes
faits ; car , pour surcroît d'embarras, la vie du
défunt uniquement concentrée dans son cabinet,
n'offroit pas même le choix d'une foule d'anecdotes dont les meilleures , sans doute mises en
œuvre par le premier orateur , auroient du moins
laissé au second la faculté de faire briller son art
en faisant valoir les autres , en les enchâssant,
en les présentant sous un point de vue philosophique qui donnât à l'auditeur lieu d'exercer sa
sensibilité ou sa réflexion.

M. *Dacier* n'a donc pu que glaner après son
confrere , en revenant avec lui sur le goût inné

de M. *Danville* pour la géographie ; fur ces cartes
qu'il traçoit dès fon enfance. Il a parlé d'un profeffeur, qui, regardant d'abord ce travail étranger à l'étude du moment, comme une diftrac-
tion ou un jeu, fe difpofoit à le punir, lorfque
frappé de la fagacité & des lumieres de fon
écolier, il l'encouragea par fes louanges, au
contraire, à fuivre une carriere dans laquelle
il montroit tant de difpofitions à courir avec
fuccès.

Lors de la difpute élevée entre les favants fur
la figure de la terre, M. *Danville* prit parti, &
prétendit la déterminer d'après fes connoiffances
& obfervations géopraphiques ; mais les expériences faites fous l'équateur & au pôle s'étant
trouvées abfolument contraires au fyftême du géographe, il fut obligé de convenir de l'infuffi-
fance de fa maniere de juger, que c'étoit dans
les cieux, remarque ingénieufement monfieur
Dacier, qu'il faut apprendre à connoître notre
planete.

M. *Danville* avoit eu pour confeil & pour
guide l'abbé *de Longuerue*, un des plus favants
hommes de fon fiecle, auquel il s'étoit attaché.
Celui-ci, qui n'étoit pas admirateur, très-cauftique
que même & dépréciateur ordinaire des talents,
ne put s'empêcher de rendre juftice à ceux de
fon éleve, & de convenir qu'il en feroit furpaffé.

Le panégyrifte n'a pas omis une circonftance
affez finguliere de la vie de fon héros, fur laquelle n'avoit pas dû pefer le membre de l'académie des fciences pour l'honneur de fa compagnie ; c'eft qu'elle ne l'adopta qu'au moment
prefque où il n'étoit plus en état de travailler, à
l'âge de foixante-quinze ans : il eft vrai que

M. *Dacier* obſerve qu'il n'y a dans cette compagnie qu'une ſeule place pour les géographes ; mais quand on eût fait une exception en faveur de M. *Danville* , elle n'auroit certainement pas tiré à conſéquence.

Tel eſt le petit nombre de faits que s'eſt approprié plus particuliérement M. *Dacier*. Du reſte, il s'eſt fait écouter avec attention ; il a mérité quelquefois & obtenu des applaudiſſements ; il ne court point trop après l'eſprit ; mais il ne le laiſſe point échapper quand il ſe préſente à portée : ſa maniere eſt moins philoſophique , ſon ſtyle moins ferme, moins noble que celui de M. *de Condorcet* ; mais on ne peut le juger encore définitivement ſur cet eſſai , & il faut attendre quelque éloge , où n'ayant point été devancé , il puiſſe n'imiter perſonne & ſe montrer tout entier.

A cet éloge a ſuccédé la lecture d'un *mémoire ſur la marine des Carthaginois*, par M. le Roi. Il y fait voir que les grands vaiſſeaux des anciens ont eu cinq voiles latines , le *Dolan*, *l'Acatian*, *l'Epidrome*, *l'Artimon* & le *Suparum* : par voiles latines on entend des voiles triangulaires ; on s'en ſert particuliérement ſur la Méditerranée, & dans les vaiſſeaux de bas-bord qui vont à la voile & à rames. M. le Roi , pour plus d'intelligence, avoit mis ſous les yeux des ſpectateurs les figures gravées de ces différentes voiles.

Il en a voulu faire l'eſſai & joindre la pratique à la théorie ; cependant il y a fait faire des changements par les conſeils d'un homme de l'art, du ſieur *Midoucet* , capitaine de navire marchand, d'une habileté reconnue, & qui devoit paſſer le duc *d'Harcourt* dans l'expédition méditée en 1719.

Il a fait enfuite gréer ces voiles nouvellement
arrangées fur un canot , & il prouve , ou veut
prouver par des expériences qui ont été faites à
Rouen & à Paris , que fi on les adaptoit au *Pen-*
tecontore impériſſable des Grecs , les marins em-
barqués fur ce bâtiment pourroient , fans s'expoſer
à de grands dangers , parcourir preſque toutes
les mers du globe.

On juge facilement que l'objet de ce mémoire eſt une ſuite de la manie de tous les
amateurs de l'antiquité , y découvrant fans ceſſe
des choſes merveilleuſes & ſupérieures aux découvertes des modernes. Mais M. le Roi ne perſuadera
à perſonne que notre marine ne ſoit pas infiniment meilleure que celle de tous les premiers
peuples navigateurs , & nul des nôtres ne ſera
tenté d'adopter aucune invention de l'enfance de
cet art.

M. l'abbé *Arnaud* a fait part enfuite aux auditeurs d'un *mémoire fur la vie & les ouvrages*
d'Apelle, mémoire qu'il a prétendu rentrer eſſentiellement dans les études de l'académie , ſpéciale-
ment vouée à la recherche des principes , des
progrès , des découvertes , & de l'hiſtoire des arts
chez les anciens.

Après avoir dit un mot de la dignité à laquelle
la Grece éleva les arts du deſſin , l'auteur a parlé
de ſon héros , de ſes premiers pas dans la carriere , de ſes heureux talents & de ſes ſuccès ; il
a inſiſté fur la grace qui lui fut particuliere ; il a
entrepris une diſcuſſion légere de la différence
qui ſe trouve entre le gracieux & la grace : dans
le cours de ſa narration de la vie d'*Apelle* , il n'a
pas oublié les perſécutions qui ſe mélerent aux
honneurs dont cet artiſte fut comblé ; il a inſiſté

fur le cas que faifoit ce grand homme des juge-
ments de la multitude ; il a prouvé qu'il faut
en faire dans tous les arts ; dont l'objet le plus réel
eft de plaire & d'aller au cœur par les fens &
l'imagination ; parmi les anecdotes qu'il a rap-
portées , il n'a fait que reffaffer les anciennes ;
mais il les a rajeunies par fon goût , fa méthode & fa critique : il a diftingué celles auxquelles
on doit ajouter foi , d'avec les autres à rejeter.
Enfin , ce mémoire offre des rapprochements curieux entre les aventures *d'Apelle* & celles de
quelques peintres modernes , & il eft femé de
réflexions & de conjectures fur le degré de perfection où les diverfes parties de la peinture furent
portées chez les anciens.

Le troifieme mémoire lu étoit de M. *de Roche-*
fort. Il roule fur une tragédie de fa façon , imitée
du grec , & intitulée *Antigone.* On connoît l'enthoufiafme de cet académicien pour fes modeles.
Il a d'abord établi que fon fujet étoit un de ces
fujets heureux qui doivent faire fortune dans tous
les temps , dans tous les lieux , & intéreffer tous
les hommes , puifqu'il roule fur la piété facrée de
rendre les derniers devoirs à une perfonne chérie.
Il eft convenu que le fujet étoit trop fimple , &
fans doute un peu nu pour notre théatre. Il a
rendu compte des moyens qu'il a employés pour
l'y adapter. De-là une digreffion fur l'amour ,
paffion que les anciens mettoient rarement en jeu
& que les modernes y mettent trop fouvent ,
parce que tous les caracteres & tous les fujets ne
font pas fufceptibles de cette effervefcence , de ces
effets violents qu'il doit produire. M. *de Rochefort*
n'a pas oublié les chœurs ; & fuppofant affez mal-
à-propos qu'ils euffent beaucoup réuffi dans fon
Electre ,

Electre, il compte encore mieux dans cette piece sur ce reffort vraiment tragique. En un mot, M. *de Rochefort* a dit d'excellentes chofes sur-tout cela ; il s'agit de favoir s'il les aura exécutées auffi bien qu'il les a conçues ; & malheureufement fes effais en ce genre n'ont pas encore été fortunés.

M. l'abbé *Brothier* a fermé la féance par un *Mémoire fur le tableau de Jalifus*, peint par *Protegene*, & fur la peinture à plufieurs enduits, reconnue dans une peinture antique découverte à Smyrne fur la fin du dernier fiecle.

Cet art, qu'on a perdu, confiftoit jufqu'à répéter fept fois le même fujet, de maniere qu'une couche enlevée, il en reftoit une feconde, d'où réfultoit un tableau non moins beau, & ainfi de fuite. Le favant académicien n'a pu entrer dans tous les détails intéreffants d'un pareil procédé ou du moins de fes effets ; l'heure fatale ayant fonné, le directeur lui a coupé impitoyablement la parole, en levant la féance, malgré le vœu du public qui fembloit defirer la fuite du mémoire.

Il eft bien à fouhaiter que le nouveau fecretaire, dans les améliorations qu'il paroît avoir à cœur de procurer à ces féances publiques, faffe fur-tout abolir cet ufage fcholaftique, contre lequel on s'eft déja récrié fi fouvent & trop inutilement.

30 *Avril.* Relation de la féance de l'académie royale des fciences tenue aujourd'hui mercredi pour fa rentrée publique d'après pâque.... Le fecretaire a d'abord, felon l'ufage, fait lecture du programme des prix pour les années fuivantes, après avoir proclamé le feul vainqueur qu'il y ait eu à cette féance, M. *Henri-Albert Goffe*, de Geneve. Le fujet étoit de *déterminer la nature &*

les causes des maladies auxquelles sont exposés les doreurs au feu ou sur métaux, *& la meilleure maniere de les préserver de cette maladie*, *soit par des moyens physiques*, *soit par des moyens méchaniques*. En couronnant le mémoire de monsieur *Gosse*, l'académie annonce qu'elle auroit desiré que l'auteur y eût aussi renfermé des moyens de mettre à l'abri de ces maladies les doreurs de grosses pieces, & elle engage monsieur *Gosse* à tourner ses vues de ce côté important, & à tirer de son fourneau préservateur une utilité plus générale.

La médaille obtenue par M. *Gosse*, est de 1,080 liv. & la premiere décernée depuis la fondation du bienfaisant anonyme qui a légué un fonds de 12,000 liv. dont le revenu doit être appliqué chaque année à pareil usage en faveur d'un *mémoire ou d'une expérience qui rendroit les opérations des arts méchaniques moins mal-saines ou moins dangereuses*.

Le sujet du prix de l'année 1784, déja connu & annoncé, est relatif *aux maladies des ouvriers employés à la fabrique des chapeaux*, *particuliérement de ceux qui secretent*, *& la meilleure maniere de les préserver de ces maladies*, *soit par des moyens physiques ou méchaniques*, *soit par des changements avantageux dans les differentes opérations de leur travail*. Et l'académie propose dès à présent pour le sujet du prix de 1785, de *déterminer la nature & les causes des maladies auxquelles sont exposés les ouvriers qui mettent les glaces au tain*, *& la meilleure maniere de les en préserver par des moyens physiques ou méchaniques*.

« L'académie ne se dissimule pas la difficulté de ce nouveau sujet, par la nature des opérations

» des ouvriers qui mettent les glaces au tain,
» mais elle a cru devoir le propofer, par le rapport
» qu'il a avec celui des doreurs qu'elle vient de
» donner ; & dans l'efpérance de pouvoir recueil-
» lir ainfi une fuite de moyens de garantir ces
» différents ouvriers des fâcheux effets du mercure,
» dans les diverfes manieres dont ils l'emploient,
» & de raffembler affez de détails fur ces effets,
» pour pouvoir en former enfuite une hiftoire
» bien circonftanciée des maladies qui en réfultent.

„ L'académie regarde le fujet dont il s'agit ici,
„ comme d'autant plus digne d'occuper les fa-
„ vants & les artiftes, & d'exciter leur zele, que
„ les ouvriers qui mettent les glaces au tain éprou-
„ vent en grande partie les mêmes maladies que
„ ceux qui dorent au feu, quoiqu'ils n'emploient
„ le mercure qu'à froid ; car la maniere dont ils
„ en font affectés, femble fournir une nouvelle
„ preuve de la volatilité de ce métal, & montre
„ en même temps avec quelle facilité il pénetre
„ dans les pores de la peau, puifque le travail
„ principal de ces ouvriers ne confifte qu'à em-
„ ployer du mercure, pour l'étendre fur les
„ feuilles du métal qui doivent fervir à étamer
„ les glaces. „

A l'égard des prix fondés par feu monfieur
Rouillé de Meflay, celui à décerner dans cette
féance concernoit *la théorie des affurances maritimes*. Les mémoires reçus n'ayant pas paru à
l'académie mériter le prix, elle propofe le même
fujet pour 1785, avec un prix double ; c'eft-à-dire
de 4,000 liv. L'académie, toujours par l'organe
de fon fecretaire, a cru devoir donner aux concurrents quelques inftructions détaillées fur la
maniere de traiter cette queftion. Il a dit: " Par

L 2

,, théorie des affurances on entend particuliére-
,, ment l'application du calcul des probabilités aux
,, queftions relatives aux affurances : ce fujet
,, a déja été traité par plufieurs géometres cé-
,, lebres.

,, Comme le rifque auquel le négociant &
,, l'affureur font expofés, l'un avant d'avoir fait
,, affurer, l'autre après avoir affuré, ne peut être
,, connu que par les événements antérieurs d'un
,, commerce femblable , on demande la maniere
,, de déterminer ce rifque d'après les événements ,
,, foit pour un feul bâtiment, foit pour un nom-
,, bre déterminé de vaiffeaux.

,, Le rifque étant fuppofé connu , on demande
,, enfuite quelle proportion on doit établir entre
,, le rifque & le taux de l'affurance , pour
,, pouvoir remplir l'une & l'autre de ces deux
,, conditions, que le négociant ait intérêt de faire
,, affurer à ce prix, & que l'affureur y trouve fon
,, avantage. Cette queftion doit être réfolue dans
,, deux hypothefes différentes , d'abord en fuppo-
,, fant que le négociant fe détermine à faire
,, affurer avant que fes fonds foient expofés à
,, aucun péril, enfuite en fuppofant qu'il ne faffe
,, affurer qu'après que fes fonds font déja ex-
,, pofés.

,, Enfin, le nombre des vaiffeaux qui ont péri,
,, & le nombre de ceux qui ont échappé au
,, danger, étant fuppofés connus par des regiftres ,
,, ainfi que les différents taux auxquels ils ont
,, été affurés dans différentes circonftances, &
,, pour différents degrés de rifque ; on propofe
,, de trouver la loi fuivant laquelle les affureurs
,, & les négociants ont réglé le rapport entre le
,, rifque & le taux des affurances , c'eft-à-dire,

,, comment ils ont réfolu par la pratique, la
,, queftion dont on a demandé ci-deffus la réfolu-
,, tion théorique. Par-là on pourra comparer la
,, pratique des négociants & celle des affureurs,
,, avec les réfultats que donne la théorie.

,, L'académie exige feulement que les concur-
,, rents établiffent & difcutent les principes fur
,, lefquels les folutions de ces différentes queftions
,, doivent être fondées, & qu'ils donnent les for-
,, mules qui renferment ces folutions, de maniere
,, qu'elles puiffent être immédiatement applicables
,, à la pratique. ,,

A toutes ces annonces a fuccédé l'éloge de *Da-*
niel Bernouilli, qu'a lu de fuite le fecretaire. C'étoit
un affocié étranger, dont le nom étoit depuis
long-temps connu dans les fciences & à l'académie, puifque fon pere & fon oncle l'avoient déja
illuftré dans le même genre. Leur partie étoit la
géométrie. On eftime que *Daniel* a encore furpaffé les deux autres, au point que fon pere
fur-tout en étoit devenu jaloux. Il avoit eu un
frere qui auroit couru auffi la même carriere, &
qui s'étoit affez montré pour qu'on jugeât qu'il
n'auroit pas dégénéré, fi la mort lui eût laiffé le
temps de développer fes talents.

M. *de Condorcet* a obfervé avec raifon que ç'auroit fans doute été un phénomene unique dans
les fciences, de trouver ainfi fans interruption dans
la même famille quatre fujets auffi diftingués.

Daniel Bernouilli a fait plufieurs découvertes
en géométrie, & a beaucoup écrit fur cette fcience ;
fon panégyrifte s'eft peut-être un peu trop appe-
fanti fur l'analyfe des divers mémoires de ce grand
homme, dont les ouvrages font très au deffus de
la fphere ordinaire.

L 3

On a remarqué auſſi qu'ayant occaſion de parler pluſieurs fois de M. *d'Alembert*, géometre quelquefois rival *de Bernouilli*, & qui étoit en face
du ſecretaire, M. *de Condorcet* n'a pas manqué
de lui donner le coup d'encenſoir.

Il ſe trouve peu d'anecdotes dignes d'être re-
tenues dans cet éloge. Une ſeule, très-frappante,
a fait une grande ſenſation. M. *de Condorcet* a
obſervé que *Daniel Bernouilli* paſſoit pour n'avoir
pas infiniment de religion, même pour n'en avoir
point du tout. On n'avoit pas manqué de répandre en conſéquence ſur ſon compte des bruits fâcheux, que, ſuivant ſon panégyriſte, il n'avoit
point affecté d'augmenter, mais qu'il ne s'étoit
pas non plus embarraſſé un inſtant de détruire.

C'eſt M. *Jean Bernouilli*, ſon frere, qui lui a
ſuccédé dans ſa place d'aſſocié étranger ; place
qui depuis qu'elle a été créée, c'eſt-à-dire, depuis quatre-vingt-quatre ans, eſt devenue comme
héréditaire dans cette famille.

M. le marquis *de Chabert* a pris la parole
après M. le marquis *de Condorcet*, & fait part
à l'aſſemblée d'un *Mémoire ſur l'uſage des horloges marines.*

Il y expoſe « qu'il eſt conſtaté, par les expé-
» riences des horloges marines ; qu'on parvient
» à en conſtruire qui ſurpaſſent l'exactitude exi-
» gée pour la ſolution du problème de la longi-
» tude ; que l'avantage réſultant de cette ſolu-
» tion conſiſte, comme on fait, à trouver la
» longitude en mer avec une telle préciſion qu'il
» n'y ait au plus qu'un demi-degré d'erreur ſur
» quarante-deux jours de route.

» Qu'outre ce premier avantage relatif à la
» navigation proprement dite, on peut, par le

» fecours des horloges marines, porter avec au-
» tant de célérité que d'exactitude, les détails
» de la géographie à un degré de précifion très-
» fupérieur à celui qu'on obtenoit des moyens
» aftronomiques & géodéfiques, toujours lents
» & fouvent impraticables.

„ Frappé de la double utilité de ces horloges,
» dont il a fait ufage dans toutes fes campagnes
» depuis leur découverte, M. le marquis *de Cha-*
» *bert*, au commencement de la guerre, fe char-
» gea d'en embarquer fur le vaiffeau *le Vaillant*,
» fous les ordres de M. le comte *d'Eftaing*, &
» depuis fur *le Saint-Efprit*, fous ceux de M. le
» comte *de Graffe*. Par-là, il a été affez heureux
» pour mettre ces généraux à portée de profiter,
» pour la direction de leurs routes, des avanta-
» ges qui réfultent de l'emploi de ces horloges;
» & de fon côté, il a faifi, au milieu des opé-
» rations de guerre, les occafions de s'en fervir
» auffi utilement pour déterminer les pofitions
» refpectives de plufieurs points effentiels des An-
» tilles & des côtes de l'Amérique feptentrionale,
» dont on trouvera les réfultats dans les mémoires
» de l'académie.

M. *Vicq d'Azir* a lu un *Mémoire* fur l'anatomie comparée du cerveau de l'homme & de celui
des différentes claffes d'animaux. Le but de cet
ouvrage eft de rechercher s'il exifte entre ces parties confidérées dans les différentes claffes d'êtres
animés, des rapports qui aient entre eux des
proportions analogues aux divers degrés de leur
intelligence.

Pour mieux faire fentir cette comparaifon,
l'anatomifte avoit mis fous les yeux du public &
de l'académie, le réfultat de fes obfervations con-

L 4

gné dans plufieurs planches deffinées en grandeur & en couleur naturelles par M *Briceau* , artifte très habile.

Ce réfultat confifte à établir que dans toute
l'étendue de la chaîne qu'a parcouru ce médecin
obfervateur , les organes nerveux vont toujours
en décroiffant, foit par le volume , foit par le
nombre , foit par l'élégance des formes, à mefure que les claffes d'animaux font moins parfaites.

A ce mémoire non moins ennuyeux que celui de M. *de Chabert* , a fuccédé heureufement
pour la clôture la lecture d'un fecond éloge ,
compofé par M. *de Condorcet* : c'eft celui de monfieur *Duhamel*. Ce favant avoit fait peu de progrès au college. La phyfique feule avoit eu des
attraits pour lui ; & mal fatisfait de la maniere
dont on la lui avoit enfeignée , il réfolut de
profiter de fa liberté pour l'apprendre mieux. Il
cultiva les plus grands maîtres d'alors en ce genre ,
& ne tarda pas à fe rendre utile en mettant en
pratique la théorie. L'agriculture fut la partie à
laquelle il fe confacra davantage, & la *phyfique des
arbres* , traité le plus inftructif & le plus complet qui exifte fur cette matiere importante ,
prouvé qu'il n'avoit pas travaillé inutilement :
il fut plus de trente ans à le rédiger.

M. *Duhamel* avoit auffi embraffé toute l'étendue de la fcience navale, & ce genre de connoiffances avoit déterminé le comte *de Maurepas*
à créer pour lui une place d'infpecteur-général
de la marine. Celui-ci à fon tour fit établir une
école pour les conftructeurs, qui n'avoient pas
été jufques-là féparés de la fimple claffe des ouvriers ; il eft auffi l'auteur de l'académie de
marine.

Les officiers, qui n'estiment que leur corps, étoient jaloux de M. *Duhamel* : de-là quelques anecdotes peu honorables pour ces messieurs.

Le nouvel inspecteur de la marine avoit donné un mémoire relatif au port de Toulon ; il n'avoit point été agréé dans ce département, & l'on avoit traité son projet de ridicule ou d'absurde. Peu après le ministre lui communiqua sur la même matiere un mémoire venant de Toulon, & il se trouva que c'étoit le sien qu'on s'étoit approprié.

Un jour qu'un jeune officier, cherchant peut-être à l'embarrasser, lui fit une question : *Je n'en sais rien*, fut la réponse modeste du philosophe. *A quoi sert donc d'être de l'académie*, dit le militaire présomptueux ? Un instant après, interrogé lui-même, il se répandit dans des réponses vagues qui déceloient son ignorance. *Monsieur*, reprit alors M. *Duhamel*, *vous voyez à quoi sert d'être de l'académie ; c'est à ne parler que de ce que l'on sait.*

La tendresse de l'académicien défunt pour son frere, dont il a partagé pendant toute sa vie la bienfaisance & les travaux, occupe un épisode considérable dans cet éloge. Enfin, M. *de Condorcet* le termine en observant que le nom de monsieur *Duhamel* fera époque, parce qu'il s'est trouvé lié avec cette révolution dans les esprits, qui a dirigé plus particuliérement les sciences vers l'utilité publique.

30 *Avril.* Avant-hier s'est faite l'ouverture de la nouvelle salle de la comédie italienne, & l'on se doute que cela n'a pas été sans une affluence considérable. Il paroît que le grand nombre a été

L 5

affez content de fa forme, de fes commodités & de fes ornements.

On critique toujours le plan général du quartier du fieur *le Camus*, architecte du duc *de Choifeul*, comme trifte & étranglé. Tous les bâtiments qui environnent la falle ont été exécutés d'après fes deffins; au contraire, la falle eft une maifon qui y a été adoflée, & que les comédiens, ainfi qu'on l'a obfervé dans le temps, ont eu l'infolence d'exiger, & les chefs la complaifance de leur accorder, pour intercepter la communication du boulevard : elle a été élevée par les foins & fur les deffins du fieur *Heurtier*, architecte du roi, & infpecteur général de fes bâtiments.

La face méridionale, ornée d'un avant corps de fix colonnes ioniques formant *porche*, produiroit un coup d'œil affez impofant, s'il y avoit un point de vue. Au deffous on lit en lettres d'or : *Théatre Italien.*

Dans les trois entrecolonnements du milieu font les trois principales entrées d'un veftibule très-vafte.

Il y a fur les rues latérales deux entrées de deux autres veftibules fecondaires, qui auront leur commodité pour ceux obligés d'attendre leur voiture.

Dans le grand veftibule de droite & de gauche, font placés les efcaliers principaux qui menent à tous les endroits de la falle, & d'abord au foyer, auffi beau & auffi vafte que le veftibule au deffus duquel il eft. Il y a enfuite nombre d'autres efcaliers de dégagement pour les diverfes parties.

L'intérieur de la falle rentre dans la forme de nos anciennes falles; il offre une forme *ovoïde*, ayant l'ouverture de l'avant-fcene fur le petit côté de l'œuf.

Ce qu'on appelloit corniche en terme de l'art, fe nomme entablement corinthien ; il couronne toute la falle majeftueufement : il eft lui-même furmonté d'une vouffure ornée de caiffons, dans lefquels on a ménagé des couliffes qu'on ouvre à volonté pour donner de l'air.

L'efpace que laiffe l'ouverture de la vouffure eft occupé par un plafond repréfentant *Apollon au milieu des mufes*, peint par M. *Renou*.

L'avant-fcene, dont la largeur eft le même que celle de l'opéra brûlé, de trente - fix pieds, eft décorée par une partie de rideau, qu'une figure de renommée eft fuppofée retrouffer : il a femblé lourd.

On critique auffi la toile, de la même étoffe que le retrouffé du rideau, d'une couleur qui contrafte mal avec le refte de la falle ; on la croiroit de papier, & de vilain papier. Du refte, elle fe releve droite comme un tableau, à l'inftar de celle de la falle actuelle de l'opéra. On y a confervé la même devife de l'ancien théatre, ima-ginée par *Santeuil : Caftigat ridendo mores*, devife de la vraie comédie, mais qui ne va plus guere au nouveau, où l'on joue plus d'opéra comiques que d'autres chofes ; & l'on fait que les opéra comiques font peu châtiés, & peu châtiant les mœurs.

Les loges des acteurs ont à tous les étages des corridors particuliers qui menent au théatre, & font au nombre de quarante-neuf. Les magafins & les atteliers néceffaires au fervice du théatre, les bureaux, les logements de la garde militaire & des pompiers, du fuiffe, du portier, du

concierge & autres , occupent le reste du bâtiment.

La Reine , *Madame* , madame *Elizabeth* ;
Monsieur , M. le comte *d'Artois* , les princes &
princesses du sang ; les ministres & autres grands
personnages ont orné cette premiere représentation. La nouveauté servant de compliment d'ouverture , très - mal entendue par les brouhaha
du public , qui , sans savoir pourquoi , s'est
dégoûté dès le commencement , a été fréquemment huée quant à la partie dramatique ; mais
très-goûtée quant à la partie de la musique &
du chant. Il faut attendre une seconde représentation pour en mieux juger.

30 *Avril.* Il paroît un imprimé sans titre qui
contient certaines pieces choisies , relatives à ce
qui s'est passé à Besançon ; on ne sait pourquoi
l'on n'en a pas donné la collection complete ;
apparemment parce que les arrêts & arrêtés précédents étant imprimés déja , l'on a craint de
multiplier les êtres. Quoi qu'il en soit , on trouve
dans ce recueil ,

1°. *Extrait du registre des délibérations de
la cour à la séance du 30 juillet* 1783. C'est
l'arrêté dudit jour , relatif à l'édit des deux
sous pour livre d'augmentation , où l'on établit
douze considérations devant former la base des
itératives remontrances. On y trouve cette phrase
remarquable : « Le roi ayant , dès les premiers
» moments de son regne , marqué sa volonté de
» remplir les engagements de ses prédécesseurs , il
» est de sa bonté & de sa justice , comme de sa
» gloire , de ne pas permettre qu'on enchérisse
» sur les opérations qui avoient décrié le régime
» des finances au moment où sa majesté a pris

» les rênes du gouvernement ; il eſt contre ſa
» majeſté & la dignité du trône d'autoriſer
» les agents de finances de transformer une aug-
» mentation de *deux nouveaux ſous* , en une
» création tacite de *dix ſous* pour livre , &c. »

2°. Un arrêté très - curieux de la ſéance du
5 ſeptembre 1782 , où la cour, ſur le dire du
premier préſident , que le comte *de Vaux* lui
avoit fait viſite le quatre en ſon hôtel , & lui
avoit demandé l'aſſemblée des chambres pour le
ſix , &c.

Décide que M. le conſeiller *Bourgon* , & M. le
conſeiller *Boulignez* fils , ſont reſtés députés pour
recevoir M. le comte *de Vaux* , lorſqu'il ſe pré-
ſentera au palais.

Et il a paſſé que le premier préſident deman-
deroit au comte *de Vaux* communication de ſes
ordres , ainſi que des lettres de juſſion dont il
ſeroit porteur , ou de la réponſe du roi aux remontrances de la cour, pour y délibérer ; & au
cas où il ſe refuſeroit à ces diverſes demandes ,
la cour proteſte , &c. ; déclare en outre , qu'elle
entend concourir ou acquieſcer à tout ce qui ſe
fera , & prétend ſe retirer pour ſe raſſembler &
reprendre ſa ſéance après la ſortie du comte *de
vaux* ; & au cas où il ſeroit porteur d'ordres
qui lui enjoignent d'être préſente à ce qu'il fera ,
elle proteſte même contre ſa préſence forcée , &c.

3°. Le fameux arrêté de la ſéance du 19
février 1783 , dont on a déja rendu compte.

4°. *Extraits des actes importants de la cour*,
contenant les lettres - patentes enrégiſtrées , dans
la ſéance du 9 janvier à Verſailles , ainſi que
la réponſe du roi dudit jour , dont on a auſſi
rendu compte.

5°. La *lettre close* adreſſée au parlement. De
par le roi, nos amés & féaux, nous avons chargé
le ſieur marquis *de Saint-Simon*, lieutenant-général de nos armées, commandant pour notre ſer-
vice en Franche-Comté, de vous faire connoître
nos intentions. Voulons en conſéquence que vous
ayiez à le recevoir lorſqu'il le requerra ; que vous
ayiez, en ce qu'il vous dira, & en ce qu'il fera
de notre part, la même confiance que vous auriez
en notre perſonne. Défendons à vous tous en
général, ainſi que nous l'avons déja fait à chacun
de vous en particulier, non-ſeulement de déſem-
parer l'aſſemblée des chambres avant que ledit
ſieur marquis *de Saint-Simon* ait entiérement
rempli la miſſion dont nous l'avons chargé, mais
encore de faire aucunes proteſtations, ni de prendre aucunes délibérations ou arrêtés qui pourroient tendre à retarder, ou à empêcher l'exécution de nos volontés, le tout à peine de déſobéiſſance, ſi n'y faites faute ; car tel eſt notre
plaiſir. Donné à Verſailles, le 9 janvier 1783.
Signé *Louis*, & plus bas *Gravier de Vergennes*.

6°. Copie des lettres de commiſſion de M. *de
Saint-Simon*, de la même date, pour ſon expédition derniere.

1 *Mai* 1783. Ces jours derniers M. *de Marivetz* (l'auteur de la phyſique du monde) entroit
dans une maiſon avec M. le baron de *Montmorenci*;
ils ſe trouverent enſemble dans l'antichambre,
& un laquais annonce meſſieurs les barons *de
Montmorenci & de Marivetz* : ce dernier baron de
nouvelle date, & qui ſentoit combien il figuroit
mal avec le *premier baron chrétien*, craignant
que cet accouplement ne fît un mauvais effet &
ne déplût à M. *de Montmorenci*, s'écrie avec beau-

•oup de préfence d'efprit : *voilà bien une preuve que les extrémités fe touchent* ! & chacun d'applaudir, & de trouver que M. *de Marivetz* étoit homme d'efprit, auffi fin que favant & profond.

1 *Mai.* On a dit depuis long-temps dans le monde que madame *Elifabeth*, touchée du bel exemple de fa tante madame *Louife*, avoit l'intention de fe faire religieufe ; mais le roi s'y eft oppofé, & a déclaré qu'il falloit que cette princeffe, avant de prendre ce parti, eût vingt-cinq ans ; qu'alors même il délibéreroit s'il étoit de fa fageffe d'y confentir. Il paffe pour conftant que madame *Elifabeth*, ferme dans fa réfolution, & ayant aujourd'hui dix-neuf ans, vouloit s'évader furtivement de la cour & aller fe réfugier aux carmélites de St. Denis ; que le projet a été éventé, & qu'elle n'a pu l'accomplir.

2 *Mai.* Le fieur *Sedaine*, dégoûté de l'humeur du public, lorfqu'il s'attendoit au plus grand fuccès, ne veut pas abfolument effayer un fecond choc. Il paroît qu'en effet il y a eu de la malveillance ou défaut d'intelligence de la part des fpeclateurs. Cet auteur, qui vouloit jeter un peu de piquant dans ce début, avoit imaginé de traiter allégoriquement la queftion des deux troupes ; & il ne pouvoit mieux caractérifer le théatre françois, que par le perfonnage de *Melpomene*, jaloufe des fuccès de l'autre théatre, cherchant à écarter ce rival, à le dégrader, à l'avilir, à le tourner en ridicule, c'eft-à-dire, à faire tomber le projet de l'ériger infenfiblement en rival du fien ; projet agité fi long-temps dans les affemblées du bureau de légiflation dramatique, foutenu vigoureufement par M. *Rochon de Chabannes*, & regardé comme le feul capable de remédier à tout

promptement & facilement. Quoiqu'il n'ait pas
paffé, les comédiens françois qui en fentent l'ex-
cellence , craignent toujours qu'on ne l'adopte
tôt ou tard.

Le public n'a point faifi tout cela ; il n'a vu
dans la *Melpomene* du moment que la mufe de la
tragédie , c'eft-à-dire, un perfonnage totalement
étranger à la fcene du vaudeville & des ariettes.
La maniere dont madame *Verteuil* a rendu ce
rôle en le chargeant beaucoup , adreffe de fa part
pour faire mieux fentir la parodie , n'a fait
qu'indifpofer davantage. Les fots , qui prennent
tout à la lettre , ne trouvant que du férieux &
de l'ennui où ils s'attendoient à quelque chofe
de gai & de plaifant , fe font récriés fur l'abfurdité du rôle , & il n'a plus été poffible
de fuivre la marche du poëte & d'en faifir les
intentions.

2 *Mai*. Le projet d'évafion de madame *Elifabeth*
fe confirme de plus en plus , & l'on veut que
madame la vicomteffe *d'Aumale* , qui avoit été
précédemment fa fous-gouvernante & étoit attachée depuis à madame royale , la foutint dans
fon deffein , & ait en conféquence été deftituée
& exilée. Il paroît que pour mettre plus d'adreffe
dans la négociation religieufe , dont la fource
remontoit à madame *Louife* , celle-ci ne paroif-
foit s'en mêler en rien , & c'étoit madame *d'Aumale*, qui rendoit les lettres & les converfations
de la tante , à la niece.

On parle encore d'autres fubalternes , de femmes de chambre entr'autres de *madame royale* ,
renvoyées auffi comme étant les derniers intermédiaires entre madame *Elizabeth* & madame
d'Aumale.

Quoi qu'il en soit, on affure que la reine, inftruite du jour où madame *Elizabeth* devoit s'arracher aux plaifirs de la cour, l'a adroitement invitée à *Trianon*, & depuis amenée à l'ouverture de la comédie italienne, jufqu'à ce ce qu'on eût rompu la chaîne de cette pieufe intrigue par l'expulfion de fes agents.

3 *Mai*. Malgré les clameurs du public, malgré les pamphlets, malgré les reproches & les injures de leurs confreres, les grands-chambriers épiciers tiennent bon, en forte que le travail avance bien lentement.

M. *d'Outrement*, en faifant fa dénonciation, avoit propofé un arrêté qui étoit fait pour abréger, en ce qu'on y auroit fixé d'abord les objets de réforme, enfuite l'ordre & la marche, pour y procéder ; mais les intéreffés à éluder les bonnes intentions de meffieurs des enquêtes, empêcherent que l'arrêté ne paffât, & il a fallu déterminer la forme avant de s'occuper du fonds.

Dans la feconde on a divifé les affaires en affaires d'audience, affaires fommaires & affaires appointées. On a voulu d'abord favoir quels étoient les abus dans le premier genre, & on a trouvé que les gens du roi préfents étoient plus propres que tout autre membre à les connoître & à en rendre compte. On a interrogé en conféquence M. *Seguier*.

M. *Seguier* a répondu qu'il ne pouvoit rendre raifon fur le champ de ce qu'on lui demandoit ; que d'ailleurs il étoit fort occupé ; que cependant il fe conformeroit aux ordres de la cour, mais ne pourroit le faire qu'il n'eût lui-même conféré avec les avocats & les procureurs les plus honnêtes.

Dans la troifieme affemblée, M. Seguier a donné fon mémoire.

Depuis ce temps font venues les vacances de pâque, & l'on n'a encore ftatué fur aucune des parties de ce mémoire.

3 Mai. Extrait d'une lettre de Compiegne, du 28 avril. . . . Tandis que le roi déclaroit à Verfailles qu'il ne vouloit point s'occuper de bâtiments, que les frais de la guerre ne fuffent acquittés, on éludoit les intentions de ce bon maître en lui faifant dépenfer des millions ici, c'eft-à-dire, dans un château qui ne fervira prefque plus, puifque la reine ne s'en foucie pas. Quoi qu'il en foit, j'ai été émerveillé de ce palais que je n'avois pas vu depuis long-temps : il avoit autrefois l'air d'une grange ; aujourd'hui c'eft une maifon royale très - grande, très - magnifique, compofée d'un vafte corps de logis, de deux ailes & de tous les acceffoires néceffaires à l'habitation du premier fouverain de l'Europe. La façade du côté de la forêt eft fur-tout admirable.

On force les travaux, & il y a peut-être actuellement deux mille ouvriers.

3 Mai. La reine s'occupe véritablement de l'éducation de *madame royale*, & tous les matins à dix heures une fous-gouvernante amene la jeune princeffe chez S. M., où elle reçoit les leçons de fes maîtres en préfence de fon augufte mere jufqu'à midi. Il paroît même que la reine eft très-févere & ne lui paffe rien. On raconte que madame royale, un jour degoûtée de lire, prétendit qu'elle avoit mal à la tête ; fur quoi S. M. fe doutant qu'elle avoit de l'humeur, ordonna qu'on la fît mettre au lit & qu'on ne lui donnât point à dîner. L'appétit vint, elle voulut manger, on lui objecta les défenses de la reine , & le besoin augmentant , elle fut obligée d'avouer sa petite supercherie , ce dont on rendit compte à sa mere , qui exigea avant tout qu'elle prît sa leçon.

On parle singuliérement de cette anecdote à l'occasion du renvoi des femmes de chambre de *madame royale ;* en ce que n'en voulant pas donner la vraie raison dans le public , on a dit que c'est que la reine trouvoit que cette enfant étoit déja très-mal élevée , avoit beaucoup de hauteur , aimoit le faste , & qu'elle attribuoit ces petits défauts à l'adulation & au trop grand appareil de sa suite ; qu'elle avoit déclaré que n'ayant eu elle-même que quatre femmes de chambre , elle avoit fait une réforme dans la maison de sa fille , & ne vouloit pas que madame royale en eût davantage.

4 *Mai.* On a fait une épigramme sur la nouvelle salle des Italiens en forme de calembourg , qui a cependant une sorte de justesse en deux points , & sur le goût connu de cette nation , & sur la gaucherie de l'architecte, n'ayant pas ouvert son édifice , suivant les regles de l'art , c'est-à-dire, du côté des boulevards où la foule abonde , & par où il auroit eu un point de vue , manqué de l'autre côté.

Qu'apperçois-je ! Quel est ce nouveau monument !
J'approche & lis en très-gros caractere ,
Théatre Italien , ... italien vraiment :
Aux passants indignés il offre le derriere.

5 *Mai.* A la lecture du prologue imprimé de M. *Sedaine* , pour l'inauguration du nouveau

théatre italien , on trouve que cette piece , jugée
fans avoir été entendue , eft finon déteftable ,
au moins très-médiocre , & fur-tout très-longue
comme piece à tiroir.

Melpomene curieufe de voir fi *Thalie* , prenant
poffeffion de fon nouveau domicile , eft mieux
logée qu'elle, s'introduit en fcene affez naturellement , & la hauteur dont elle la traite & témoigne fa jaloufie, indique bien une partie de
l'intention maligne de l'auteur ; mais point affez
pour le vulgaire , dont il faut frapper fortement
les yeux & les oreilles au théatre.

Arrivent enfuite le bon homme Vaudeville ,
le Parodifte , l'Ariette. Tous ces perfonnages
n'égaient point la fcene autant qu'il le faudroit
dans les débats qu'ils ont entr'eux fur la préé-
minence de leur talent , fi fufceptibles de piquant
& de critique : ils n'ont rien de tel, font même
fi froids & fi ennuyeux, qu'on a été obligé
d'abréger leur rôle à la repréfentation , & qu'on
n'auroit pas mal fait de l'abréger encore à la
lecture.

Ce qui eft fort gauche fur-tout & a déplu
généralement , c'eft que fur le théatre italien ,
M. *Sedaine* fe foit permis de déprimer le talent
de *Boiffi* & de *Marivaux* , auteurs qui en ont
été long-temps les appuis , & dont les productions, fans être dans la maniere moderne , annoncent une grande intelligence de la fcene ,
font remplies de fineffe & pétillent d'efprit , toutes qualités dont manquent fouvent leurs fuc-
ceffeurs.

5 *Mai.* Jufqu'à préfent la feule retraite qu'on
annonce au théatre françois , c'eft celle de mademoifelle *Doligny.* On en voit dans le journal

de Paris un éloge si emphatique & si outré qu'on
ne peut l'attribuer qu'à M. *Dudoyer*, son chevalier
depuis vingt ans. On les prétend mariés il y a
long-temps, ce qui ne peut se présumer : il n'en
seroit pas resté si aveuglément épris, & rougi-
roit de ce qu'il en dit.

Mademoiselle *Doligny* est laide, couperosée, mal-
propre & dégoûtante quant au physique.

Elle a débuté au théâtre en 1763, par le rôle
d'*Angélique* dans la Gouvernante. Beaucoup de
naturel, de vérité, de sensibilité, d'intelligence
lui concilierent les suffrages ; mais un foible physique, un ton pleureur & monotone, une figure
froide & triste, une voix d'un timbre sonore &
touchant, mais qui ne sortoit que par interval-
les, ont toujours déplu aux connoisseurs & empêché qu'elle ne soit mise au rang des grandes
actrices.

Beaucoup d'honnêteté, de candeur, de dé-
cence, de modestie, l'ont constamment rendue
très - estimable ; &, ce qui est peut - être sans
exemple de la part d'une actrice, il n'est aucun
auteur qui ait à s'en plaindre ; elle s'est en tout
temps comportée avec eux, avec les égards & le
respect même que son état exigeoit.

Mlle. *Doligny* se sentant déplacée par sa façon
de vivre, de penser & de sentir, au sein de la
corruption & de l'infamie, aspiroit depuis long-
temps au terme de sa retraite, fixé à vingt ans
de service. Il y a un an qu'elle en prévint les
gentilshommes de la chambre, qui ont tout tenté
pour l'engager à continuer ses services ; enfin,
convaincus que des raisons de santé s'y opposoient
absolument, ils n'ont pu lui refuser sa liberté.

Cette actrice ne dépensoit guere que 2,000

écus pat an ; avec les préfents qu'elle a reçus, & l'argent qu'elle économifoit fur fa part , on aſſure qu'elle s'eft ménagé environ 15,000 livres de rentes.

6 *Mai.* L'*automate* joueur d'échecs revenu à Paris , attire beaucoup de monde , & l'on en examine les moindres détails.

La commode devant laquelle il eſt , eſt large tout au plus de trois pieds , & haute de deux & demi. On n'entend durant la partie , quand l'automate joue , que le bruit d'une détente & d'une fuſée , tel que celui d'une pendule qui va fonner.

Un homme ſe tient debout auprès de la machine , & comme il ne la quitte pas , on juge que c'eſt lui qui dirige ſes mouvements , quoique rien ne ſemble l'indiquer. Quoi qu'il en ſoit , on regarde comme de la troiſieme force l'automate. A vue d'œil il n'y a dans Paris que ſept à huit perſonnes en état de lui faire avantage.

Un M. *Bernard* avocat , l'un des plus forts joueurs après le ſieur *Philidor* , mais lourd & lent, ſe préſenta contre l'automate , en préſence du maréchal *de Biron* & ſa compagnie , & quoiqu'il eût gagné par la force de ſon génie , il eſt convenu que ſon adverſaire avoit déployé de grandes reſſources.

On ne peut qu'admirer cette machine ingénieuſe , qui ſuppoſe dans l'inventeur de grandes connoiſſances en mathématiques , en phyſique & en méchanique. En outre , il eſt d'une galanterie ſpirituelle , fine & vraiment françoiſe.

Il y avoit préſente à la partie du duc *de Bouil-*

lon, une dame de qualité avec fa fille, âgée de dix à onze ans. On interrogea l'automate fur le compte de la jeune perfonne, on lui demanda fi elle étoit fage ? Il répondit : *Elle imite madame fa mere.*

6 *Mai.* M. *Desfontaines* a fait auffi une piece pour l'inauguration de la nouvelle falle italienne : elle a pour titre, le *Réveil de Thalie.* Elle eft en trois actes & en vers, mêlée de vaudevilles & d'ariettes. Ceux qui ont vu la répétition de ce matin affurent que cet ouvrage ne vaut pas mieux que celui de M. *Sedaine*, qu'il eft long, froid & découfu.

7 *Mai.* Depuis long-temps on parle d'un mémoire que M. *Linguet* a compofé en faveur de M. *Radix de Sainte-Foy*, réfugié à Londres depuis fon décret de prife de corps. On prétend aujourd'hui qu'il ne paroîtra pas, que l'affaire refte là, & qu'on ne pourfuivra pas la contumace par ordre du gouvernement, qui veut le récompenfer ainfi des peines qu'il a prifes pour la paix ; on raconte à ce fujet une anecdote.

M. *de Sainte-Foy* promit à quelqu'un qui partoit de Londres & revenoit à Paris, pour lui prouver qu'il étoit dans la bouteille à l'encre, de lui apprendre la paix avant qu'elle fût fignée. On lui objecta qu'il n'oferoit pas fans doute s'expliquer par écrit fur une pareille matiere ; il répondit qu'il n'écriroit point, mais enverroit une feuille de papier blanc pour le fignal de cette grande nouvelle. On ajoute que la feuille de papier blanc eft en effet arrivée avant la fignature des préliminaires.

7 *Mai.* Extrait d'une lettre de Berlin, du 29 avril.... L'abbé *Raynal* a la manie dans ce pays-ci

de devenir, comme en France, fondateur de prix. Il en propose un, consistant en une médaille d'or de la valeur de mille livres, qui sera adjugée par notre académie des sciences, sur les questions : 1°. Quels sont les devoirs qu'un historien doit remplir, & quels sont les talents qu'il doit posséder? 2°. Quels sont parmi les anciens & les modernes, les auteurs qui ont le mieux rempli le devoir d'historien ? 3°. Les historiens modernes ont-ils plus ou moins de difficultés à vaincre que les anciens ?

Ce philosophe vient en outre de doter deux pauvres filles, l'une de la religion réformée, l'autre catholique, qui ont été jugées les plus vertueuses & les plus diligentes de leur communion, par les conducteurs de leur troupeau respectif : vous voyez qu'il a affecté de choisir ses sujets dans les deux communions pour marquer l'esprit de tolérantisme qui le dirige, & qui fait la base de sa religion.

8 *Mai.* Extrait d'une lettre de Breslau, du 11 avril 1783.... Nos musiciens sont bien aussi fous que les vôtres de France, & si vous en doutiez, sachez que nous avons ici le pendant de votre *Rameau*, qui mettoit en musique la gazette où le privilege du roi. M. *de Dittersdorf*, célebre sous le nom de *Ditters*, se dispose à donner au public quinze métamorphoses d'Ovide, dirigées sur ce qu'il a senti, en lisant chacune desdites fables. On attend avec impatience ce délire harmonique, qu'il faudra entendre, dit-il, son ovide à la main, pour connoître la marche & mieux éprouver les effets d'une musique aussi supérieure, & certainement aussi bizarre.....

8 *Mai.* En vertu de l'arrêt du conseil, suivant
lequel

lequel le roi s'est fait une loi de conférer tous les ans des lettres de noblesse à quelques négociants qui se seront distingués dans leur état, le sieur *Pierre Thomassin*, négociant fabricant en la ville de Troyes en Champagne, sur un exposé fait à S. M. de l'activité, du zele & de l'industrie de ce négociant, qui depuis long-temps rend à cette ville les services les plus signalés & les plus utiles au commerce, vient d'obtenir cette faveur, ou plutôt cette récompense.

8 Mai. Le *Réveil de Thalie* n'a pas été plus heureux que *Thalie à la nouvelle salle.* Cette piece en trois actes est pourtant à tiroir, de maniere que le premier n'est point attaché au second, celui-ci au troisieme ; les scenes mêmes sont si peu liées entre elles, qu'on croiroit toujours que la piece va finir sans finir jamais ; ce qui la fait paroître encore plus longue & plus ennuyeuse.

Ce qu'on y a trouvé de mieux, c'est le rôle d'un Gascon qui paroît au troisieme acte, & dit des gasconismes, genre de plaisanterie très-propre à faire fortune, sur-tout dans ce siecle de calembours. La décoration de ce même acte représentant les statues des principaux auteurs, acteurs & actrices qui ont illustré la scene italienne, fournit aussi matiere à des couplets assez piquants en faveur de chacun d'eux ; ces deux seuls endroits on réveillé sinon *Thalie*, au moins le public de son assoupissement.

9 Mai. Un ouvrage posthume de l'abbé *Guidi*, donne lieu d'en parler & de jeter quelques fleurs sur le tombeau de ce homme de lettres, mort le 7 janvier 1780. Il étoit né avec beaucoup d'esprit, & a composé plusieurs ouvrages qui lui

auroient fait un nom dans la littérature, s'ils
euffent roulé fur d'autres matieres ; entr'autres
un, intitulé : *Entretiens philofophiques fur la religion*, en trois volumes, qu'on ne connoît guere.

La brochure dont il s'agit aujourd'hui, a pour
titre : *Ame des bêtes*. L'auteur embraffe le fyf-
rême de *Defcartes*, qui les regarde comme de pu-
res machines, fyftême néceffité dans les principes
de la religion, quelques abfurdités qu'il entraîne.
Elle est auffi écrite en forme de dialogue ; elle
eft très-ingénieufe ; le ftyle en eft vif, preffé,
naturel.

L'abbé *Guidi* étoit vraifemblablement oncle de
M. *Guidi*, cenfeur qui paroît beaucoup s'occuper
de la langue italienne, la poffëder à fond, &
qui en a fait diverfes traductions non imprimées.

9 Mai. C'eft aujourd'hui que s'eft faite l'élection du bâtonnier par l'ordre des avocats, & que
s'en eft arrêté définitivement le tableau, qui fe
renouvelle chaque année à cette époque. Les amis
de M. *Courtin* craignoient fort qu'il ne fût queftion de lui dans l'affemblée d'une maniere défagréable.

On fe rappelle fon affaire contre Mad. *de Valory*, agitée il y a un an ; elle a été jugée le
lundi-faint au châtelet. Cet avocat a gagné la
queftion d'intérêt ; mais a perdu la plus effentielle,
celle de l'honneur. Mad. *de Valory* lui reprochoit
des ingratitudes, des actes ufuraires.

C'eft M. *de Seychelles*, avocat du roi, qui portoit la parole, & a prouvé que cette dame ne
pouvoit revenir par des lettres de refcifion contre
un acte qu'elle avoit confirmé plufieurs fois en
fix ans; mais en même temps il n'a point diffi-
mulé que fi la forme étoit en faveur de M Cour-

tin, le fonds étoit vraiment repréhensible. Du
reste, il a dit que c'étoit la seule faute qu'on
eût à reprocher à cet avocat, qui avoit joui
jusques-là de l'estime de ses confreres & de celle
du public; qu'en conséquence il se mettoit aux
pieds de la cour, & requéroit son indulgence
pour lui.

La sentence a-donc confirmé l'acte comme
valable; mais quant à la demande en réparation
d'honneur, en suppression de mémoires, en
publication & affiche du jugement, il a été mis
hors de cour : ce qu'on regarde comme injurieux
en pareille matiere. Cependant comme les deux
parties en ont appellé au parlement, l'on ne
statuera rien sur ce membre avant l'arrêt définitif.

10 *Mai*. Les grands chemins sont dans un état
de délabrement si considérable, que le gouvernement se trouve nécessité de s'en occuper enfin
avec le plus grand soin, & d'adopter à cet égard
plusieurs choses de la police angloise.

Il paroît un arrêt du conseil en date du 10 avril
1783, motivé sur ce que les rouliers & voituriers
négligent d'exécuter les dispositions de la déclaration de 1724, & autres réglements concernant le nombre des chevaux qu'il est permis
d'atteler aux voitures à deux roues; sur ce que
la charge énorme que l'on se permet de mettre
dans des voitures à deux & à quatre roues, &
la forme des roues, sont très-préjudiciables à la
conservation des chemins; sur ce que les dégra-
dations qui en sont la suite augmentent les dépenses d'entretien, ainsi que le travail des corvéables, auxquels sa majesté doit une protection
singuliere. En conséquence, le roi renouvelle

M 2

les fages loix déja faites à cet égard, & y ajoûte
de nouvelles difpofitions.

10 *Mai.* Depuis le jeudi 24 les plaidoyers
dans l'affaire des *Montefquiou* ont recommencé ;
c'eft M. *Treilhard* qui a plaidé le premier ; il l'a
fait avec peu de fuccès ; & ayant voulu entreprendre l'éloge de fon client, a même été hué. Il
paroît que le public du palais n'eft pas mieux
difpofé en faveur de ce courtifan, que le public
du châtelet.

18 *mai.* Il fe publie enfin les tomes cinq, fix
& fept de l'*Efpion Anglois*, interrompu depuis
plufieurs années, & dont on craignoit de ne point
avoir la continuation. Ces trois nouveaux volumes embraffent l'année 1777. Dans *l'avertiffement
des libraires* qu'on trouve à la tête du cinquieme volume, ils raffurent le public & promet-
tent la fuite de l'ouvrage jufqu'à la fin de la
guerre. Du refte, ils défavouent de la part de
l'auteur un prétendu *fupplément à l'Efpion Anglois*,
qu'on a mis fous fon nom ; il déclare qu'il ne
connoît point l'*Efpion François à Londres*, l'*Efpion
des boulevards*, l'*Efpion dévalifé*, & qu'il n'a ni
veut avoir rien de commun avec ces confreres de
trop mauvaife & trop dangereufe compagnie.

11 *Mai.* On eft un peu raffuré fur la crainte
de perdre M. *d'Ormeffon*, & fur les bruits qui
avoient couru de fa retraite. On en étoit d'autant
plus fâché, que, malgré fon élévation, il eft
toujours modefte ; il convient de fon peu d'expérience & de capacité dans les revirements de
finances ; il fe montre difpofé à recevoir toutes
les lumieres qu'on voudra bien lui donner ; il
interroge ceux qu'il croit les plus propres à

le diriger , & ne néglige aucun moyen de
s'instruire.

On ajoute , pour démentir le bruit généralement répandu à cet égard, que le roi en a grondé
Mad. la comtesse *de Tessé*. Cette femme enthou-
siaste du *Necker*, voudroit bien, ainsi que tout
son parti, qu'on fût obligé de recourir de nouveau à cet ex-directeur général des finances,
& l'on prétend aujourd'hui que ce sont ses créatures qui avoient affecté de publier la nouvelle.

11. *Mai.* M. le marquis *de Louvois* vient d'être
exilé dans une de ses terres : on dit que c'est
pour son dérangement. Il est excessif malgré les
ressources infinies qu'il a eues. Marié en premieres noces à une femme qui lui avoit apporté
du bien, il a tout mangé ; & devenu veuf,
s'étoit raccroché à une Hollandoise, laide en
diable, qui, voyant en lui un homme superbe,
renommé pour ses talens amoureux, avoit voulu
en tâter, & l'avoit séduit par l'annonce d'une
fortune considérable. Celui-ci ne s'acquittant pas
convenablement du devoir conjugal, la nouvelle
marquise de Louvois avoit pris le parti de retourner dans sa patrie, où son mari, qui ne
savoit comment subvenir à ses créanciers, avoit
été obligé de la suivre. Il a perdu cette seconde
femme, & est en conséquence entré en jouissance
de son bien, d'après les dispositions du contrat de
mariage, & tout cela a fondu encore. La mort du
marquis *de Courtenvaux* lui a laissé une succession
immense, dont il ne lui reste pas davantage. Il
est remarié en troisiemes noces, & a plus de
dettes que jamais. *Louis XVI*, qui n'aime point
le désordre, a fait disparoître de la cour ce seigneur scandaleux. C'est le même renommé pour

ſes calembours, ſes chanſons, ſes épigrammes, & qui ſans avoir autant d'eſprit que le marquis *de Souvré*, ſon pere, n'eſt pas moins cauſ- tique.

11 *Mai.* L'artiſte ingénieux qui a l'art de repréſenter au naturel toutes ſortes de perſonnages connus ſous le nom de *figures du ſieur Curtius*, a imaginé de raſſembler dans un même lieu celles des illuſtres ſcélérats étrangers ou nationaux, qu'il appelle *la caverne des grands voleurs.* Il s'eſt établi ſur les boulevards depuis quelques années & fait les foires. Comme à meſure que la juſtice en expédie quelqu'un, il le modele & le place dans ſa collection, elle offre ainſi toujours quelque choſe de nouveau aux curieux; & ce ſpectacle n'eſt point cher, quiſqu'il ne coûte que deux ſous.

Ces jours derniers *l'Aboyeur* crioit à l'ordinaire: *Meſſieurs entrez, venez voir ces grands voleurs;* le marquis de Villette paſſoit, il demande tout haut: *Monſieur le prince & madame la princeſſe de Guimené y ſont-ils?* On lui répond que non. *Tant pis; votre collection n'eſt point complete; j'aurois donné ſix livres pour les voir.*

12 *Mai.* Il paroît que le gouvernement veut pro- fiter du retour de la paix pour favoriſer le com- merce intérieur. On a donné par-tout des ordres pour la réparation des grands chemins, & l'on a vu les ſages diſpoſitions priſes à cet égard. Il eſt auſſi queſtion d'établir des communications pour mettre à portée de profiter des routes publiques les habitants reculés dans l'intérieur des terres; mais ce travail exige une attention ſcrupuleuſe & détaillée pour ne point bleſſer les propriétés, & épargner les peines des corvéables auxquels

on courroit rifque de faire faire un ouvrage inutile par les plaintes qui furviendroient & fur lefquelles on ne pourroit s'empêcher de faire droit : en conféquence il a été rendu un fecond *arrêt du confeil* le 20 avril dernier , *concernant les nouvelles routes de communication & les formalités qui devront à l'avenir précéder la confection des routes.*

12 Mai. On annonçoit une grande réforme dans les fujets de la comédie italienne ; on difoit même qu'on avoit pris à l'égard des anciens la tournure ufitée vis-à-vis des cours fouveraines quand on veut les changer, & en refondre la conftitution ; que le roi avoit caffé cette troupe en entier par un arrêt du confeil, & l'avoit tout de fuite recréée fur un pied nouveau. Il paroît qu'il n'a pas fallu avoir recours à ce moyen extrême & defpotique.

Quatre fujets, dont deux feulement comédiens penfionnaires , ont été remerciés ; favoir, les fieurs *Saint-Preux* & *Chevalier* , & deux à part ont reçu leur ordre de retraite, une Mad. *le Roi* & le fieur *Suin.* Le renvoi de la premiere qui n'étoit incorporée dans la troupe que de 1781 , & avoit peu de talents & de moyens de plaire, ne pouvoit fouffrir beaucoup de difficulté ; quant au fecond , admis dès 1773 , il ne manquoit ni de raifon, ni d'intelligence , ni de vérité , ni de naturel ; mais fon organe , fourd dans le chant & trifte dans la comédie , déplaifoit au public , & rebutoit dès le premier abord : une anecdote le rendoit en quelque forte facré.

Il avoit eu le malheur de répugner à la reine dès qu'elle l'avoit vu. S. M., dans un mouvement involontaire, n'avoit pu s'empêcher de manifefter fon dégoût d'une façon fi expreffive , qu'on avoit

M 4

intéressé son humanité & la bonté de son cœur
en lui faisant sentir que, si elle ne réparoit
l'humiliation qu'elle venoit de donner à cet acteur
par quelque marque de bienveillance, elle alloit
lui faire perdre son état, & qu'il seroit nécessaire-
ment renvoyé. La reine voulut bien déclarer aux
gentilshommes de la chambre que ce n'étoit pas
son intention, & qu'elle exigeoit que le sieur
Suin restât à la comédie.

Il a fallu réparer cette sorte d'injustice par
une forte pension & par une gratification considérable proportionnée à ses services. Là dame le
Roi a eu aussi pension & gratification, mais beaucoup moindres.

13 *Mai. Mémoires sur la vie & les ouvrages
de M. Turgot, ministre d'état.* Tel est le vrai titre du livre annoncé depuis quelque temps.

L'éditeur dit dans un petit avertissement que
ces mémoires avoient été rédigés pour servir de
matériaux à l'éloge historique de M. *Turgot*,
prononcé en 1782 par M. *Dupuy*, le secretaire de l'académie des belles - lettres, dans une
séance publique de rentrée. Les formes oratoires
& les bornes prescrites à son travail ayant obligé
ce secretaire de laisser à l'écart une grande partie de ces matériaux sans en faire aucun usage,
celui qui les avoit rassemblés n'a pas voulu les
perdre, & il les a mis en ordre de façon à être
présentés au public. Telle est l'origine de cet ouvrage, plein de fautes au surplus & d'omissions,
comme tout ce qui s'imprime chez l'étranger &
loin des yeux de l'auteur.

13 *Mai.* Lorsque le roi a rendu à la comédie
italienne le privilege de jouer la comédie françoise, les gentilshommes de la chambre se sont

proposés d'examiner, quand les circonstances le permettroient, si l'administration de ce théâtre devoit & pouvoir conserver le même régime. Après trois années d'observations, on a vu que la variété des trois genres qu'on y représente exigeant un très-grand nombre de sujets, il falloit, en fixant leur sort d'une maniere durable, pour faciliter les moyens de le faire, augmenter le nombre des parts : en conséquence les vingt parts existantes dans l'ancienne constitution sont portées à vingt-trois.

Ces parts seront, comme par le passé, susceptibles d'être divisées en trois quarts de part, demi-part & quart de part; mais la réception à quart de part ne sera regardée que comme une réception à l'essai, & le sort du comédien italien ne sera véritablement & irrévocablement fixé que par la demi-part.

Les gentilshommes de la chambre se sont en outre réservé le droit de partager les quarts de part en deux demi - quarts, afin de pouvoir répartir les augmentations sur un plus grand nombre de personnes.

Ce zele des gentilshommes de la chambre, pour compléter d'une façon plus étendue & faire mieux prospérer la troupe italienne, fait présumer de plus en plus qu'ils veulent l'ériger en rivale de la troupe françoise, ce qui augmente davantage la jalousie de celle-ci, & justifioit encore mieux le personnage de *Melpomene*, dans la petite piece de M. *Sedaine*, si elle eût dit de meilleures choses, des choses plus fines & plus piquantes, & sur - tout si elle eût été mieux écoutée.

13 *Mai.* M. l'abbé *Augir* est un des hommes

M 5

de lettres les plus laborieux dans un genre d'érudition infiniment utile & devenu très-rare. Il a conçu le projet de nous faire connoître succeſſivement tous les grands orateurs grecs par des éditions exactes & des traductions fidelles ; mais ce projet qu'il a déja commencé d'exécuter eſt ſujet à des difficultés par l'altération du texte de la plupart de ces anciens auteurs ; ce qui a donné lieu à diverſes queſtions parmi les ſavants. M. l'abbé *Auger* les rappelle & les réſout dans dans un *Mémoire critique ſur les devoirs & ſur les qualités d'un éditeur des anciens*. Ce mémoire a excité une tempête conſidérable dans le monde érudit ; & pour connoître l'importance de cette grande querelle qui diviſe nos ſavants en *us*, il ſuffira d'en établir les points eſſentiels.

1°. Y a-t-il des cas où l'on puiſſe inférer des corrections dans un texte qui paroît avoir été défiguré par les copiſtes ?

2°. Faut-il indiquer ces corrections, ou ne les pas indiquer ?

3°. Faut-il donner deux leçons du texte, l'une qui repréſente fidellement le manuſcrit tel qu'il eſt, l'autre tel qu'il a été réformé ?

On conçoit que le bon ſens, ſi l'on le conſultoit ſeul, auroit bientôt donné la ſolution de ces graves queſtions ; & M. l'abbé Auger eſt ſans doute trop bon d'y avoir mis tant d'importance. Quoi qu'il en ſoit, malgré la ſageſſe avec laquelle il établit dans ſon mémoire la liberté qu'il accorde à un éditeur, toutefois avec des reſtrictions conſidérables, pluſieurs ſavants lui ont tombé ſur le corps, lui ont reproché de fournir des armes à des éditeurs téméraires, d'autoriſer les altérations du texte, la corruption conſéquemment des fources de la faine éloquence & du bon goût, & dans leur mauvaife humeur l'ont accablé d'injures à la maniere de leurs confréres du quinzieme fiecle, & cette guerre fait gémir les philofophes & rire les fots.

13 *Mai.* On parle beaucoup d'une facétie qui paroît tout récemment, intitulée : *Requête de Volange, dit Jeannot, à monfeigneur Hue, le garde-des-fceaux de France.* On conçoit qu'elle doit être très-recherchée & très-rare. La police veille avec le plus grand foin à ce qu'elle ne fe répande pas.

14 *Mai.* Les mémoires fur la vie & les ouvrages de M. Turgot, en un gros volume in-8°. de plus de 400 pages, font divifés en deux parties.

Dans la premiere on parle de fa jeuneffe, de fon adminiftration dans la généralité de Limoges, & de fon miniftere à la marine.

Dans la feconde on embraffe fes opérations durant le court efpace de temps qu'il eft refté à la tête des finances.

M. Dupont, à qui l'on attribue cet ouvrage, & qui en eft très-digne, eft tellement enthoufiafte de fon héros, qu'il ne fait grace fur rien au lecteur, & entre dans des détails extrêmement minutieux, fatigants & ennuyeux.

A l'entendre vanter les ouvrages de la jeuneffe de M. Turgot, dont peu ont tranfpiré dans le public, ce feroient autant de chef-d'œuvres, & il y a bien à parier, au contraire, que tout cela eft au moins très-médiocre, & peut-être très-mauvais. La feule annonce de certains, pour leur bizarrerie, les caractérife & ôte toute envie de

M 6

les connoître , si ce n'est pour rire de leur ridicule.

C'est bien autre chose quand l'historien exalte l'homme d'état. Il n'est pas un arrêt du conseil , provoqué & rendu par M. Turgot , qu'il ne rapporte , ne discute , ne commente ; il n'est aucun de ses projets qu'il ne développe dans la plus grande étendue , & qu'il ne hérisse de calculs effrayants ; tout est chef-d'œuvre de génie & de patriotisme.

Du reste , peu de faits , encore moins d'anecdotes. La maniere dont est parvenu monsieur Turgot au ministere , l'épisode des émeutes de 1775, l'origine de la haine que le parlement portoit à ce ministre , les causes de sa disgrace & la maniere dont elle s'est effectuée , mille autres traits curieux de sa vie & de son ministere sont entiérement passés sous silence ; en sorte que malgré la longueur de cette vie prétendue , elle est encore à faire , & malgré le talent du panégyriste , on a bien de la peine à lire en entier sa verbeuse production.

14 *Mai.* Extrait d'une lettre de Riom en Auvergne , le 6 mai.... Il y a un mois effectivement que nous avons eu le plaisir de posséder ici le marquis de la Fayette , c'est-à-dire , qu'il y étoit le 5 avril. Il a été reçu avec tous les honneurs dont on vous a rendu compte & qu'il mérite bien. Le corps de ville , précédé d'instruments & des sergents de la milice bourgeoise , alla lui présenter le vin d'honneur ; trois députés du présidial en robes rouges , le complimenterent. Enfin , c'étoit une alégresse générale dans la ville ; on s'embrassoit presque sans se connoître ; on ne cessoit de crier : *Vive la Fayette* ! Cha-

cun de ſes concitoyens ſembloit participer à ſa
gloire ; car il faut que vous ſachiez que cette
maiſon eſt de notre province. C'eſt même ce qui
nous a procuré l'avantage de poſſéder un inſtant
ce jeune ſeigneur. Il venoit d'y perdre une de
ſes tantes, & s'empreſſoit d'arracher une autre qui
lui reſte à ſa douleur & de l'emmener avec lui.
Cet acte de tendreſſe vous prouve qu'il eſt ſuſceptible de tous les ſentiments. Il a reçu avec
la modeſtie qui le caractériſe tous les hommages
qu'on lui a offerts.

15 *Mai*. Extrait d'une lettre de Breſt , du 9
mai. . . . . Il tranſpire ici des copies d'une réponſe
du comte *de Vergennes*, au commandant qui lui
avoit adreſſé une lettre au nom de ſon corps pour
le féliciter de la place de préſident du conſeil
des finances, accordée depuis peu par le roi à ce
miniſtre. Elle eſt beaucoup trop flatteuſe pour
nos officiers de la marine , qui prennent à la lettre
tous ces compliments de cour & s'en rengorgent.
M. *de Vergennes* y dit ingénieuſement : « ſi la
„ nouvelle marque de confiance que je viens de
„ recevoir de ſa majeſté eſt une récompenſe du
„ ſuccès des négociations pour la paix, je ne me
„ diſſimule point à qui je dois un des premiers
„ hommages de ma reconnoiſſance , & je m'ac-
„ quitte avec empreſſement de cette dette envers
„ les intrépides coopérateurs que j'ai trouvés dans
„ le corps de la marine. Je ſuis d'autant plus flatté
„ de ce que vous me mandez de leurs ſenti-
„ ments à mon égard , Monſieur, que je crai-
„ gnois qu'ils ne me pardonnaſſent que difficile-
„ ment d'avoir enchaîné leur courage. Je vois
„ avec bien du plaiſir qu'ils ont fait céder l'inté-
„ rêt de leur gloire à l'intérêt de l'humanité. „

15 *Mai.*. La France a déja quatre grands canaux. Celui de *Briare* qui établit à *l'eft* la communication de la Loire par le Loing ; celui *d'Orléans* qui unit à *l'oueft* les deux mêmes fleuves ; celui de *Picardie* qui joint la *Somme* à *l'Oife* & le *Canal Royal*, le fameux *Canal de Languedoc*, qui unit *la Méditerranée* à *l'Océan* par le *Languedoc* & *la Guyenne*.

Il eft toujours queftion d'un cinquieme qui joindroit *le Rhin* à *la Saône* & au *Rhône*, la mer du nord à la Méditerranée par *la Breffe*, *la Bourgogne*, *la Franche-Comté* & *l'Alface*.

15 *Mai.* Depuis que M. *Linguet* a répandu fon mémoire fur une communication plus prompte à des diftances très-éloignées, d'autres phyficiens fe font évertués, & entr'autres *Dom Ganthey*, religieux de l'ordre de Cîteaux. Il propofe trois moyens de faire parvenir une nouvelle avec une extrême diligence.

1°. L'on pourra donner un fignal fecret à plus de cent lieues dans moins d'une minute, fans qu'on puiffe s'en appercevoir dans l'intermédiaire. Il aura lieu en tout temps, dans toute faifon, à toute heure, fans augmentation de dépenfe ; enfin, il pourra fe porter à trente lieues en quelques fecondes, fans ftations intermédiaires.....
Ce moyen eft connu de l'académie des fciences, mais il eft fecret pour le public.

2°. *Dom Ganthey* fe flatte de faire parvenir l'avis le plus détaillé, & l'inftruction la plus longue à cent lieues dans une demi-heure environ, & de les faire articuler par un tiers auffi parfaitement que fi l'on étoit en préfence.

3°. Il penfe qu'il feroit poffible de faire parvenir une lettre effective & un paquet de quelques onces, à cent lieues, dans six heures, dans une fleche, de stations en stations, avec un arc assez puissant.

Tout cela se voit dans un prospectus imprimé du religieux. Il voudroit une somme de 1,200 liv. pour les expériences qu'il se propose à ce sujet.

16 Mai. Le résumé des opérations du ministere de M. Turgot, donné par M. Dupont, seroit le plus grand éloge qu'on en pût faire, s'il étoit vrai, exact & sans aucun retour fâcheux.

Il a supprimé vingt-trois especes de droits ou d'impositions établies sur des travaux nécessaires, ou sur des conventions utiles, ou sur des récompenses méritées. Il avoit aboli la corvée des chemins, & substitué à cette épargne de 40 millions pour la nation une dépense suffisante de 10 millions. Il a supprimé l'autre corvée qui avoit lieu pour le voiturage des troupes. Il a diminué la rigueur de la régie des impositions indirectes au très-grand profit des contribuables du roi, & même des financiers; il a de même adouci la perception des impositions territoriales en abolissant les contraintes solidaires, & autant qu'il a été possible, le croisement des poursuites des receveurs. Il a arrêté le cours de la plus terrible des épizooties; il a réprimé une sédition conduite avec art. Il a pourvu à l'égale distribution des subsistances. Il a donné les plus grands encouragements au commerce & à la nature des trois principales productions du territoire, le bled, la viande & le vin. Voici pour les propriétaires.

Quant au peuple, il lui a donné la liberté du commerce & du travail, & ne vouloit pas

qu'on la lui vendît. Il a réformé une multitude
d'abus, dont quelques-uns étoient au profit de fa
place. Il a aboli la vénalité des charges, autant
qu'il a dépendu de lui. Il a fait un grand nombre d'établiffements utiles. Il s'eft refufé & oppofé aux mauvaifes inftitutions. Il a été au fecours des plus pauvres de l'état; il leur a fait
payer leurs penfions arriérées de quarante ans. Il
a rembourfé les hôpitaux, dont les rentes coû-
toient trop de frais aux propriétaires proportion-
nellement à leur valeur. Il a effuyé les dépenfes
extraordinaires du facre du roi, du mariage d'une
princeffe, de la naiffance d'un prince. Il a ré-
paré une banqueroute faite; il en a prévenu une
prête à faire. Il a facilité les paiements jufqu'aux
Indes. Il a foldé une partie des dettes des colonies & mis l'autre en ordre. Il a trouvé le crédit
à cinq & demi pour cent, & l'a laiffé à quatre.
Il n'a chargé le tréfor royal que de 10 millions
d'avance; il a cependant payé 14 millions de la
dette exigible arriérée, 50 millions de la dette
conftituée, 28 millions d'anticipations : il a fait
cela en vingt mois, & dans ces vingt mois, il
n'en a pu travailler que treize.

Il avoit pris les finances à 19 millions de
deficit : il les a laiffées avec un excédent de 3
millions & demi.

16 *Mai.* Il faut fe rappeller que depuis la
mort du marquis de Menars, il s'étoit élevé un
procès entre fes héritiers & la veuve, à l'occafion
de la terre de Menars, fubftituée par Mad. de
Pompadour à fon frere, & en cas de mort, à
M. Poiffon de Malvoifin. M. de Menars avoit
profité de fon crédit pour faire caffer au parlement la fubftitution ; depuis fa mort M. de

Malvoifin eft revenu par requête civile, & a fait juger la fubftitution en fa faveur. Ainfi le parlement avoit jugé le pour & le contre, & fans doute toujours bien. Cependant cette contradiction d'arrêt fourniffoit ample matiere à fe pourvoir au confeil qui a jugé l'affaire lundi, & a trouvé la fubftitution bien faite & valable.

16 *Mai*. Les comédiens italiens avoient annoncé pour aujourd'hui la premiere repréfentation de *la Fidelle Inconftante* ou *les Voyages de Rozine*, opéra comique nouveau en trois actes, en vaudevilles. Elle eft remife. Le fujet eft tiré d'un conte de Piron, dont la moralité très-orduriere eft : *Tout vient à point à qui peut attendre*. La piece a été adreffée anonymement au fieur Trial, qui en eft devenu le pere adoptif. On la croit de meffieurs Piis & Barré.

16 *Mai*. Le maître clerc d'un M. Perron notaire, a été conduit hier, par ordre du roi, à l'hôtel de la Force, pour une excroquerie de 40 mille livres qu'il a fait à une dame qui l'avoit chargé de prendre des récépiffés du dernier emprunt du tréfor royal, où elle ne s'eft pas trouvée infcrite lorfqu'il a été queftion de les échanger. Il a fubi interrogatoire, & eft convenu avoir excroqué comme cela environ 200,000 livres.

17 *Mai*. Mad. de Pompadour par fon teftament, avoit conftitué fon frere fon légataire univerfel, & en cas de mort de fon frere fans enfants, avoit mis en fon lieu & place M. Poiffon de Malvoifin.

Par fon codicile, elle avoit fubftitué à fon frere le marquifat & pairie de Menars & fes dé

pendances , & au cas de mort de fon frere
fans poftérité , elle avoit mis en fon lieu & place,
aux mêmes conditions , M. Poiffon de Malvoifin.

En 1766, M. de Marigny , quoiqu'il eût reconnu la fubftitution , trouvant qu'elle le gênoit,
étoit revenu contre , & avoit profité de fon crédit auprès de M. de Maupeou , pour faire déclarer par le parlement cette fubftitution , 'une
fubftitution vulgaire.

On entend par fubftitution vulgaire , une
fubftitution caduque au décès du teftateur , qui
n'eft faite que pour raffembler tous fes biens fur
une feule & même perfonne. Elle étoit fort en
ufage chez les Romains , extrêmement impé-
rieux & jaloux de dominer jufqu'après leur
mort.

Non - feulement le droit romain n'a pas force
de loi en France , mais l'édit des fubftitutions
profcrit pofitivement les fubftitutions vulgaires.

M. de Malvoifin , ou plutôt fes enfants , revenus comme mineurs, n'ont donc pas eu de peine
de rappeller le parlement à la regle & à la véritable interprétation du teftament.

Mad. de Marigny ou Mad. de Menars , dernier
nom qu'avoit pris fon mari , avoit le plus grand
intérêt de faire tomber la fubftitution , en ce que
fon contrat de mariage en acquéroit beaucoup plus
d'étendue dans les difpofitions utiles, & les autres
héritiers faifoient caufe commune avec elle , en
ce qu'ils fe trouvoient par-là rentrer dans la fuc-
ceffion pour leur part ; ils s'étoient donc pourvus
en caffation.

Au bureau compofé de fix confeillers d'état &
du rapporteur M. *de Bertrand*, celui-ci & trois

conseillers d'état étoient pour la cassation. Il
a donc fallu assembler le conseil à Versailles,
que de long-temps ou peut-être jamais on n'avoit
vu si nombreux ; il s'est trouvé soixante - trois
opinants.

Ce n'a pas été un spectacle peu agréable pour
messieurs du conseil de se voir sollicités, pressés,
cajolés par deux jolies femmes, Mad. *de Menars*
d'un côté, & Mad. *de la Galissonniere* de l'autre,
(en sa qualité de fille de M. Poisson de Mal-
voisin) ; mais l'embarras étoit de se déterminer.
Les barbons étoient pour la premiere ; les jeunes
gens pour la seconde ; enfin ceux-ci l'ont emporté. Elle a eu quarante - deux voix contre
vingt-une.

Mad. *de saint - Aulaire*, jeune femme très-
liée avec Mad. *de la Galissonniere*, s'est tenue dans
l'antichambre du conseil, constamment pendant
la séance, qui a duré plusieurs heures. Sur les trois
heures un jeune maître des requêtes est venu lui
dire que Mad. *de la Galissonniere* avoit gagné :
elle avoit son valet de chambre tout prêt, qui
n'a mis que trois quarts d'heures à venir apporter
à Paris cette bonne nouvelle, & elle - même l'a
suivi peu après dans sa chaise de poste pour féliciter
& embrasser son amie.

17 *Mai*. Extrait d'une lettre de Bordeaux, du
13 mai. . . . . La paix nous a été infiniment plus
funeste que la guerre, & depuis cet évenement,
si heureux pour les autres, nous comptons ici
soixante-dix banqueroutes, dans le courant. Ces
banqueroutes sont dues en partie au manque de
parole du gouvernement, qui, n'ayant plus besoin
de nous, ne se presse pas de tenir ses engagements
& de payer le fret qui nous est dû.

17 *Mai.* Au renvoi de M. *de Fleuri*, les autres ministres, les gens de la cour & tous ceux qui aiment à pêcher en eau trouble, qui sont ennemis nés de l'ordre, ont été enchantés, parce qu'ils se font imaginés que le comité des finances, institué par ce ministre, tomberoit avec lui; mais il subsiste, & l'on lit une lettre répandue dans le monde, par laquelle M. *d'Omersson* écrit, au nom du roi, à tous les secretaires d'état & autres ordonnateurs chargés de quelque département, que l'intention de sa majesté étant de profiter de la tranquillité de la paix pour améliorer ses finances, elle ne peut travailler efficacement à ce grand ouvrage, que chacun d'eux n'ait rendu compte de celles qui lui ont été réparties, & de la situation de son département, des dettes dont il est chargé; des réductions, économies, suppressions dont il est susceptible.

On assure que messieurs les secretaires d'état regardant cette invitation de M. le contrôleur-général, comme une sorte de supériorité qu'il affectoit sur eux, ont tenu entr'eux un petit conciliabule pour savoir ce qu'ils feroient. On prétend que M. *de Ségur*, M. *de Castries*, plus altiers, étoient d'avis de donner leur démission : mais que, tout combiné, ils sont convenus d'attendre que le roi leur manifestât lui-même sa volonté ; & qu'à l'égard de M. *d'Ormesson*, ils ont tenu un silence méprisant, & ne lui ont pas répondu, sauf M. le comte *de Vergennes.*

On ajoute que ce dernier a déja prêché d'exemple, s'est mis en règle, & a rendu ses comptes au comité.

C'est le samedi de chaque semaine que ce comité a lieu ordinairement.

18 *Mai.* Ces jours derniers, le roi en revenant de la chaffe s'eft fait faire un chignon à la
maniere des femmes, & eft allé ainfi chez la
reine. Sa majefté s'eft mife beaucoup à rire, & lui
a demandé ce que fignifioit cette mafcarade, fi
l'on étoit revenu en carnaval ? Eft-ce que vous
trouvez cela vilain, lui a dit fon augufte époux ?
C'eft une mode que j'ai envie d'amener ; je n'en
ai encore inftitué aucune. Ah ! Sire, gardez-vous
bien de celle-là, elle eft affreufe, a repliqué
fa majefté. Cependant, Madame, a repris le
monarque, il faut bien que les hommes aient
quelque maniere de fe coëffer diftinguée de celles
du fexe ; vous nous avez enlevé le plumet, le
chapeau, la cadenette, la queue ; aujourd'hui
c'eft le cadogan qui nous reftoit & que je trouve
fort vilain aux femmes,...... La reine a fenti ce
que cela vouloit dire, & n'ayant rien de plus à
cœur que de plaire au roi, a donné ordre qu'on
lui défît fur le champ les *cadogans*, & a repris le
chignon.

Il y a apparence que cette mode adoptée avec
fureur à Paris, & fort ridicule effectivement,
va tomber au moyen de la plaifanterie du roi.

18 *Mai.* M. le chevalier *de Chatelu* a compofé,
comme on a dit, un gros livre fur les Américains,
durant le temps qu'il eft refté à l'armée *de Ro-*
thambeau. Revenu ici, il fe propofoit de le répandre, & a été furpris de fe trouver devancé
par M. l'abbé *Robin*, auteur qui a traité le même
fujet, & dont on a dit un mot précédemment.
L'ouvrage de celui-ci, quoique fuperficiel, peut-
être par cette raifon même, a été affez bien accueilli, & plus goûté que celui de l'académicien.
Dans les morceaux qui ont pu fe comparer, tels

que le portrait de *Washington*, on a jugé même l'abbé bien supérieur au militaire. Tout cela n'a pas peu contribué à exciter la jalousie de M. *de Chatelu*.

Il faut savoir en outre qu'au siege *d'Yorck-Town*, le seul échec qu'ait reçu l'armée françoise, est arrivé par une belle nuit où M. le chevalier *de Chatelu* commandoit la tranchée. Les Anglois firent une sortie, gagnerent une batterie, enclouerent sept pieces de canons, tuerent quelques hommes, en blesserent une trentaine, & emmenerent des prisonniers. On plaisanta dans l'armée sur l'officier général qui commandoit; on dit qu'occupé à quelque rêve philosophique, il s'étoit laissé surprendre, &c.

M. l'abbé *Robin*, connoissant le devoir de l'historien, par complaisance pour M. *de Chatelu*, ne pouvoit passer sous silence cet événement; mais il a eu l'honnêteté de ne le nommer ni ne le désigner en rien. Cependant celui-ci a été furieux; mais dissimulant son ressentiment, tandis qu'il accueilloit très-bien cet auteur, qu'il lui faisoit des compliments sur son livre, qu'il lui promettoit des secours & des conseils pour une autre édition, il en faisoit secrétement une critique malhonnête, injurieuse, qui a paru dans le mercure anonymement, mais où tous les connoisseurs, & sur-tout les gens au fait de l'anecdote, ont reconnu le cachet de M. *de Chatelu*.

L'abbé *Robin* a cru devoir répondre, & a voulu se servir du même champ de bataille qui s'est trouvé fermé pour lui. Le sieur *Pankouke* lui a déclaré qu'il ne pouvoit inférer sa réponse, ce qui a achevé d'indiquer les honnêtes gens contre son adversaire. L'abbé *Robin* a été obligé d'avoir

recours au courier de l'Europe, qui a reçu la défenfe de cet auteur, & en a enrichi fon journal
avec reconnoiffance.

19 *Mai*. Entre les idées fingulieres de M. *Turgot*,
dout fon hiftorien n'omet aucune, la plus bizarre
fans doute c'eft celle qu'il eut dans le peu de
temps qu'il occupa le miniftere de la marine ;
c'étoit de faire faire les conftructions habituelles
en Suede, il eft vrai d'après les plans & fous la
direction des conftructeurs françois, & d'amener
les vaiffeaux tout faits, tout gréés, montés d'une
partie de leurs canons, & chargés des matériaux
néceffaires pour en conftruire d'autres dans nos
arfenaux maritimes. Il avoit calculé que l'épargne
du fret difpendieux qu'exige toute la partie du
bois qu'il faut enfuite réduire en copeaux, celle
de la refonte du cuivre pour les pieces de bronze,
dans un pays qui le tire de l'étranger, & où le
charbon eft rare & cher, & enfin la différence
du prix des fubftances & de la main d'œuvre en
Suede & en France pourroient procurer une économie de deux cinquiemes fur la conftruction des
vaiffeaux du roi.

Une autre, c'étoit fon projet de l'établiffement
d'un *confeil de l'inftruction nationale*, compofé
d'un petit nombre de citoyens les plus recom-
mandables par leur naiffance, leurs lumieres &
leurs vertus, choifis parmi les plus grands feigneurs, dans le confeil du roi, dans le parlement. Ce confeil auroit eu la direction générale
des académies, des univerfités, des colleges, des
petites écoles. Il auroit fait faire un concours des
livres claffiques, établi des maîtres d'écoles dans
les paroiffes, des prédicateurs politiques pour inftruire le peuple de l'intérêt, du bien focial .

des droits, des devoirs qui l'attachent à la patrie, &c.

Deux anecdotes vraiment honorables pour ce
ministre, c'est l'amitié tendre que *Louis XVI*
avoit pour lui, la confiance affectueuse qu'il lui
avoit donnée, même avec des démonstrations
qui lui avoient fait oublier sa majesté, au point
*de daigner presser les mains de M. Turgot dans ses
mains royales*, comme pour accepter son dévoue-
ment absolu.

C'est ensuite la lettre qu'il reçut du roi de
Suede, de ce monarque si connoisseur, si bon
apréciateur du mérite, qui, en envoyant en
présent au roi de France, dans le temps des
émeutes, deux navires chargés de grains, l'exhor-
toit à soutenir toujours avec le même courage
des principes si utiles au royaume dont il admi-
nistroit les finances.

19 *Mai*. Un fermier de M. le duc *de Gevres*
vient de commettre un crime qui l'a fait con-
damner à être roué vif, & d'une nature si extraordinaire, qu'il mérite d'être consigné ici. Dans un
rendez-vous donné à une femme qui l'aimoit, au
lieu des caresses qu'elle en attendoit, il lui a
introduit dans la partie, un bâton armé de toutes
ses épines; nouveau genre de supplice qui a bientôt fait mourir cette malheureuse, dans les dou-
leurs les plus horribles.

Le coupable, dans la vie duquel on ne trouve
du reste aucun trait qui désigne un caractere
atroce, est convenu du fait. Il a dit qu'il avoit autrefois vécu avec cette femme, mais sans beaucoup
de goût, & par une sorte de complaisance; qu'il
n'avoit jamais couché avec elle que quatorze
fois; que marié depuis peu, il avoit rompu ce

commerce

commerce criminel ; qu'elle , toujours folle de lui , ne ceſſoit de le provoquer , & que dans l'eſpoir de s'en débarraſſer , & de lui ôter toute envie de le tourmenter déſormais , il avoit imaginé ce moyen , qu'il n'auroit jamais cru pouvoir être auſſi funeſte & la faire périr ; & réellement on ne peut lui ſuppoſer aucun autre motif.

Le délit ayant été commis dans le reſſort du bailliage de Meaux , le conſeiller au châtelet, rapporteur du procès , après la confirmation du parlement , eſt parti aujourd'hui pour aller faire exécuter la ſentence.

20 *Mai.* Pour entendre la *Requête de Jeannot ,* il faut ſavoir que M. le garde-des-ſceaux poſſede ſupérieurement l'art de la pantomime & le talent de la ſcene dans certains rôles de la comédie , qu'il eſt extrêmement gai en ſociété , & fait entremêler aux affaires les plus graves ces aimables délaſſements.

Il paſſe pour conſtant que , durant la diſperſion des cours de magiſtrature , il a joué avec beaucoup de ſuccès les rôles de *Criſpin* à *Pontchartrain ,* qu'il a ſingulièrement amuſé madame & M. *de Maurepas ,* & que s'étant inſinué dans leur intimité par ſon art de les intéreſſer, il leur a fait voir enſuite qu'il ne manquoit pas du génie néceſſaire aux grandes places , qu'il leur a fourni des vues & des moyens pour le rétabliſſement de la magiſtrature , & que ſe trouvant en même temps du bois dont on fait les chefs de la juſtice , il l'eſt devenu.

Quoiqu'un garde-des-ſceaux ne puiſſe guere avoir le temps de revenir à ce genre de plaiſir, ſi l'on en croit l'auteur de la requête , M. *de Miroménil ,* chez M. *de Vergennes ,* en petit co-

mité, a rappellé fon talent, & a très-bien rendu
les rôles de la *Mere aux chats* & de *la Femme
en couche* ; en forte que les fieurs *Dugazon* &
Boyer, les plus renommés pour ces farces, en ont
été furpris eux-mêmes ; mais ce qui eft plus
incroyable encore, c'eft qu'il contrefait fupérieurement *Jeannot*, & à s'y méprendre.

C'eft d'après ces faits, qui font aujourd'hui
connus dans le public, que l'auteur de la requête fait parler *Jeannot*. Ce farceur fupplie monfeigneur le garde-des-fceaux de s'en tenir à fes
grands talents pour la magiftrature, & de ne pas
lui ravir le fien ; ou bien alors de le dédomma-
ger du tort qu'il lui fait en lui procurant une
place d'acteur, foit à la comédie italienne, foit
à la grand'chambre ; ce qui donne lieu à révéler
deux anecdotes qu'on ne connoiffoit pas.

L'une, c'eft que M. le garde-des-fceaux a
bien voulu s'intéreffer pour une demoifelle Fa-
vier, qu'il a fait recevoir chez le fieur *Nicolet*;
l'autre, qu'il a conféré des provifions de lieutenant-général au bailliage de Montargis au
fieur *Caffagnade*, ancien chanteur de l'opéra.
Au furplus, finit le fuppliant, fi monfeigneur
lui laiffe le choix, il préféreroit encore une place
de confeiller de grand'chambre, parce que les
parts entieres à la comédie italienne ne font
guere que de huit à dix mille francs, & qu'on
lui a affuré que celles de la grand'chambre étoient
de dix-huit à vingt.

Tel eft le réfumé de cette facétie, courte, in-
génieufe, naturelle, & d'autant plus condam-
nable, en ce que, fous un air de gaieté, elle
recele une méchanceté très-réfléchie.

21 *Mai.* Les Italiens ont exécuté hier la piece retardée des *Voyages de Rosine.*

Au premier acte, cette héroïne, françoise d'origine, contrariée par ses parents dans son inclination pour un amoureux auquel elle étoit fort attachée, a été enlevée sur mer, comme elle s'y promenoit dans une barque. Elle est vendue à un riche Turc, & se voit au milieu de ses rivales; il lui jette le mouchoir; mais au moment de jouir des embrassements du musulman, il tombe malade, & les médecins lui défendent d'approcher de son serrail. *Rosine* piquée, s'enfuit à la faveur de la nuit, & s'expose de nouveau à l'inconstance des flots.

Au second acte, elle aborde dans une isle où il n'y a que des hommes; ceux-ci sont enchantés de sa venue, veulent l'élire leur reine, & lui laissent le choix de celui d'entr'eux qui lui plaira le plus pour l'associer à son empire. Elle en préfere un qui se trouve être une femme déguisée, qui a suivi son amant. On les laisse ensemble : de là une scène très-embarrassante. L'amant survient; on raconte tout à *Rosine*, & ce nouveau contre-temps la détermine à partir avec eux pour vaincre l'ascendant de sa malheureuse étoile.

Rosine revient dans sa patrie & assiste aux noces de ses deux compagnons de voyage : grande fête & bal masqué, où elle retrouve celui qui a eu ses premieres inclinations, & l'épouse.

Les deux premiers actes sont charmants, pleins de sel & de gaieté, & d'ailleurs d'un comique de situation très-ingénieux. Malheureusement & le fonds & le dialogue appartiennent presque entiérement à *Piron.* Le troisieme, qui est

N 2

véritablement à l'auteur , a paru plus froid &
languissant; on s'apperçoit qu'il est dénué de son
guide.

Cependant le prodigieux succès des premiers
actes ayant fait demander l'auteur, le sieur *Trial*
a paru & chanté le couplet suivant, sur l'air : *Des
simples jeux de mon enfance.*

> J'ai reçu cet ouvrage anonyme ,
> Il m'a paru récréatif ;
> Et pour lui gagner votre estime,
> Je m'en suis fait pere adoptif.
> L'auteur se couvre d'un nuage ;
> Qui de nous peut le pénétrer ?
> Je n'en sais rien ; mais votre suffrage
> Doit l'engager à se montrer.

Au style seul de ce couplet on a facilement
reconnu celui de MM. de *Piis* & *Barré.*

22 *Mai.* Le parlement ne perd point de vue
l'affaire des quinze-vingts, & elle devient d'autant
plus grave qu'on y met de part & d'autre beaucoup
d'amour-propre. M. le grand-aumônier regardant
cette querelle comme une querelle d'honneur ,
la défend non-seulement avec tout l'esprit possible,
mais y intéresse les personnages les plus augustes ,
& sur-tout la reine , à laquelle il a l'honneur
d'appartenir. De son côté, le parlement se prévaut
d'une espece de ligue que le conseil a fait avec
lui à cet égard , & ces deux corps semblent en
cela d'accord pour la premiere fois.

Par l'arrêt du conseil du 14 mars dernier , le
roi avoit confirmé le choix fait par M. le cardinal

de Rohan , du fieur abbé Bertin , confeiller d'état, des fieurs Tolozan, abbé Royer & Mint, pour être gouverneurs-adminiftrateurs, & remplacer les anciens qui s'étoient démis. Il étoit ajouté dans l'arrêt : *auxquels , felon l'ufage , il ferà donné par le grand-aumônier lettres & provifions*. Cet afferviffement qui n'eft point dans les autres adminiftrations , la formule du ferment à prêter entre les mains du grand-aumônier , tombée en défuétude depuis plus d'un fiecle , mais qu'il étoit autorifé à faire revivre d'après les lettres-patentes originaires de *François premier* , enrégiftrées en parlement en 1546 , tout cela a répugné à ces meffieurs, ils ont également refufé , & il ne s'eft trouvé dans le confeil aucun membre difpofé à les remplacer ; en forte que M. Amelot leur a écrit trois lettres confécutives pour leur annoncer les intentions du roi à cet égard : dans la derniere entr'autres , il les menace que, s'ils perfiftent à refufer cette commiffion , ils doivent s'attendre à n'en plus avoir : ils font reftés fermes dans leur réfolution , excepté le fieur Tolozan, qui, n'écoutant que fon ambition , s'embarraffe peu de fe brouiller avec fon corps , pourvu qu'il devienne confeiller d'état.

Quoi qu'il en foit , le parlement s'eft encore prévalu de cette circonftance , & la fait valoir dans fes remontrances , qui , enfin rédigées , ont été lues hier aux chambres affemblées.

En conféquence , les gens du roi ont été chargés de fe retirer pardevers le roi , à l'effet de favoir le lieu , le jour & l'heure auxquels il plairoit à S. M. de les recevoir.

22 *Mai*. La tragédie annoncée de Mad. *de Montesson* a en effet été jouée fur fon théatre le

N 5

dimanche 4 de ce mois. Elle a pour titre: *la ducheffe de Bourgogne* ou *la comteffe de Bar.* Il eft a préfumer que ce fujet, plus romanefque qu'hiftorique, eft tiré du roman intitulé: *Anecdotes de la cour de Philippe-Augufte.* On dit que le caractere principal reffemble beaucoup à celui de Phedre. On a trouvé fur-tout les quatrieme & cinquieme actes très-beaux : la verfification eft quelquefois foible, mais elle a quelquefois du nerf & de la grandeur.

Cette piece étoit jouée par les acteurs de la comédie françoife.

23 *Mai.* Le maître clerc de M. Perou fe nomme *Pinon*, il étoit chez lui depuis vingt ans, & plutôt fon ami que fon fubalterne. Cependant le notaire ne pouvant douter de fon dérangement a provoqué lui-même une lettre de cachet pour le faire arrêter & conduire à l'hôtel de la Force. En vertu de cette même lettre de cachet, il a été mis le fcellé fur fes papiers & fait inventaire. On y a facilement trouvé les preuves de fon *déficit*, fe montant à plus de 400,000 liv. Il en a été rendu plainte, fur laquelle le procureur du roi a fait fa dénonciation au châtelet; information en conféquence & bientôt décret de prife-de-corps. Alors on a demandé la main levée de la lettre de cachet, & en vertu dudit décret l'accufé a été transféré dans les prifons du châtelet.

On ne croit pas qu'il puiffe y avoir peine de mort, mais bien celle décernée contre les efcrocs & banqueroutiers frauduleux. On veut que madame Dubois, qui avoit toute confiance en cet homme, y foit pour plus de 200,000 liv.

23 *Mai.* Il paroît un nouvel écrit fur la grande conteftation qui divife aujourd'hui le parlement,

c'est une *lettre d'un ancien conseiller au parlement de Paris, à un ancien conseiller au parlement retiré dans ses terres.* Elle est fort modérée, & il en a été envoyé des exemplaires à messieurs, ainsi qu'au parquet. Elle roule principalement, dit-on, sur la malheureuse liaison qui se trouve entre les intérêts du roi & les épices, en sorte que celles-ci ne peuvent baisser que les autres n'en souffrent: l'ouvrage est très-récent, puisqu'il est daté de Paris le 2 mai 17 3.

23 *Mai.* Il n'y a plus de doute aujourd'hui que les voyages de Rosine ne soient de messieurs de *Piis & Barré.* Ils les ont réduits à deux actes, & quoique le nouveau dénouement soit tout-à-fait bizarre, il donne plus de vivacité à l'action, & la piece en sera plus courue.

24 *Mai.* M. le président Roland vient enfin de livrer au public son travail dans l'affaire des jésuites, où il a joué un grand rôle. Il a fait imprimer le tout sous le titre de *Recueil de plusieurs des ouvrages de M. le président Roland, imprimé en exécution des délibérations du bureau d'administration du college de Louis le Grand, des 17 & 18 avril 1782.*

Cette collection a été quelque temps à paroître, parce que l'auteur magistrat, qui a beaucoup de vent, desiroit que M. le grand-aumônier, comme le chef du bureau d'administration, présentât l'ouvrage au roi.

M. le grand-aumônier s'en est défendu, en ce qu'il est question dans le livre d'un tableau singulier trouvé à Billon chez les jésuites, dont M. le président juge à propos de donner l'explication à sa maniere. Il y reconnoît les rois assassinés, Henri III, Henri IV. Il y reconnoît les

N 4

affaffins jéfuites : les Jean Chatel , les Guignard ,
les Ravaillac. M. le grand-aumônier , qui n'y
voit pas tout cela auffi clairement que M. le préfident, a jugé 1°. indécent & mal-adroit de
remettre fous les yeux de S. M. qu'il y a eu de fes
ancêtres affaffinés , de lui en repréfenter l'hiftoire
& les effigies ; 2°. téméraire de donner comme
pofitif & avéré les explications arbitraires , les
vifions de l'imagination de l'auteur.

M. le préfident a trouvé ces objections très-
mauvaifes ; il a infifté ; il a reproché à M. le
cardinal de Rohan d'être jéfuite dans l'ame, de
craindre les revenants. Celui-ci a été inflexible ,
& après une négociation de fix femaines , il a
fallu que M. le préfident renonçât à fa prétention ,
& fe contentât de recevoir les louanges des journaliftes qu'il pourra fe concilier d'une maniere ou
d'autre.

24 Mai. Dans les conférences des magiftrats
du parlement , au fujet des abus à réformer dans
l'adminiftration de la juftice, il a été convenu de
régler la forme de procéder aux délibérations.
On indiquera les objets dont il fera délibéré à la
huitaine, & chacun fera autorifé d'apporter fon
avis projeté : on voit que meffieurs ne font pas
encore fort avancés , & voici un nouveau répit
que vont avoir les partifans des épices par les
vacances de la pentecôte qui approchent.

24 Mai. M. l'abbé de Bourbon n'ayant point
l'âge requis , a obtenu une difpenfe pour dire
fa premiere meffe. Cette cérémonie a eu lieu le
lundi de pâque à St. Magloire , avec un concours
de monde prodigieux , & dans le plus grand
appareil : il y avoit quatorze évêques préfents.
Le jeune éleve du feigneur a officié avec beaucoup

de noblesse; mais, soit timidité, soit défaut de l'organe, on a trouvé qu'il n'avoit pas la voix juste, & il a fort mal chanté.

Il est actuellement à *Rheims* pour s'y faire recevoir licencié en droit, ce qui est l'affaire de peu de jours dans cette université; il est nécessaire qu'il soit revêtu de cette qualité pour avoir des lettres de grand-vicaire, après quoi il prendra séance au chapitre.

Il n'aura aucune place particuliere comme l'adulation en avoit répandu le bruit, & comme ceux qui s'intéressent à sa gloire vouloient lui en faire élever la prétention, à raison de la distinction qu'il a reçue d'être chanoine honoraire, Il sera assis dans le dernier stalle, en qualité de chanoine dernier reçu.

Les zélés pour l'honneur du chapitre, sont même aujourd'hui très-fâchés de la distinction accordée à M. l'abbé de Bourbon, d'autant qu'il n'en est point d'exemple dans les registres & qu'on trouve, au contraire, des freres & fils de rois, qui n'ont été que chanoines titulaires, entr'autres deux fils de *Louis le Gros*. Ils gémissent de voir leur corps si attaché à ses anciens usages, y avoir dérogé aussi mal-à-propos, aussi gauchement, aussi servilement. Ils ne peuvent pardonner au doyen d'en avoir ainsi blessé la dignité pour un enfant naturel de *Louis XV*, ce que, dans l'ordre de la religion sur-tout, on doit toujours regarder comme une petite tache.

25 *Mai*. Les soupçons sur les motifs qui avoient porté M. Frettot à la dénonciation des faits aggravant l'illégalité déja reconnue des prisons privées, se réalisent malheureusement pour lui. On sait même qu'à un dîner chez monsieur

le préfident Pinon, M. le lieutenant-général de police a déclaré en préfence de plufieurs convives confeillers au parlement, que la démarche de ce magiftrat dénonciateur étoit d'autant plus inconféquente, que M. Frettot avoit follicité auprès de lui une lettre de cachet pour faire enfermer une femme, fans le confentement formel du mari, puifque celui-ci même par les bons offices de M. le Noir, s'étoit réconcilié & avoit très-bien vécu depuis avec elle.

Au furplus, M. le premier préfident a déja rendu compte aux chambres affemblées des prifonniers détenus de cette maniere ; mais comme il l'a fait très fuccinctement, la compagnie defire qu'il s'étende davantage, & M. le Noir le defire auffi. Il auroit fouhaité qu'on l'eût mis dans le cas de venir rendre compte lui - même, comme dans l'affaire des jeux, d'un genre d'adminiftration, illégale fans doute, qu'il n'approuve pas, répugnant à fon caractere de douceur & d'honnêteté ; mais qui tient à la nature de fa place, que ceux-mêmes qui la décrient le plus regardent comme néceffaire en certains cas, à laquelle ils ont recours, & dont on a fait l'apologie plufieurs fois jufques dans le fein du parlement.

25 *Mai.* Suivant le nouveau dénouement de *Rofine,* au moment où elle eft prête de quitter l'ifle, fon premier amant y aborde, en errant fur les montagnes ; il fait répéter aux échos le nom de celle qu'il cherche ; elle eft étonnée d'entendre fon nom ; elle a une explication avec ce fugitif ; ils fe reconnoiffent, & il s'embarque pour quatrieme dans la nacelle.

Tout cela ne tient pas à grand chofe ; mais

auffi les auteurs ont donné à leur ouvrage le titre, nouveau fans doute au théatre & très-jufte en cette occafion, de *fragments*.

26 MAI. On doit donner mardi au théatre lyrique la premiere repréfentation de *Péronne fauvée*, opéra en trois actes. Les paroles font de M. *de Sauvigny*, la mufique du fieur *Defaides*; tout ce qu'on en dit jufqu'à préfent, c'eft qu'il y a beaucoup de fpectacle.

26 MAI. On prétend aujourd'hui que la *Requête de Jeannot* part du fein d'une cabale formée par Mad. la duchéffe *de Narbonne-Lara*, dame d'honneur de madame *Adelaïde*, & dont on connoît depuis long-temps le génie pour l'intrigue. Comme elle a marié fon fils à Mlle. *de Montholon*, fille de l'ancien premier préfident de Rouen, que cet hymen a eu lieu fous les aufpices de l'augufte princeffe à laquelle elle eft attachée & qui a promis fa protection, madame *de Narbonne* voudroit en profiter pour pouffer au miniftere le beau-pere de fon fils. La place de garde-des-fceaux lui conviendroit fort, & elle s'empreffe de profiter des fautes que celui-ci peut faire, des torts qu'il peut avoir, pour les groffir, les exagérer & les rendre odieux au public; mais c'eft fur-tout à fes ridicules qu'elle s'attache; elle n'ignore pas que c'eft l'arme la plus cruelle & la plus fûre en France. Malheureufement pour M. *de Miroménil*, la magiftrature en général eft fort mécontente de lui, & fur-tout celle de Paris; tant d'ennemis réunis forment contre lui un orage auquel il eft difficile qu'il réfifte encore long-temps.

27 MAI. Ceux qui ont affifté aux répétitions de *Péronne fauvée*, annoncée d'abord en trois

actes, aujourd'hui en quatre, & qu'on pourroit, à ce qu'ils prétendent, annoncer également en cinq, tant l'action eft vague & découfue, n'eft à proprement parler qu'une fuperbe pantomime, un fpectacle principalament fait pour les yeux, tel que *le fameux fiege de Nicolet*; car il n'a pas même l'intérêt des *quatre fils d'Aymon*, de *Dorothée* & de quelques autres des petits théatres des boulevards, où l'expreffion eft fi pathétique qu'elle émeut le cœur & fait pleurer.

27 Mai. Il faut fe rappeller le différend élevé entre M. *de la Lande* & M. *Carra*, au fujet du livre de ce dernier, intitulé : *Nouveaux Principes de Phyfique*, dont le principal objet eft de combattre le fyftême de *Newton*. Il avoit rendu compte des menées de l'académicien pour empêcher l'auteur moderne d'acquérir aucune confiance dans les académies de province : M. de la Lande a recriminé, & M. Carra ripofte aujourd'hui dans fon quatrieme tome.

Pour la commodité de ceux qui ne s'embarraffent pas du fond de la queftion, mais s'intéreffent aux querelles polémiques. M. Carra donne un pamphlet fous le titre *d'Avis extrait du tome quatre des nouveaux principes de phyfique.*

Non-feulement il y couvre de ridicule & de mépris cet intrigant, membre de dix-fept académies ; mais il lui fait des reproches fur des objets plus graves ; il le repréfente fur-tout comme un plagiaire qui, abufant de fon amitié & de fa confiance, s'eft attribué la découverte du noyau du foleil, faite par lui Carra, & par lui communiquée à M. de la Lande, deux mois avant, & qui cependant a eu l'impudence de le traiter de fou & de *rêveur*.

27 *Mai.* Les capucins font peu accoutumés à figurer dans le monde littéraire, & sur-tout dans les querelles des savants. On est tout surpris de voir aujourd'hui ceux de la société hébraïque descendre en lice, & lutter contre un journal qu'on ne connoissoit guere plus que les assaillants.

C'est le *Journal de Luxembourg*, dont le rédacteur, l'abbé Feller, reproche au clergé de France d'avoir accordé 3,000 livres de gratification au capucins de la rue Saint-Honoré, & d'approuver ainsi indirectement ces religieux audacieux *établissant un système réellement vain & creux, qui tend à dénaturer l'écriture sainte, & à asservir l'éternelle parole de Dieu à une hypothese grammaticale aussi arbitraire qu'éphémère.*

Voilà un grief bien articulé qui a vivement ému la bile de ces capucins. Ils prétendent au contraire ne point travailler d'après un système quelconque, mais d'après un plan suivi dans toutes ses parties, fondé sur l'autorité & l'analogie de l'écriture sainte, adopté en partie par les saints peres, les commentateurs & interpretes les plus habiles. Ils ne changent rien au fond, mais ils améliorent la forme. *Non nova sed novè.* En un mot, ils profitent de la clef que monsieur de Villeroy leur a fournie pour pénétrer plus avant dans le sanctuaire des divines écritures & y introduire ses éleves : bien loin de l'altérer, ce travail tend à défendre le texte tel qu'il a été imprimé par les soins du cardinal Ximénès contre les écrivains modernes qui s'efforcent d'y introduire de prétendües corrections.

27 *Mai.* Le journal de Neuchâtel qui s'étoit soutenu pendant quelques années, vient d'expirer comme tant d'autres, faute de souscripteurs

suffisants pour le soutenir. Deux hommes de lettres de France l'alimentoient cependant de leur
mieux. M. Laus de Boissy y fournissoit sur-tout
de petites pieces de vers piquantes de sa composition ou de son choix , qui n'auroient pu
passer dans les autres feuilles plus gênées , &
M. de la Reyniere , qui dans ses titres prenoit
avec complaisance celui de *correspondant litté-*
raire pour la partie dramatique du journal de
Neuchâtel , y apportoit tout le zele d'un enthou-
siaste des lettres, les cultivant pour elles-mêmes,
& ne parlant que d'après sa façon de voir & de
sentir.

28 *Mai.* Il paroît que l'objet de l'auteur de la
Lettre d'un conseiller est de faire regarder la divi-
sion élevée aujourd'hui au sein du parlement,
comme une suite du plan suivi constamment depuis 1756 , d'abaisser la magistrature :

1°. En affectant de traiter avec une indifférence
méprisante , ses réclamations les plus justes & les
plus légales.

2°. En vexant personnellement les magistrats , par les emprisonnements & les exils arbitraires.

3°. En semant dans le public que leur résistance
n'a lieu que dans les cas qui les intéressent personnellement.

4°. En augmentant d'une maniere aussi absurde qu'odieuse les impôts sur les frais de justice ,
& se récriant ensuite sur la cherté excessive des
formes judiciaires.

5°. En imputant faussement à l'avidité des magistrats cette excessive cherté.

6°. En prétextant cette même cherté des
frais de justice , pour dépouiller arbitrairement

les tribunaux par les évocations & les commif-
fions.

7°. En caffant trop légérement, fur-tout en finance, les arrêts des cours.

8°. En n'exécutant pas les loix qui fixent l'âge
pour entrer dans les charges de magiftrature,
en forte qu'il exifte des confeillers de cour fouveraine, des maîtres des requêtes, & même des
commiffaires départis, qui n'ont pas atteint la
majorité civile.

9ª. En imputant ou engageant le public à imputer aux corps de magiftrature, les écarts de
ces jeunes magiftrats, qu'on devroit engager
les compagnies de punir, loin de les fouftraire,
comme on le fait, à la difcipline des corps auxquels ils appartiennent.

Ces abus, cette interverfion de l'ordre, ces
imputations calomnieufes & réfléchies font difcutées plus au long dans la brochure écrite en
effet très-fagement; & fuivant l'auteur, ce n'eft
pas aux griefs objectés aujourd'hui qu'il faudroit s'arrêter, mais remonter à la fource; il
faudroit rendre aux loix leur vigueur, aux cours
leur autorité, aux magiftrats leur confidération. Tant qu'on voudra étendre l'autorité per-
fonnelle du roi, on fera toujours tort à la puiffance royale.

Il ne traite que très-légérement l'article des
épices; il prétend feulement que le roi a trente
fous par livre des frais de juftice, & que toutes
les fois que le juge perçoit un écu d'épice, le fifc
public perçoit quatre livres dix fous.

28 Mai. *Lettre de Danguy, danfeur de l'opéra,
péri dans le feu du 8 juin dernier, à fa mère.*

touchant les véritables caufes de l'incendie de cette
falle.

Des Champs-Elyfées, le 8 juillet 1781.

Poltron fur mer, efcroc fur terre, prince nulle
part, poliffon par-tout.

Tel eft le titre d'un manufcrit que font cir-
culer les ennemis du duc de Chartres, & qui
remplit affez bien leurs intentions en repréfentant
fa vie comme un tiffu d'infamies, de lâchetés,
d'efcroqueries. Pour amener le détail de toutes
ces horreurs, on fuppofe que deux machiniftes,
auffi brûlés dans ce commun défaftre, font conduits devant Pluton avec lui, & interrogés fur
l'événement qui fait bruit jufqu'aux enfers. Ils
avouent être les auteurs du feu, & ne l'avoir
mis que dans l'efpoir d'y envelopper la perfonne
ou du moins le palais d'un prince devenu l'exécration de Paris, pour atténuer leur crime, &
le convertir même en action méritoire, fi le fuc-
cès-eût couronné leur projet. Ils peignent dans
toute fon horreur, le monftre dont ils vouloient
délivrer la France. Dans le détail de ce qu'ils racontent, ils ne difent rien de neuf, & la maniere dont ils le difent n'eft pas même bien piquante ; mais n'importe, ce font des injures
contre le duc de Chartres, & il eft fi détefté,
qu'à quelque prix que ce foit on veut les ache-
ter & les lire.

28 *Mai.* Extrait d'une lettre de Verfailles, du
25 mai... La bête eft bleffée à mort, où je ne m'y
connois pas : M. le garde-des-fceaux eft cependant
plus gai, plus mielleux, plus entrant qu'à l'ordinaire ; il parle à tout le monde, mais perfonne
ne lui répond. Voilà la pierre de touche pour le
courtifan.

On diftribuoit aujourd'hui affez publiquement dans la galerie un nouveau pamphlet contre lui, ayant pour titre *le Cri de l'indignation*. C'eft une diatribe des plus violentes où l'on récapitule fa vie, ou du moins fon adminiftration, foit comme premier préfident de Rouen, foit comme chef de la juftice, & l'on en dit des horreurs.

On eft perfuadé ici que ces libelles partent de chez madame la ducheffe de Narbonne, qui travaille fortement à déterminer madame Adelaïde, à parler en faveur de M. de Montholon, que cette princeffe s'eft engagée de protéger lors du mariage de Mlle. de Montholon avec M. de Narbonne le fils.

Il eft vrai que toutes les fois que l'ancien premier préfident du parlement de Rouen paroît devant la princeffe, les bras lui tombent ; elle fe dégoûte & dit : mais qu'eft-ce qu'on peut faire de cet automate ? Puis on la réchauffe, on lui perfuade que c'eft un homme concentré, qui fait beaucoup, mais timide, & ayant befoin d'être un peu aidé pour fe développer ; il revient de nouveau, & madame Adelaïde n'en eft pas plus fatisfaite. Il paroît qu'on a voulu du moins exciter fon zele pour le fervice du roi & le bien de l'état en débarraffant la magiftrature d'un garde-des-fceaux, qui, avec beaucoup d'efprit, ne remplit pas mieux cette place, & dont l'honnêteté & la probité feroient fort fufpectes, à en croire le libellifte. M. de Miroménil une fois remercié, on efpere pouvoir plus facilement pouffer M. de Montholon.

29 *Mai.* C'eft aujourd'hui à cinq heures du foir à Verfailles que le premier préfident, accompagné de deux préfidents à mortier, doit porter

au roi les remontrances concernant l'administration des quinze-vingts.

29 *Mai.* La premiere repréſentation de *Péronne
ſauvée*, très-brillante par l'affluence de monde
qui y eſt accourue, a ſi mal pris, qu'il ſeroit
ſuperflu d'en rendre un compte détaillé, ſi cet
opéra ne réuſſiſſoit pas mieux aux repréſentations
ſuivantes. Le poëme a été trouvé pitoyable, &
la muſique a beaucoup ennuyé. Cependant le
ſieur Deſaides réclame ſur-tout pour ce qui le
concerne : il abandonne les paroles dont il s'em-
barraſſe peu ; mais il prétend que dans pluſieurs
morceaux de ſon chant il y a un caractere neuf,
original & pittoreſque fait pour réuſſir à la longue. Il y a entr'autres un rôle entier, exécuté
par le ſieur Chenard, qu'il affectionne le plus,
quoique le plus mal goûté, le plus hué même.
Il ſe flatte que le public en reviendra & lui rendra juſtice.

30 *Mai.* Le *Cri de l'indignation* a percé juſqu'ici. C'eſt en effet une catilinaire cruelle contre M. le garde-des-ſceaux. Mais on ne s'arrête
pas à lui ſeul, & l'on ſemble vouloir envelopper dans ſa diſgrace M. d'Ormeſſon : on y prétend
que c'eſt M. de Miroménil qui a ſuggéré à
M. de Vergennes de propoſer au roi ce jeune
magiſtrat plein d'honnêteté & de zele, mais abſolument inepte pour une place auſſi difficile que
celle de contrôleur-général. Il s'eſt flatté, ſuivant
l'auteur du libelle, que ce ſeroit un mannequin
qu'il feroit mouvoir à ſon gré, & qu'il ſe trouveroit ainſi preſque toujours prépondérant dans le
comité. Cette tournure eſt d'une méchanceté d'autant plus adroite, qu'on met par-là en garde
M. de Vergennes contre M. de Miroménil, &

qu'on tend à lui ôter cet appui qu'il s'étoit ménagé avec le plus·grand foin auprès du roi, depuis la mort du comte de Maurepas.

A la fuite de la diatribe courte & de quinze
pages feulement, gros caractere, font des notes
provifoires, qui tendroient à prouver par les faits
& par l'état actuel des parlements, que le chef
de la juftice eft le premier à y porter le trouble,
ce qu'on juge par ce qui fe paffe à Paris, à
Aix, à Grenoble, à Befançon, à Colmar, à
Rouen.

Ce qui prouve de plus en plus que ces pamphlets font accrédités par des gens puiffants, &
intéreffés à renverfer & M. de Miroménil &
M. d'Ormeffon, c'eft qu'ils fe diftribuent gratis,
& affez impunément jufqu'à préfent.

31 Mai. M. le premier préfident a rendu
compte aux chambres affemblées qu'il avoit eu
l'honneur de porter au roi les remontrances concernant les quinze-vingts, & que S. M. lui avoit
dit qu'elle les feroit examiner dans fon confeil,
& feroit favoir fa réponfe au parlement.

31 Mai. Les affemblées pour les épices font
renvoyées au lundi 7 juillet, délai fatal, & qui
annonce de plus en plus la mauvaife volonté du
grand nombre des commiffaires.

On rapporte à cette occafion que MM. des
requêtes du palais fe flattant de donner un exemple qui feroit fuivi, depuis leur rétabliffement
avoient arrêté entre eux de ne point percevoir
d'épices & ayoient perfifté quelque temps dans cette
réfolution généreufe; mais que les prépofés à la
perception des droits du roi s'appercevant du deficit en cette partie, en avoient rendu compte au
fermier, lequel avoit porté fes plaintes à mon-

fieur Necker, alors directeur-général des finances ; que celui-ci n'entendant pas donner aucune
indemnité aux financiers , avoit eu recours à
M. le garde-des-fceaux, & qu'enfin le chef de la
juftice, en louant fort le noble défintéreffement
de meffieurs, leur avoit ordonné de la part du roi
de continuer à toucher des épices , ce à quoi ils
avoient obtempéré.

31 *Mai.* On avoit d'abord décidé de ne rien
changer à la nouvelle falle de la comédie françoife , malgré les plaintes multipliées & foutenues du public & des amateurs depuis un an.
M. d'Angiviller a même laiffé écouler huit jours
de la vacance, perfiftant dans fon refus ; enfin ,
il s'eft décidé à quelques améliorations.

Le fond de la falle peinte abfolument en blanc ,
ce qui lui donnoit un coup d'œil monotone &
fade, eft aujourd'hui mêlangé de bleu , ce qui,
fans lui rien ôter de fa fimplicité noble, la releve
merveilleufement.

Le foyer lattéral avoit été jugé trop petit &
trop étranglé ; on en a commencé un au deffus du
véftibule plus vafte & d'un meilleur effet. Il eft
fâcheux feulement que la cheminée paroiffe un
peu mefquine pour le local. Les buftes des différents auteurs dramatiques françois en font un or-
nement riche & intéreffant ; mais on ne fait
pourquoi les comédiens s'arrogeant le droit de
décider de la primauté entre eux , ont jugé à
propos de mettre Moliere fur la cheminée feul,
beaucoup plus élevé que les autres , & femblant
les dominer. Affurément beaucoup de gens pen-
fent de même , & le regardent comme bien fupérieur aux autres. Ils n'en font pas moins indignés contre l'audace des hiftrions, fur-tout en

réfléchissant que le motif secret de cette préférence marquée, est que Moliere a été comédien,
c'est à leur camarade, devenu leur patron, plutôt qu'au grand comique, qu'ils ont déféré l'empire du théatre françois.

Madame *du Vivier*, ci-devant madame *Denis*,
a sur-tout trouvé très-mauvais que, sous prétexte
de construire cette cheminée, ils aient déplacé
la statue en pied de Voltaire, dont elle leur
avoit fait présent, à condition qu'elle seroit mise
à *toute éternité* sous les yeux du public, &
l'aient reléguée dans leur salle d'assemblée particuliere. Elle leur a écrit en conséquence le 12 mai
une lettre de reproches très-amers, & elle s'y
plaint par occasion, de ne pouvoir plus voir les
chef-d'œuvres de son oncle, pour son argent,
faute de pouvoir obtenir un quart de loge; mais
elle insiste spécialement sur la statue, don qu'elle
ne veut pas retirer, mais racheter, à l'estimation
de M. Houdon, son auteur.

1 *Juin* 1783. Depuis la rentrée les comédiens
françois semblent retombés dans leur ancienne
paresse : ils n'ont encore donné aucune nouveauté,
& celle qu'ils se proposent de jouer demain ne
leur coûtera pas infiniment de peine. C'est une
scene lyrique en prose, intitulée *Pyrame & Thisbé.*
On dit qu'elle est du sieur *Larive*, ou plutôt de
la femme, sous le nom du mari. Ceux qui les
connoissent, assurent que la derniere a beaucoup
plus d'aptitude que son époux aux productions de
l'esprit.

1 *Juin.* Malgré la nombreuse cabale mise sur
pied par les auteurs à la seconde & à la troisieme
représentation de *Péronne sauvée*, cet opéra n'a
essuyé que moins de dégoût de la part du public,

& les connoiſſeurs impartiaux le mettent au rang des plus médiocres : on continue à regarder le poëme comme déteſtable. M. de Sauvigny l'annonce pourtant avec de grandes prétentions dans ſon avertiſſement. Il a voulu venger de l'oubli des hiſto.iens, la perſonne & la famille de *Marie Fouré*, boulangere, qui au moment où les ennemis alloient ſurprendre *Péronne* par eſcalade, en tua pluſieurs de ſa main ; & ayant enſuite crié au ſecours, vint à bout de chaſſer le reſte. Il avoit déja traité ce ſujet au quinzieme cahier d'un petit théatre lyrique & moral qu'il compoſe périodiquement ſur les aventures du jour, quoique cette aventure-ci ſoit de deux ou trois ſiecles, & qu'il appelle *les apres-ſoupés de la ſociété*. Cette niaiſerie pouvoit être bonne pour un pareil recueil, mais n'eſt point admiſſible ſur le théatre de l'opéra : 1°. en ce qu'elle n'a aucune authenticité, puiſque le poëte convient lui-même que le trait n'eſt point dans l'hiſtoire & qu'il ne l'a tiré que d'un roman ; 2°. en ce qu'elle ne prête point à un dráme héroïque en pluſieurs actes ; 3°. ſurtout par la maniere tout-à-fait bourgeoiſe dont il l'a agencé.

Le merveilleux de cet opéra & ce en quoi il remporte la palme ſur tous les autres, c'eſt d'être obſcur & pénible ſans aucune intrigue, d'offrir beaucoup de mouvements ſans actions, & une grande cataſtrophe ſans intérêt. La multitude d'acteurs ſeuls au nombre de vingt-trois, indépendamment des autres en troupe, eſt cauſe du premier défaut. Le ſecond provient de ce qu'il n'y a aucun caractere établi, aucune paſſion miſe en jeu, & que tous ces perſonnages ſont des héros de lanterne magique. De ce manque de liaiſon dans l'ensemble, de motifs dans les scenes, résulte le vuide où se trouve le cœur du spectateur.

D'après les reproches faits au poëme, dont les paroles en outre sont peu lyriques & souvent prosaïques, il étoit impossible que la musique fût bonne, c'est-à-dire, produisît de l'effet; car, malgré la présomption folle de M. *Desaides*, ni lui ni aucun autre de ses confreres ne réussira sur un pareil fonds. Ils feront des ouvrages travaillés, propres à se faire admirer des connoisseurs; mais d'un caractere vague & sans expression, faute de motifs. Les calembouristes appellent celui-ci, un *opéra de laitues*, parce qu'il n'y a que les chœurs à conserver.

2 Juin. Le manuscrit de Voltaire contre le roi de Prusse commence à se répandre, au moyen des copies qu'on en a surprises au sieur de Beaumarchais, qui se trouve ainsi dupe de son infidélité. On sait que M. de la Harpe en a fait depuis peu la lecture, ce qui annonce qu'il en est pourvu d'une, & M. Suard, le censeur du manuscrit de l'édition, a exigé qu'on lui en remît une autre, ou a menacé de ne point accorder désormais sa signature. Tout cela met de plus en plus M. Palissot dans de cruelles angoisses.

2 Juin. On a parlé déja de la musicomanie du baron de Bagge; au concert de bénéfice donné aujourd'hui au château des Tuileries, il a voulu absolument, parmi les morceaux de musique à exécuter, qu'on plaçât un concerto de violon de sa composition à jouer par un sieur Kreutzer. On n'a pas voulu affliger l'amour-propre de ce protecteur par un refus; il en est résulté même une petite farce qui a servi d'intermede. M. le baron de Bagge s'étoit placé très en vue & sur la première banquette : après l'exécution du morceau, on a claqué des mains à tout rompre ; *les bravo*, *les bravissimo* se sont fait entendre de tous les coins de la salle ; on a fait cercle autour du magnifique seigneur, & on l'a proclamé unanimement roi de l'harmonie.

Il est fâcheux que la reine, que madame Mara s'étoit flattée de voir à ce concert & dont elle avoit annoncé la venue, n'ait pas joui de ce spectacle qui l'auroit amusée, & auroit mis le comble au stupide délire du baron, recevant comme l'effet d'un véritable enthousiasme les éloges outrés qu'on lui prodiguoit.

3 *Juin*. On ne peut regarder que comme le foible essai d'un débutant dans la carriere dramatique, *le Pyrame & Thisbé* joué hier aux François. Ce petit ouvrage consiste uniquement dans deux scenes, où l'auteur s'est efforcé de peindre les divers sentiments qu'éprouvent tour-à-tour les deux amants. Le germe s'en trouve dans Ovide, & il l'a développé avec toute la sensibilité qu'exigeoit la situation. Il a même voulu quelquefois enchérir sur le poëte original : par exemple, dans ce qu'il fait dire à *Thisbé* lorsqu'elle arrive au lieu du rendez-vous, Ovide la fait tressaillir de la joie qu'elle aura de raconter à *Pyrame* les dangers auxquels elle est échappée ; M. Larive a cru sans doute lui donner plus de délicatesse en lui faisant prendre la résolution de n'en rien dire, de peur d'affliger ou d'alarmer son amant. Beaucoup de gens blâment l'innovation & jugent l'idée d'Ovide plus naturelle.

C'est le sieur Larive qui a fait le rôle de *Pyrame*, & mademoiselle Sainval celui *de Thisbé*.

La

La muſique eſt du ſieur Baudron, premier violon de la comédie françoiſe, le même qui s'eſt aviſé de refaire celle de Pigmalion. Il y a du caractere, & même du pittoreſque, mais beaucoup de réminiſcences.

On parle d'une ſcene lyrique qui porte le même titre, & qu'un M. Martineau a fait paroître il y a deux ans; mais on dit que les détails en ſont tout différents.

Il y a une charmante décoration dans le *Pyrame & Thisbé* du ſieur Larive.

4 *Juin.* Depuis long-temps le ſavant Bonnet de Geneve étoit ſur les rangs pour entrer à l'académie des ſciences. Dès qu'il y avoit une place vacante parmi les aſſociés étrangers, il étoit propoſé & rejeté. La cabale prépondérante du comte de Buffon, contre lequel il a écrit, lui donnoit l'excluſion : M. Bonnet étoit ſi dégoûté de ſe voir ainſi balotté, qu'il avoit pris le parti d'écrire à ſes amis de ne plus faire mention de lui. Cependant à la mort du docteur Pringle, ils ont fait un nouvel effort & enfin l'ont emporté. Il a été élu à la pluralité, & le roi vient de confirmer ſa nomination.

4 *Juin.* Au premier acte de *Péronne ſauvée*, l'ouverture offre un vallon. On voit un poteau au haut duquel eſt un but & une fleche au milieu. Il s'agit d'une compagnie de l'arc qui couronne ſon vainqueur. A ce groupe ſuccedent deux amants villageois, plutôt du dix-huitieme que du ſeizieme ſiecle, & plutôt des environs de Paris que de ceux de Péronne, tant leur coquetterie eſt galante & raffinée : on cherche en vain l'expoſition. Au milieu de tout ce fatras de galanterie, on ne trouve qu'une paſtorale, au lieu d'une action héroï-

que ; enfin , l'on vient annoncer que la treve eſt rompue & que l'ennemi va paroître. Le théâtre ſe vuide.

Le lieu de la ſcene change & repréſente une plaine : on entrevoit dans le lointain un côté de la ville. Plus près ſont quelques arbres , des buiſſons & une maſſe de pierres. Deux officiers anglois deviſent & ſe rejouiſſent d'un ſouterrain découvert , par où ils pourront entrer dans Péronne ; l'un ſort & l'autre reſte à chanter une longue ariette contre les François qu'il déteſte , & qu'il ne peut s'empêcher de trouver aimables.

La décoration du ſecond acte repréſente la place de l'hôtel de ville : les femmes de la ville & les payſannes implorent le ſecours du ciel. *Marie Fouré* eſt à leur tête, qui leur propoſe d'aller combattre au lieu de prier. On amene un officier ennemi qui a été pris ; on veut lui arracher ſon ſecret ; il répond qu'on peut lui ôter la vie , mais non le faire parler. *Marie* revient avec un drapeau qu'elle a enlevé aux ennemis ; accourt un François qui s'eſt gliſſé dans la place & promet l'arrivée du duc *de Guiſe*. Grande joie. On entend un bruit de canon ; on croit que c'eſt le ſignal de ce général , & c'eſt celui de l'ennemi. On fait la ſortie indiquée.

Au troiſieme acte on découvre les remparts de la ville & deux portes ; une montagne eſt au fond ; on voit le pont-levis , & une tour où le priſonnier qu'on a fait eſt renfermé. Il redouble les efforts pour ſe ſauver , & ſe jette de la tour dans les foſſés. Le gouverneur de Péronne rentre après le mauvais ſuccès de ſa ſortie. Le général ennemi s'empare de la hauteur & du vallon. Cependant le priſonnier échappé déclare à ſon général qu'il va ſeul lui livrer Péronne, qu'il va

faire fauter une mine : il exécute fon projet, la
tour eft renverfée. Les ennemis efcaladent &
veulent pénétrer dans la ville par la breche; ils
font repouffés après une attaque longue & mêlée
alternativement de fuccès & de revers ; on les
défait entiérement.

Le quatrieme acte eft confacré tout à la joie
du duc *de Guife*, qui avoue que ce triomphe n'eft
dû qu'à la défenfe vigoureufe des habitants de
Péronne. On fe marie, on danfe, on chante,
& tout le monde eft content.

Telle eft l'efquiffe du plan de l'opéra de *Péronne
fauvée*, d'une platitude incroyable, qu'à la lecture furpaffe encore, s'il eft poffible, la platitude
des paroles.

4 *Juin.* Il eft queftion d'une émeute confidérable à Bordeaux à la falle de la comédie, qui a
dégénéré en une fédition violente & qui n'étoit
point finie. Suivant les lettres arrivées aujourd'hui,
datées du 31 mai, il paroît que le refus des directeurs *Gaillard* & *Dorfeuil* de fe rendre aux ordres
du parterre qui les demandoit, en a été le principe. On ne parle point de morts ; mais il y a
eu plufieurs bleffés. Il faut attendre les détails ul-
térieurs de cette étrange cataftrophe.

5 *Juin.* Le concerto de violon du baron *de
Bagge*, exécuté au concert, eft gravé & dédié à
la princeffe royale de Pruffe, avec quatre vers au
deffous de fon portrait d'après le deffin de monfieur *Cochin*; il eft foutenu par les graces & en-
touré de tous les attributs qui peuvent caractérifer
l'augufte protectrice, & l'on lit:

Cet objet enchanteur qui fixe vos regards,
Que les graces, l'éclat & la gloire environnent,

Protégea de tout temps les talents & les arts :
Les arts & les talents à leur tour la couronnent.

5 *Juin*. Depuis long-temps on parle de la paffion violente dont M. le duc *de Coffé* s'eft trouvé
épris pour Mad. la comteffe *Dubarri*. On affure
même qu'il a fait un enfant à cette belle. Ce
qu'il y a de certain , c'eft qu'il fe ruine pour
elle : comme elle eft d'ailleurs fort dérangée &
ne paie pas fes créanciers , il eft queftion plus
que jamais de la faire rentrer au couvent par lettre
de cachet , & de fixer fa dépenfe par égard pour
la mémoire de *Louis* XV, que cette maîtreffe a
trop déshonoré de fon vivant.

5 *Juin*. L'avocat *le Prêtre* , d'une fi mauvaife
réputation au palais qu'il n'y fait plus rien ,
s'eft retourné du côté du théatre italien. Son effai
de l'an paffé ayant eu une forte de fuccès , il a
compofé une piece en regle , intitulée *le Pere de
province* , comédie en trois actes & en profe ,
dont les acteurs eux - mêmes n'ont pas déja une
grande opinion. On doit la jouer demain.

6 *Juin*. La reftauration du palais commence
à s'avancer à l'extérieur ; mais au fond eft fi mal
faite qu'on ne fait pas fi elle pourra fubfifter. C'eft
un fieur *Couture* qui par fa place s'en trouvoit
naturellement chargé ; des intrigues lui ont fait
ôter la fuite de ces travaux par M. *Necker* , ou
plutôt par madame ; & c'eft un fieur *Defmaifons*
qui lui a fuccédé. Il avoit pour affocié le fieur
Moreau , qui , voyant qu'il n'y avoit ni argent
ni honneur à recueillir d'être fon mentor , y a
renoncé. Le fieur Defmaifons , naturellement
inepte , a été embarraffé & a eu recours au fieur
Goudouin , artifte d'un talent diftingué , & qui

s'eſt fait connoître par ſes écoles de chirurgie : l'ouvrage s'eſt trouvé encore mal fait ; on prétend qu'il a peu de ſolidité. Le ſieur *Gondouin* s'eſt plaint qu'on ne ſuivoit pas ſes conſeils ; enfin M. le contrôleur-général vient de confier la direction de ce bâtiment au ſieur *Antoine*, qui a fait l'hôtel de la monnoie, bâtiment auquel les connoiſſeurs & les gens de l'art rendent juſtice, & qui étant dans le même genre, a fait préſumer que ſon auteur conviendroit fort aux bâtiments du palais, & en répareroit les vices & défectuoſités.

6 *Juin*. M. Radet, l'auteur de la *Parodie de Tibere*, peu accueillie, en a fait une de *Jeanne de Naples*, ſous le titre de *Dame Jeanne*, en un acte & en vaudevilles, qui doit être jouée aujourd'hui avec la comédie nouvelle. On voit par ce ſecond choix que le parodiſte manque à la première des regles du genre, qui eſt de s'attacher à des ſujets connus, célebres & couronnés d'un grand ſuccès.

6 *Juin*. Une ſuite de la faveur de M. *Radix de Sainte-Foy*, a été d'obtenir la permiſſion de ſe rendre ici pendant les vacances du parlement aux fêtes de pâque, pour y voir ſes avocats, ſe concilier avec eux, & leur donner les inſtructions néceſſaires à ſa défenſe. Après y être reſté ſecrétement pendant tout le temps de ſon ſéjour, il eſt reparti, &, dans l'eſpoir qu'il a de triompher de l'accuſation intentée contre lui, il paroît ne plus deſirer que ſon affaire reſte ſuſpendue, & au contraire en preſſe le jugement.

En conſéquence, il n'eſt plus queſtion du mémoire que M. *Linguet* devoit faire pour lui, les parents & amis de M. de Sainte-Foy ont craint que cette diatribe ne fît plus de mal que de bien

par l'indifpofition de la cour , des juges & du
public contre ce folliculaire , & c'eft M. *Tronçon
du Coudray* qui a été chargé de le compofer. La
premiere partie de ce *factum* qui doit être très-
volumineux, commence à paroître. C'eft M. l'abbé
Radix, fon frere & confeiller de grand'chambre,
mais s'abftenant d'aller au palais durant que
M. de Sainte-Foy eft dans les liens-des décrets,
qui porte les mémoires chez les juges , avec le
préfident *Sallier* de la cour des aides , autre parent
de l'accufé.

7 *Juin*. La comédie *du Pere de province* jouée
hier, n'a eu aucun fuccès ; elle a même été huée
fréquemment , & l'on ne croit pas que l'auteur
dont les yeux font deffi lés , ofe la faire reparoître.
C'eft une fatire fort dure des mœurs du fiecle ,
dont , par cette raifon , quelques tirades ont été
applaudies , quoique d'aflez mauvais goût &
rendues dans le ftyle le plus incorrect. Cet ouvrage
ne vaut pas la peine qu'on entre dans un plus
grand détail.

La parodie a été mieux reçue , moins fans
doute à raifon de fon mérite intrinfeque, que
de la haine qu'on porte à M. *de la Harpe.* On
a demandé l'auteur à la fin : il a eu bien de la
peine à fe laiffer tirer hors de la couliffe par les
acteurs ; il a fenti combien peu il étoit digne de
ce triomphe , & a difparu avant qu'on ait pu
reconnoître fes traits.

8 *Juin*. Précifément au moment où fe paffoit
l'émeute à la comédie de Bordeaux , il s'en paffoit
une à celle de la comédie d'Orléans , moins
grave, mais toujours à réprimer pour fon indécence & fon fcandale. Du parterre , mécontent
des actrices , font montés fur le théatre quelques

jeunes gens en nombre fuffifant , qui fe font
emparés des actrices & leur ont donné le fouet.
Le prétexte étoit qu'on étoit mécontent de leur
jeu ; mais on croit que la raifon véritable étoit
que ces demoifelles avoient diftribué à ces meffieurs des galanteries douloureufes & qui leur
avoient donné de l'humeur.

8 *Juin.* Mémoire pour le fieur de Sainte-Foy ,
ancien furintendant de M. le comte d'Artois , contre
M. le procureur-général.

Premiere partie. *Le fieur de Sainte - Foy juftifié
de délits dans fon adminiftration.*

Tel eft le titre du *factum* qui fe diftribue ,
fuivant lequel on voit qu'il fera divifé en plufieurs parties.

A la tête eft un petit avertiffement, dans lequel
l'avocat de l'accufé fe défend d'expofer aux yeux
du public l'intérieur de l'adminiftration du prince,
quoique fon alteffe royale ne foit pas partie dans
ce procès, puifque le fieur de Sainte-Foy n'a pour
accufateur que le procureur-général. Mais cette
efpece de révélation étant malheureufement une
fuite naturelle de l'affaire, il a été indifpenfable
de la faire. Il promet feulement de fe renfermer
dans les égards de la circonfpection & du refpect
dû au frere du roi.

A la fin du mémoire eft une confultation datée
du 31 mai 1783 , fignée de cinq jurifconfultes ,
qui malheureufement ne font pas les plus renommés du barreau.

8 *Juin.* Une petite anecdote qui s'eft paffée le
jour de la premiere repréfentation de *Péronne
fauvée* , mérite d'être confervée.

Il faut favoir que la dame *Bellecour*, de la
comédie françoife, s'intéreffe fort au muficien *De-*

O 4

saide ; que celui - ci eft fon amant ; qu'elle eft folle de ce perfonnage, qui n'eft cependant ni beau garçon, ni jeune, & qu'elle fe ruine pour lui. On affure qu'il lui a déja mangé plus de cent mille francs. Quoi qu'il en foit, il eft au moins aifé de juger par-là combien elle s'inté-roiffoit au fuccès de *Péronne fauvée*. Elle s'y étoit rendue de bonne heure, elle étoit au premier banc de l'amphithéatre & au milieu, elle y dominoit, elle étendoit de - là fes foins fur le parterre, elle animoit toute la cabale, & cherchoit fur-tout à maintenir les mécontents.

Au fecond acte, il vient un officier ennemi introduit fecrétement dans la place, qui an-nonce fon projet de deftruction. Il le fait avec tout l'achainement d'un ennemi, &, donnant un libre cours au fentiment dont il eft pénétré, il s'écrie : *ah ! que je hais les François*, &c. A cette exclamation il s'eft élevé un brouhaha dans le parterre & des huées très-fortes. Ma-dame *Bellecour* qui craignoit que la mauvaife humeur ne gagnât & n'influât fur le refte, dit à la fentinelle qui étoit fous fa main, & à même de fuivre l'impulfion qu'elle vouloit lui donner : *faites donc taire.....* Le foldat n'at-tend pas la fin de la phrafe, & la croyant émue de la même indignation que lui contre l'acteur qui prononçoit un terme d'exécration auffi mar-qué, lui répond : vraiment je voudrois bien lui impofer filence, c'eft très-indécent ; mais je fuis à mon pofte, obligé d'y refter & ne puis aller jufques fur le théatre pour enlever ce ma-lotru...... & tous les voifins de rire, & la dame *Bellecour* de redoubler de colere & de rage.

9 *Juin.* Extrait d'une lettre de Bordeaux, du 3 juin. . . . Le lundi 26 mai, les amateurs du théatre de cette ville, ou du moins certains, demanderent les directeurs qui ne voulurent pas se préfenter ; alors les jeunes gens crierent qu'ils vouloient *Castor & Pollux* par DURAND, acteur de l'opéra de Paris, qui étoit alors ici ; & comme ce jour-là on ne donnoit qu'une seule piece suivie d'un ballet de la composition du fieur *Hus*, maître des ballets, on attendoit que l'acteur qui s'étoit préfenté pour annoncer le spectacle du lendemain, auquel le parterre avoit marqué son defir, revînt pour rendre réponse ; mais nos jurats défendirent, & aux directeurs de se préfenter, & à l'acteur de reparoître. En conféquence, ils firent baisser la toile sans autre annonce. On éteignit les lumieres. Le parterre indigné d'un si grand manquement, cria beaucoup. Il sort enfin, & les jurats font prendre un des cabaleurs, & le font conduire à l'hôtel-de-ville dans une voiture escortée du guet à cheval, le sabre nu.

Le lendemain mardi l'on se rassemble à la comédie, & l'on prend la réfolution de ne point laisser jouer qu'on ne rende le jeune homme, & que les directeurs ne viennent faire des excuses au public. Les jurats avoient répandu dans le parterre beaucoup d'espions qui font reconnus. On les balotte, on les frappe, on les renverse, on les foule aux pieds; ainfi commence le tumulte. On chasse les valets de ville distribués pour maintenir le bon ordre & en impofer, on les pourfuit à coups de canne & l'on les fait fortir. Alors, fans ordre, dit-on, cette garde bourgeoise rentre le sabre à la main, & tombe à l'impro-

vifte fur les plus mutins , bleffent quelques jeunes
gens , coupent des cannes qu'on leur oppofoit
pour défenfe , & commencent véritablement à fe
faire craindre , lorfqu'un cri d'indignation forti
des balcons, du parquet & des loges, ranime la
jeuneffe & l'excite à fe défendre. On demande
des armes , on entend de tous les côtés : *tue* ,
tue. . . . . . Enfin les féditieux repouffent la fol-
datefque & reftent maîtres abfolus de la falle.

Les jurats font arrêter auffi-tôt leurs foldats ,
les dégradent & les font mettre au cachot pour
leur poltronnerie. Le parterre , ou , pour mieux
dire , toute la falle réunie , demande la délivrance du prifonnier arrêté dès la veille , la punition févere des foldats & celle des directeurs.
Alors l'un de ces derniers , le fieur *Dorfeuil* , fe
montre & fait des foumiffions : on les rejette.
Les jurats députent vers M. *de Fumel* ; les jeunes
gens s'y rendent auffi en certain nombre. Enfin ,
ce commandant leur donne fatisfaction. Il ordonne
la punition des foldats , & promet de faire remettre le détenu foudain après le fpectacle. On
craint que cette derniere promeffe ne foit une
rufe ; on fait l'injure à M. *de Fumel* de ne pas
s'en rapporter à fa parole ; & malgré cet arrangement propofé par les députés qui manifeftent
les ordres du commandant, la fédition augmente ;
on hue les jurats , on les force de fortir de leur
loge. Un jeune homme qu'on enleve fur les épaules
au milieu du parterre , fe fait entendre & donne
rendez-vous pour le lendemain au jardin royal :
défenfe à tout le monde de revenir à la comédie de trois mois. On fomme les directeurs de
venir , & on leur ordonne de remettre la recette
du jour à l'hôpital, dès que le public n'a pu jouir

du fpectacle. On fe fépare enfuite à neuf heures
& demie.

Le lendemain mercredi , trois mille jeunes
gens au moins s'affemblent au jardin royal , &
confirment la convention de ne point aller à la
comédie de trois mois , & d'empêcher les bourgeois de s'y rendre jufqu'à ce qu'on ait accordé
la fatisfaction demandée. En conféquence de
cette délibération , ils s'emparent des avenues de
la comédie ; ils forment des barricades & par-
viennent à intimider tous ceux qui fe préfentent
pour fe rendre au fpectacle. Ils chaffent de nouveau la garde bourgeoife , renvoient les femmes
du monde , & leur défendent de revenir défor-
mais pour entrer dans la falle , fi elles ne veulent
être fouettées. Enfin ils réuffiffent , & chacun
s'en retourne. On joue cependant la piece pour
dix à douze abonnés qui s'étoient gliffés par des
entrées particulieres. Les mutins enfoncent les
portes, interrompent le fpectacle , le troublent
& ne permettent pas abfolument aux acteurs de
continuer : cette émeute fe foutient comme les
jours précédents jufqu'à neuf heures & demie.

Le lendemain jeudi, point de comédie, point de
concert , point de fauteurs ; on défend toute
efpece de fpectacles.

Vendredi M. *de Fumel* prend fur lui de faire
entrer des troupes dans la ville , malgré fon privilege de fe garder elle-même. Il arrive deux cents
dragons. Le parlement rend arrêt qui défend toute
efpece d'affemblées tumultueufes , & permet aux
jurats infultés de faire informer & de prouver
quels font les auteurs de la derniere fédition.
Ces coups d'autorité en impofent : les jeunes

gens fe contiennent ; mais perfonne ne va à la comédie. . . .

10 *Juin*. *La belle Ifabeau* (c'eft ainfi qu'on appelle par dérifion la négreffe dont on a parlé) eft toujours ici, & continue à faire fenfation & à avoir même des aventures brillantes. Elle eft allée à Lucienne. Mad. *Dubarri* fe fentant une fympathie pour elle, l'a engagée à venir la voir, & à fe mettre dans le coftume de fon pays. La mulâtreffe, toute auffi curieufe de connoître une beauté qui a fait tant de bruit, n'a point manqué de fe rendre à l'invitation. On dit qu'elles ont eu une converfation très intéreffante fur leur art refpectif de donner du plaifir, & qu'elles font forties émerveillées l'une de l'autre.

La belle Ifabeau ayant dit qu'elle donneroit bien deux mille louis pour avoir le bonheur de plaire à M. *le comte d'Artois* & d'être admife à fa couche, ce prince a beaucoup ri de fa bonne fortune : on affure qu'il lui a donné rendez-vous à *Bagatelle*, & qu'il a été curieux de connoître par quels talents cette créature très-laide, avoit pu captiver tant d'amants & faire une fortune éclatante.

Beaucoup de feigneurs ont voulu tâter de cette étrangere, & bien loin de fe ruiner dans ce pays-ci, comme on fe l'imaginoit au train dont elle y alloit, elle en rapportera des dépouilles confidérables.

On la dit au furplus fille d'une grande dame de ce pays, qui fur les lieux a defiré tâter d'un negre & en a conçu *la belle Ifabeau*. On prétend qu'elle voit fa mere, mais très-fecrétement, & que peu de gens la connoiffent.

* Il eft des gens qui affurent que c'eft madame

de Clugny, qui a été intendante à Saint-Domingue ;
& dont les mœurs diſſolues ſont connues de tout
le monde , au point qu'on a prétendu que M. de
Chanderleau en avoit fait l'héroïne principale de
ſon roman.

10 *Juin.* L'auteur du mémoire pour le ſieur
Radix de Sainte-Foy, a diviſé ſa défenſe en deux
parties. Il conſidere ſon client ſous deux points
de vue , & comme *accuſé de délit* , & comme *taxé
d'imprudence & de fautes*. Il réſerve cette diſcuſſion
derniere , la moins eſſentielle , pour la ſeconde
partie , & s'occupe quant à préſent de la diſcuſſion des faits du procès criminel.

Il établit les neuf chefs d'accuſation , & après
les avoir éclaircis , il ne trouve ni preuve ni in-
dice de délit. Le plus grave roule ſur une équivoque , ſur un ſimple mal - entendu , dont monſieur le comte d'Artois a bien voulu donner ou
plutôt ſigner l'explication l'année derniere à Gi-
braltar.

Il ne reſte donc plus qu'à ſavoir s'il doit être
déchargé de l'accuſation , quoiqu'abſent , n'y
ayant nul doute qu'il ne le fût , s'il étoit préſent ; & les juriſconſultes interrogés déclarent que
les ſeules pieces du procès doivent décider la
queſtion , & que la circonſtance de l'abſence ne
peut en aucun ſens y influer.

Cette partie très-longue ayant cent trente-cinq
pages , eſt fort ennuyeuſe ; elle eſt peu claire , &
l'on ne voit pas que le défenſeur de M. de Ste. Foy
le décharge d'une façon bien péremptoire. La
piece la plus eſſentielle , qui eſt la déclaration de
M. le comte d'Artois , n'eſt qu'un chiffon ſans
date , dont le corps n'eſt point de la main de ſon
alteſſe royale , trop obſcure pour qu'elle y ait

donné l'attention nécessaire à son intelligence ;
& dont l'historique même décele un administrateur embarrassé, proposant à son maître des tour-
nures insidieuses, bonnes pour un faiseur d'affaires, mais indignés de la loyauté d'un grand
prince.

10 *Juin.* Il est question de jouer incessamment
le *Philoctete* de M. *de la Harpe*, tragédie en trois
actes & en vers, qu'il a traduite de *Sophocle*, &
dont plusieurs morceaux lus à l'académie françoise,
ont donné une idée favorable.

11 *Juin.* Extrait d'une lettre de Bordeaux, du
7 juin. . . . Le sieur *Durand* n'étant plus à l'opéra
de Paris, depuis 1781, & se sentant encore en
état de travailler, étoit venu ici pour demander
de l'emploi aux directeurs. Il avoit une lettre de
recommandation pour M. *de Fumel.* Ce commandant a envoyé chercher les sieurs *Gaillard* &
Dorfeuil, & leur a proposé d'admettre dans leur
troupe le sieur *Durand* pour la basse-taille. Ils
ont représenté à M. *de Fumel* qu'ils étoient fort
contents de celui qui remplissoit cet emploi, &
le public aussi, & qu'ils regarderoient comme une
injustice de le lui ôter. M. *de Fumel* s'est alors dé-
sisté, & le sieur *Durand* étoit sur le point de
repartir lorsqu'on l'a engagé à différer & à chanter dans un concert, ce qu'il a fait avec une telle
satisfaction de l'assemblée, qu'on lui a fait les plus
vives instances pour l'engager à rester. On lui a
promis d'arranger cela avec les directeurs. C'est en
conséquence de cette promesse que le public se
disposoit à demander aux directeurs qu'ils fissent
débuter ce postulant, lorsque, prévenus de l'objet de la réclamation du parterre, ils ont excipé

d'une défense sollicitée par eux des jurats pour être dispensés de se rendre sur le théatre.

Il paroît que ces directeurs seront dupes de leur obstination, car depuis ce temps ils n'ont pas fait dix écus par jour. Du reste, le tumulte est cessé.

11 *Juin.* Mlle. *Saint-Léger* est la fille d'un médecin de la faculté ; elle est encore jeune, mais point jolie ; en conséquence, elle a renoncé à la coquetterie & à toutes les frivolités de son sexe & de son âge. Elle se livre au commerce des muses. Elle a déja fait quelques ouvrages, entr'autres un roman intitulé *Alexandrine.* Elle s'essaie aujourd'hui dans le genre comique ; mais n'osant se produire encore sur un grand théatre, c'est *aux Variétés amusantes* qu'elle débute. Sa piece en prose a pour titre : *Les deux Sœurs.* Elle est dans le genre très-honnète ; ce sera la premiere fois qu'on verra une personne du sexe composer pour un spectacle forain. On en doit donner la premiere représentation samedi.

Fin du vingt-deuxieme Volume.